大岡昇平の時代

Yutaka Yukawa
湯川 豊

河出書房新社

大岡昇平の時代　目次

装幀　間村俊一

大岡昇平の時代

第一章　『俘虜記』に始まる

いまにして思えば、大岡昇平は私にとっては特別な作家だった。『野火』と『武蔵野夫人』を十代の後半に読み、何よりも文体に目を見張った。日本の現代小説には見当らないような、端正でしなやかな文章にひきつけられた。読んだ順序からいうとその後だったと思うが、『俘虜記』によって、太平洋戦争がどんなものであったのかを知った。

発表と同時代的に読むようになったのは、『常識的文学論』あたりからだったようである。小説や戦記とは異なる、痛烈な皮肉《サタイア》とその後ろにある生真面目すぎるほどの探究心に驚いた。端正とはいいがたい、地声をひびかせるような不良少年ぽい文章の裏側に、文学とは何かという探究心が静かに居坐っていた。中原中也と富永太郎にまつわる、いつ終るとも知れない伝記的考察なども含めて、多彩な文章活動に、作家とはこういうものなのか、と溜め息をつきながら思ったのである。

すなわち、大岡昇平の小説も、小説以外の全文業も、作家とは何かを考える一つの指標になった、ということができる。ただし、全文業といえば、ゴルフ（自慢）の話やら、尾崎一雄との凄絶なケンカ碁の話までも入るのだから、全文業につき合うことができたかといえば、ちょっと心もとないというしかないのだが。

しかし、同じ遊びといっても、大岡が「道楽」と呼んだ推理小説への熱中はちょっと違っていて、最後には充実した裁判小説『事件』を生むのだから、作家を捉えるというのはつくづく一筋縄ではいかないのである。

大岡を「戦後派」と呼んだり、位置づけたりしている言説があるけれど、私は受け容れることができない。「戦後」を歴史的な区分けとするならば、それはいつまで続くのか。そのひとことからしても、「戦後派」などという言葉は安易な文芸ジャーナリズムのなかにあるもの、としかいいようがない。

大岡昇平は昭和の作家である、と私は考えている。

昭和十九（一九四四）年に臨時召集されてフィリピンに出征した。翌年一月、ミンドロ島で俘虜となり、八月十五日の敗戦をはさんで十二月に帰国。翌年から『俘虜記』を書いたのが、始まりである。そして、昭和六十三（一九八八）年十二月に逝去したが、それは昭和が平成に変る十数日前だった。

『俘虜記』に始まり、『昭和末』で終る。大岡昇平こそ昭和という時代を生きて、書いた作家であると私は思いつづけてきたが、それを改める必要は感じていない。問題は、昭和の作家が身を賭して残したものを、現在の日本文学が受け継いでいるかどうか、である。忘れられているのではないかという思いが、私に大岡昇平について書かせようとしているのかもしれない。

昭和が終って三十年が経った。しかし私にとってはもちろん、現代日本文学にとっても大岡昇平の時代は終っていない。

一　正確さというモラル

《私は昭和二十年一月二十五日ミンドロ島南方山中において米軍の俘虜となった。》(「捉まるまで」)

大岡昇平の『俘虜記』冒頭の一行である。なにげなく始まる、ごく普通の一行のように見えるけれど、『俘虜記』を読み進んでいくと、ここにはさまざまな著者の意思がこめられているのではないか、と思えてしまう。

たとえば、これはあくまで実録である。意図的にはもちろん、無意識的にも虚構が入ることは避けなければならない、という姿勢がここにはあり、それはとりもなおさず、正確であることが、この実録を支える第一のモラルであることを示してもいる。

正確であること。それは事実しか書かないというのとはやや異なっている。著者の感情とか思いはこの実録のなかでけっこうたびたび語られるが、それがあくまでも正確であることが条件となっているかのようだ。

《私はふとこのまま海に飛び込んで死にたい衝動に駆られた。しかしこれは偽りの衝動であった。前の日山で訊問を受けながら、敵の手にある戦死した僚友の持ち物を見て「殺せ」と叫んだ時と同じく、私の存在の真実に根拠を持たない贋の衝動であった。》（「サンホセ野戦病院」）

感情ばかりではなく、衝動すらこのように正確さの秤《はかり》にかけられる。『俘虜記』は正確でなければならないというモラルによって、数ある戦争体験の記録のなかでも際だっている、と私には思われる。

そのうえで私の印象をつけ加えるならば、書き手のそうした意図を実現するために、大岡昇平はほとんど新しい文体を創出したと考えられる。何と較べて、ということではない。私的体験を語ろうとするとき、日本文学がそれまで持っていた文体では追いつかない。冷静な正確さが貫けるような文体がおのずと創られた。もちろんそれは「私小説」の文体とは大きくかけ離れていた。

『俘虜記』を小説とする考え方が少なくないことを知りながら、私はこれを実録（体験記といってもいい）とすることに固執している。体験が書かれた散文を何でも小説と呼びたがる風潮に対する疑問が、個人的にはある。しかし、それとは別に『俘虜記』のばあい、二つのもっと明解な理由がある。

一つは、一九五二年刊行の合本『俘虜記』の「あとがき」で、大岡自身が「一連の俘虜の記録を集めたもの」と書いていることだ。それまでにも部分的に単行本として刊行されていたものを、「合本」にまとめた「あとがき」での記述である。著者の考え方が自然に出ている言葉遣いと考えられるのだ。

もう一つは、召集されてフィリピンに出征する前の、大岡の文学活動を考えてのことである。一九四一年にスタンダールの『ハイドン』を翻訳刊行し、出征直前にもバルザックの『スタンダール論』の翻訳を出したばかりだった。スタンダールやバルザック、すなわち十九世紀前半のフランスの大作家たちの作品によって、大岡は小説とは何かを考えていた。そこからしても、『俘虜記』を記録と表現するのは当然でもあったはずだ。

大岡の出征から、俘虜となって帰国するまでを現実に即して辿ってみよう。

大岡の属する第百五師団大藪《おおやぶ》隊西矢中隊は、昭和十九（一九四四）年七月末にミンドロ島に送られ、警備にあたった。同年十二月十五日、米軍が同島サンホセに上陸。ブララカオ背後の高地に退避していた大岡の小隊は、昭和二十（一九四五）年一月二十四日に米軍の襲撃を受けて四散し、マラリアに侵されて歩行困難だった大岡は、翌二十五日、米軍の俘虜となった。約十カ月、野戦病院、ついで俘虜収容所に入れられ、八月十五日の敗戦を経て日本に復員したのは十二月である（十日、博多港着）。

俘虜としてのほぼ十カ月の体験が『俘虜記』として記録されたわけだが、これが小説的な書き方でないとしても（あるいはないからこそ）、小説同様に読者に強く働きかけるはずだ、と大岡は考えるに至ったのではないか。敗戦国日本の、占領下の社会諷刺になるのではないか、と思ったのだろう。それが巻頭のエピグラフ「或る監禁状態を別の監禁状態で表わしてもいいわけだ。デフォー」となったに違いない。ダニエル・デフォーの「監禁状態」という言葉は、連合軍占領下に生きて、多少とも覚めている人びとにとっては、重い実感となって迫ったはずである。

ここで『俘虜記』の成り立ちをまとめて見ておきたい。

合本『俘虜記』は、先にも記したように、一九五二年創元社から刊行された。便宜的に合本と呼ばれているこの本の元になっているのは、『俘虜記』（一九四八年、創元社刊）、『続俘虜記』（四九年、創元社刊）、『新しき俘虜と古き俘虜』（五一年、創元社刊）の三冊である。なお、『サンホセの聖母』（五〇年）という単行本も出ているが、『俘虜記』の中身はすべて先の三冊に入っている。

そして、作品はすべて雑誌に発表されていて、大岡は合本の「あとがき」で、「発表当時占領軍への遠慮から省いた二三の詳細を加え、字句を統一するに止めた」と断わっている。左に、短篇の一覧を掲げておく。

［題　名］	［変　更］	［雑　誌］	
俘虜記	捉まるまで	「文學界」	昭和二十三年二月
サンホセ野戦病院	―	「中央公論」	〃　四月
レイテの雨	タクロバンの雨 パロの陽	「作　品」	〃　八月
生きている俘虜	―	「作　品」	二十四年三月

戦友	――	「文學界」	〃　三月
俘虜の季節	季節	「改造文芸」	〃　七月
建設	労働	「別冊文藝春秋」	〃　十月
外業		「改造」	〃　十二月
八月十日	――	「文學界」	二十五年三月
新しき俘虜と古き俘虜	――	「文藝春秋」	〃　九月
俘虜演芸大会	演芸大会	「人間」	二十六年一月
帰還	――	「改造」	二十五年十月
西矢隊始末記	――	「芸術」	二十三年十二月

これは大岡の「あとがき」から引いたもので、発表年が「昭和」と元号になっている。私はこの「大岡昇平論」では、原則として西暦を用いるつもりだが、この『俘虜記』あるいは『レイテ戦記』などで大岡が元号を採用しているばあいは、私自身の記述もそれにしたがうことにしたい。また、私がある事項の記述にはそれが必要と考えた場合も、元号を優先させた。すなわち、わかりやすさを重視したのである。

「捉《つか》まるまで」は、親しい先輩である小林秀雄の勧めによって一九四六（昭和二十一）年の五、六月に書かれたことはよく知られている。しかし、米兵について遠慮なく書かれているので、敗戦一年後に発表することができなかったとされているが（新潮文庫版「解説」吉田凞生《ひろお》）、実際にどういう事情が働いたのか、私は詳《つまび》らかにしない。発表は遅れて四八年になった（「文學界」二月号）。

大岡自身の「『俘虜記』発表顚末」によれば、最初に読んだ小林秀雄は賞めた、という。四八年にようやく発表になり、大岡はやる気になったのだろう。五一年の「俘虜演芸大会」までを書き切った。そのような経緯で、この類稀れな戦争体験記はできあがったのである。

そしてこの戦争体験記が、大きな、文学的達成であるのはいうまでもない。その達成を以下に具体的に見ていきたいと思っているのだが、そこに入る前に、『俘虜記』が大岡昇平をどこに導いていったのか、その見通しをかんたんに述べておきたい。

第一に、『レイテ戦記』という戦記への道というものがある。

『レイテ戦記』は一九七一年に刊行された、大部のフィリピン戦線の記録である。大岡はフィリピンのミンドロ島で俘虜になったのだが、属する西矢中隊がなぜミンドロ島の守備についていたのか。そのようないちばん基本的な事柄まで、フィリピン（比島）戦線の全容を知らなくては理解できない。

大本営および小磯国昭首相は、首都の置かれているルソン島こそがフィリピン戦線の決戦場と考えていたが、後にそれが切り替えられてレイテ島になった。小磯首相が「レイテは天王山」と叫び、準備のほとんどできていないレイテ島に兵員を送ろうとする。これがつぎつぎに失敗、圧倒的な劣勢のうちに「決戦」にならない「決戦」が始まり、陸海軍ともに大敗する。

大岡昇平のミンドロ島での俘虜は、そういう大きな戦争の動きの、一つの局部である。いってみれば、フィリピン戦線はそういう局部の総合されたものであるのだから、この戦線で死んだ戦友を弔うとすれば、レイテ島の決戦を書くしかない。

大岡は一九五三年頃から、総合的なレイテ戦記を書くことを思い立った（単行本『レイテ戦記』「あとがき」）。しかし当時はあまりにも資料が少なく、不明な点が多く、書くことができなかった。大岡によれば、一九五八、九年からアメリカの公刊戦史が出揃って、ようやく書く可能性が生れてきた、という。

長さでいえば、部厚い文庫本で三冊、驚嘆すべき労作である。この労作にこめられている意図はいくつもあるだろうが、その中核に戦線で死んだ無名の兵士たちへの鎮魂がある。それを書かなくては、大岡自身の魂もまた鎮まらなかったのだろう。

さらにいうと、『レイテ戦記』は、陸海軍とも、なぜこのような軍隊ができてしまったのかという点で、日本の近代化批判（というより複雑な思い）につながり、それは生涯つづくテーマの一つになる。これはいっぽうで近代日本史への関心となり、最後の、そして未完の作品『堺港攘夷始末』を大岡に書かせた。そしていっぽうでは、敗戦後の「昭和」への絶えない観察となり、『成城だより』や『昭和末』が生れた。大岡昇平らしいこの精神の軌跡については、この章の後半でもう一度ふれるつもりである。

『俘虜記』が大岡を導いた第二の方向は、『野火』という小説の出現となった。

多くの人が大岡の代表作とするこの小説は、『俘虜記』のなかにそのテーマの萌芽を見ることができる。すなわち、一月二十四日ミンドロ島南部山中で米軍の容赦ない襲撃にあい、西矢中隊は四散する。マラリアに侵されている大岡は分隊の兵員からも取り残される。そのとき、小さな草原に若い米兵が銃をかまえたまま出現するのだが、大岡はその米兵を射たない。なぜ、射たなかったのか。朦朧《もうろう》とした意識のなかで、またほとんど歩けないような衰弱のなかで、「なぜ射たなかったのか」をあらゆる角度から考えつづける。

その思考の軌跡が正確に、明晰に語られるのだが、そのときの大岡同様に、読者も「わからない」と結論するしかない。なぜ射たなかったのか――そもそもこの状況で、この問は答を得られるようなものであるのか、私にはそれこそわからない。

そして翌二十五日の昼頃、昏睡中に米兵（射たなかった兵士とは別）に発見されて俘虜になるのである。

なぜ射たなかったのか、は俘虜となった身にもつきまとって離れない。ミンドロ島の仮の収容所から、レイテ島タクロバンの傷病兵の収容所に移された後も、大岡は考えつづける。大岡は若い兵士に実際に出会う前に、「生涯の最後の時を人間の血で汚したくない」と思い、敵に出あっても射つまいと決心したのだが、それは自分が「神の声」を聞いたのであり、実際に出現した米兵が、別の方向で起った銃声に気をとられてその方に足を向けたのは「神の摂理」ではなかったか、とまで考えるのである。

大岡は従軍牧師が持っている新約聖書（英語版）を一冊借り、読み、「神」について考えつづけるのだが、そこでも結論は出ない。

一般の俘虜収容所に移ってからは、やるべきことがたくさんあって（大岡は通訳の仕事をさせられた)、少なくとも『俘虜記』のなかではそれ以上、思考は進まなかった。「神」の観念が頭に浮かぶのは、章でいうと「タクロバンの雨」からだが、最初の章の「捉まるまで」の思考は、考えられないぐらいしつこい。「射たなかった」のはヒューマニズムの問題ではないとしながら、結局、明晰さの迷路に入ってしまうかのようでもある。

これは、「なぜ人肉を食べなかったのか」という設問に姿を変えて、小説『野火』で追究されることになる。そこでもまた、深刻な問に神の存在が絡みついて離れない。

ところで『野火』については、その特異で、すぐれた文体の意味することと共に、神の存在というテーマを章を改めて取りあげることにするつもりである。ここでは、『俘虜記』に戻って、文学としての特徴を具体的に考えていきたいと思う。

二　「孤影悄然」の記録

『俘虜記』の特徴の第一は、この実録が一種内的な記録であるということだ。先に、正確であることが、この作品を支える第一のモラルであるかのようだ、と私は述べた。そのモラルは、自己の内面を書くときに最もきびしく発揮されている。それが前提としてまずあって、ついには全篇に及んでいるといえるだろう。

もちろん、最初に収容された仮設病院、さらにはタナワンの俘虜収容所と、行く先々で著者の目は何事も見逃すまいとするかのように、正確に働きつづけ、また正確に記述しつづけている。しかしこの正確さは、自分について最初に適用されるのが前提になっているのである。自分をどんな意味でも安易に正当化することがあってはならない。そういう体験記録は、私としては初めて読むものであった。

冒頭の「捉まるまで」に、こんな文章がある。

《私は既に日本の勝利を信じていなかった。私は祖国をこんな絶望的な戦に引きずりこんだ軍部を憎んでいたが、私がこれまで彼等を阻止すべく何事も賭さなかった以上、今更彼等によって与えられた運命に抗議する権利はないと思われた。一介の無力な市民と、一国の暴力を行使する組織とを対等に置くこうした考え方に私は滑稽を感じたが、今無意味な死に駆り出されて行く自己の愚劣を笑わないためにも、そう考える必要があったのである。》

そしてこの後につづく文章で、フィリピンに送られる輸送船の上で、「奴隷のように死に向って積み出されて行く自分の惨めさが肚にこたえた」と書かれる。

昭和十九年六月、教育召集を受けてそのままフィリピンに運ばれるのは、「死」の可能性がきわめて高い。大岡は、輸送船に積みこまれて以来、ずっと死と向いあいつづけるのである。「死」がどっかりと自分の前に腰を下して動かないのに閉口した。

《未来には死があるばかりであるが、我々がそれについて表象し得るものは完全なる虚無であり、そこに移るのも、今私が否応なく輸送船に乗せられたと同じ推移をもってすることが出来るならば、私に何の思い患うことがあろう。私は繰り返しこう自分にいい聞かせた。しかし死の観念は絶えず戻って、生活のあらゆる瞬間に私を襲った。私は遂にいかにも死とは何者でもない、ただ確実な死を控えて今私が生きている、それが問題なのだということを了解した。》(「捉まるまで」)

大岡は文章のどこにもそんな気配を見せないが、戦争による死をこのように考えている三十五歳の男を、戦場に駆り出す。それが末期の太平洋戦争だったのを思わざるを得ない。

昭和十九年八月にミンドロ島サンホセの警備につく。十二月、米軍がミンドロ島に上陸。大岡の中隊は南方のルタイ高地に退く。二十年一月十六日、大岡はマラリアで発熱。連日四十度の高熱がつづいた。一月二十三日、米軍のルタイ高地攻撃が激しくなる。二十四日、大岡は病兵として分隊から外され、ひとり山中をさまよう。二十五日、昏睡中に米軍の俘虜となる。

私には、『俘虜記』の記録を筋書《ストーリー》として追う意図はない。ただ、俘虜となった経緯だけは触れておく必要があると考え、略記した。そして右の略記には、若い米兵と出あい、彼を「射たなかった」経緯は省略してある。

なぜ「射たなかった」のかは、「タクロバンの雨」の章で再び扱われるのだが、結局のところ答は得られないのである。「捉まるまで」の章でもしつこすぎるくらいの記述があるのだが、はっきりした回答は放棄されている。私はそこに自己分析の容赦ないほどの正確さを見るが、心身ともに疲労の極にある人間に対し、正確さがほんとうに働き得るのか、と思うばかりである。なぜ射たなかったかのテーマは、「タクロバンの雨」で考えられた「神の声」「神の摂理」というテーマと共に、小説『野火』に移されるのだが、そこで改めて考えることにしたい。「捉まるまで」の章には、もう一つ『俘虜記』全体の特徴となることが現われている。きわめて劇的なことが、きわめて静かな文体で語られている、ということだ。「静かな文体」には、冷静なという意味も含まれている。語られること自体が劇的なものであればあるほど、文体はきわめて静かなものになる。

これには二つの意味があるだろう。一つはすなわち、俘虜となる山中放浪のとき大岡が静かな思考を自らに課していた、という意味。もう一つは、『俘虜記』には当然のことながら回想記という一面があり、記述するに際して静かな思考を自らに課した、ということもあるだろう。しかし、この二つの意味を格別に分けて考える必要はないかもしれない。文体は、書かれるときに刻々とできあがってゆく。そのような生きものであることを思えば、「二つの意味」という言葉が実際には意味をもたない。

ただ『俘虜記』の文体が、語られる対象が「私」であるときも「他者」であるときも、正確第一であること、そして同じく、静かであること、この二つの特徴を理解しておきたい。

《こうして訊問を受けながらも私は絶えず水を飲み続けた。私はなお訊問が終れば殺されるものと信じていた。一人の兵士が来て隊長に何か耳打した。私にはそれが私の処刑の準備が出来た知らせだと思われた。私はあわてて水の残りを飲み干した。私は大きな米軍の鉄兜一杯の水を三十分足らずの間に飲んでしまったのである。》（同前）

米軍に捉まってからの、訊問の場面《シーン》である。死がすぐこの先にある、と信じながら、なお水を飲みつづける。それが矛盾していればいるほど、人間らしいドラマといえるはずだ。しかし、文章は緊張はしているけれど、あくまでも静かである。

これは不思議な効果ともいえる。文体の平易さ（正確さ、といい換えてもいい）と、もう一つ静けさが、語られていることの凄惨《せいさん》さと大きく隔っている。そのことが『俘虜記』の全篇を支配している。

並の回想記とも大きく異なっているし、いわゆる「私小説」の文章作法ともかけ離れている。俘虜として船でサンホセの病院に運ばれるときの劇《ドラマ》を綴るときも、また文章に異様な静けさが現われる。冒頭近くで引用した文章だが、もう一度、その静けさを読みとっておきたい。

《私はふとこのまま海に飛び込んで死にたい衝動に駆られた。しかしこれは偽りの衝動であった。前の日山で訊問を受けながら、敵の手にある戦死した僚友の持ち物を見て「殺せ」と叫んだ時と同じく、私の存在の真実に根拠を持たない贋の衝動であった。あたりに見張りの米兵はなかったにも拘らず、私は身じろぎもしなかった。

衝動は過ぎ、ただ深い悲しみを残した。私はそうした偽りの衝動を感じなければならない自分を憐んだ。》（「サンホセ野戦病院」）

あるいは、これは静かな文章というよりも、自己を見る目の限りない冷酷さといったほうがいいかもしれない。大岡はこの前にも、捉えられて戦友の持ち物を見せられたとき、「殺せ」と叫んでいる。それもまた、偽りの衝動であると感じているふしがあった。私たちは、切ないほどの冷酷な目が自他に及んでいる、そういう実録を読んでいるのである。

そのような冷酷な目も、あるいは正確さと静けさを併せもつ新しい文体を創り出した精神も、大岡昇平が稀れに見るインテレクチャル（知識人）であることを告げている。そして大岡は、自分がインテリであることを、兵士として、とくに俘虜として、自らを偽わらずに背負っている。左に引用するのは、戦前からのインテリが書いたものとしても、めずらしい率直さがある。

《私が彼等に会うのを欲しなかったということは考えられない。いかにも私は昭和初期に大人となったインテリの一人として、所謂大衆に対する嫌悪を隠そうとは思わないし、軍隊に瞞された愛国者と強いられた偽善者に満ちていたが、しかし比島の敗軍にあっては、私達の間に一種の奴隷の友情が生じていたのを私は知っている。私は自分を憐れむと同じ程度に彼等を憐んでいた。どうして私にレイテの傷兵にまみえるのを喜ばぬ理由があろう。》（「タクロバンの雨」）

これは、インテリとしての覚悟である。その覚悟が、ただ一般論としてインテリ俘虜のなかにあったのではない。個人的な人間関係のなかで、奇妙なかたちで発揮される。

タクロバンの傷病兵病棟で、隣にいたのは青森県の農民である若い俘虜だった。彼自身はきわめて無口だったが、大岡はほとんど衝動的に彼に話しつづける。若者の家庭から始まって、北津軽の地勢、植物、動物についてくわしく訊きつづける。近くの河に鮭がのぼると聞けば、土地では「サケ」というか「シャケ」というか、どうして獲るか、どうして食べるか、これで三十分はすごせる、と思って訊きつづける。「これは既に質問ではなく訊問であった」と大岡は自ら認めている。それが三日間つづいて、ようやく止んだ。なぜ、そんなことになったのか。

《……私がこの俘虜の最初の隣人の謙遜素朴な人柄を愛したのは間違いないが、私はそれを自分の心の空虚の意識から発した、一方的な好奇心で表現することより知らなかった。私の煩さい質問に答えてくれたのはむしろ彼の寛容である。》（同前）

以後、インテリと大衆同胞の隔りについては、対人関係のなかでつねにつきまとっているが、大岡は温厚さのなかにそのギャップを包み隠した。いや、特別に隠した、というのは当らないだろう。自分の裡なる知性の片鱗を、必要ないかぎり表に出さなかっただけである。それでも大岡は英語ができることによって、通訳という役割をふられたのだから、隠してもしかたがないともいえた。

ただ、自分がインテリであるのを隠すことが、自らを偽ることであるという意識はつねにあったと思われる。

大岡は従軍牧師が持っていた新約聖書を一冊借りて、熱心に読みふけった。米兵と遭遇しても射つまいと決心し、そして実際に射たなかった、という一件がある。聖書を読んで再びそれを考えようとしたのである。

そして聖書を読んでいることは、米兵の注意を惹いた。

まず米軍の主任軍医がよく話しかけるようになった。彼は大岡に政治的意見を求め、大岡は率直に軍部に対する憎悪を語った。軍医は多くの書籍雑誌を大岡に与え、それによって大岡はフィリピン沖海戦の真相を知り、マニラ失陥を知った。軍医はそれを他の俘虜たちに伝えるように、といったが、大岡はわずかに隣の兵士に読んだ中身を伝えただけだった。大岡はインテリであると同時に、なお日本人兵士の自覚があったと見るべきである。

もう一人、病室である仮設テントの入口を守る憲兵が、大岡に特別の興味を示した。二十歳のニューヨーク市民、カリッジを出て結婚していた。彼は日本についてさまざまな質問をしたが、フジヤマとゲイシャについては訊かなかった。そして話した後、深夜に大岡のベッドまでわざわざやってきて、大岡に握手を求めた。「俘虜収容中米兵は例外なく私に鄭重であったが、握手を求められたのはこの時唯一度である」と書かれている。

目次でいうと五番目に置かれた「生きている俘虜」の章で、大岡はレイテ島南部タナワンにある俘虜収容所に入った。そこにはルソン島南部以南、レイテ島までのフィリピン群島で捕えられた、約七百人の陸海将兵が収容されていた。内四百人は、レイテ島に注入された総兵力十三万五千人から生き残った者である。

この章あたりから、『俘虜記』は大岡の内的記録であるという印象を徐々に脱け出して、いわば俘虜社会の記録という側面が表に出てくる。そしてこのあたりから、俘虜収容所の組織と制度が語られはじめ、それはまぎれもなくエピグラフに示された「或る監禁状態」にほかならない。

収容所は有刺鉄線を張った柵で囲まれている。入口のすぐ左にあるニッパ小屋には米軍の将校一人下士官三人がいて、これが収容所事務所。将校は収容所長である。

そのほかに、日本人収容所長がいる「本部」がある。ここには日本人収容所長以下のスタッフと、各小屋の長が住んでいる。さらには「下士官室」という小屋がある。俘虜のなかで各種の役に洩れた下士官が一棟にまとまっている。日本陸軍の戯画がこんなところにもちゃんと存在しているのである。

他に医務室と軽病棟がある。その他は、一般俘虜が住む四棟があり、一人用の折畳みベッドが入口から縦に三列ぎっしり並び、一棟約六十人の俘虜がいる。炊事場とか炊事員宿舎があるが、「本部」にいる役員と共に、炊事員が特権階級であることなどは、俘虜社会の記述が進むうちに明らかになってゆく。

　収容所長の今本は、十六師団の上等兵。彼は曹長と詐称していた。齢は三十四、五、丈は低いが体は頑丈。今本の下には副長として織田という兵曹がいた。三十二歳、鼻下にちょび髭をはやしたなかなかの好男子。今本の参謀役で、今本と海軍出の棟長たちとの緩衝地帯の役割を果たしていた。他に書記一人がいて、中川という十六師団野砲の軍曹である。

　この本部役員のほか、棟長と呼ばれる各小屋の長が七人いて、彼らが本部の小屋にいる。書記の中川を除き、全員が海軍の下士官だった。

　要するに、フィリピン群島周辺で三つの海戦が早くに行なわれ、日本海軍が壊滅したのだったが、そこで海軍が一足早く俘虜になった。早い者勝ちふうに所長、副長、棟長などが決まり、米軍はそのへんに手をつけなかったから、特権階級は収容所の解散まで変ることがなかったのである。

　米兵は今本、織田をなまって「イマモロ」「オラ」と呼んだが、自分の記録でもそう呼ぶことにする、と大岡は書いている。あるいは俘虜仲間でそういいならわしていたのかもしれない。

　大岡は同胞俘虜について、名を挙げて批判していることはほとんどないが、この本部役員三名については、冷静な筆致ではあるけれど辛辣である。米軍の投げやりなやり方によって、俘虜収容所にわけのわからぬ支配制度ができていることを（他の俘虜同様に）不快に思っていたのだろう。とくに、中川という書記については、観察がきびしい。中川は、単純な阿諛《あゆ》者であるが、イマモロは阿諛に弱かった、と書いている。そして中川はイマモロのあらゆる気紛れを忍び、顎の動き一つで何処へでも飛んで行った、とも。そのあげくに、いう。

《こう書いて来ると、わが俘虜専制政体の頭部が、あまりにも類型的な人物によって占められているのを認める。すべて或る政体はそれを構成する人間を似通った型に刻むものらしい。》（「生きている俘虜」）

だいぶ後の話になる。昭和二十年八月六日、中川書記が大岡の属する中隊本部に入って来て、その日広島へ新式爆弾が投下されたことを告げた。「えらい力やそうやで。一発で十哩《マイル》四方一ぺんやそうや」といって。彼がなお同じことを繰り返したとき、大岡は中川に向っていった。「中川さん、いい加減にしたらどうだ。日本がやられるのが、そんなにうれしいのか」

こういう大岡の発言は、他にも何度かあったのかもしれない。それはわからない。しかし正面切って喧嘩も辞さないような発言をするのは、もしかするとわずかにこの一例かもしれない（このエピソードは「八月十日」の章による）。

役づきでない俘虜が全員まっとうだったわけではむろんない。

俘虜になる前の大岡所属の中隊に増田という現役の伍長がいた（小隊は別）。大岡は増田伍長を最も老練な下士官、と書いている。その増田伍長が実は徹底的な虚言者であった、というエピソードが語られるのである。

「人間に関する限り戦場には行為と事実があるだけである」という一行の後、戦場の事実に関する限り、増田伍長は徹底的な虚言者だったという事態が書かれている。要するにこの伍長は、人の知るおそれがない事実については、自分が当事者か目撃者でないと気がすまないのだった。増田伍長の分隊に、大岡は友人の一人をもっていた。亘《わたり》という、東京の会社の高級社員である。輸送船の中で共通の知人について語りあい、その後も短い手紙を兵士に託してやりとりする仲だった。増田伍長が俘虜となって収容所に現われたとき、大岡は亘のことを訊ねたが、伍長の隣にいた亘は敵の射撃を受けたとき、崖を転がり落ちていったから、たぶん助かるまいと説明された。

ところが一カ月後、死んだはずの亘は七人の僚友と共に収容所に来たのである。亘の話を聞くと、彼は射たれたとき、増田伍長と並んでなどいなかった、という。

大岡はこのエピソードの結末を、増田伍長の嘘の賜物として、亘と再会した感激が倍加したと、穏やかな笑い話でしめくくっている。

中川書記にしても増田伍長にしても、私がとくに目を惹かれた人物として取りあげたのは、ほとんどわれわれの社会の雛型をそこに見る思いがしたからである。

「或る監禁状態を別の監禁状態で表わしてもいいわけだ」という『俘虜記』全篇の冒頭のエピグラフを私はもう一度想起している。「監禁状態」を米軍占領下とするなら、歴史の上でそれはとっくに終っている。しかしわれわれの社会がそれ以後もずっと引き継いできたものを思えば、日本社会はなお監禁状態にあるといえるのではないか。少なくとも制度のなかにそれは生きのびているのではないか。私が「雛型を見る思い」というのは、その局面をさしている。

大岡自身がこの俘虜収容所生活について、しめくくりのように書いている個所がある。

《我々は兵士ではなかったが、後にはたしかに俘虜であった。しかも清潔な住居と被服と二千七百カロリーの給与とPXを享受する一流の俘虜であった。或る者は今なおあの頃を「天国」と呼び「わが生涯の最良の年」といっている。》（「戦友」）

PXはポスト・エクスチェンジ、すなわち酒保のこと。「我々は兵士ではなかったが」というのは、昭和十九年にわずか三カ月の教育を受けて前線に送られ、ミンドロ島ではほとんど戦闘をしたとはいえないまま、俘虜になった経緯をさしている。それでも、みじめな運命の後に、収容所生活を「わが生涯の最良の年」という者がいたのである。私は黙りこむしかない。そして、右の引用につづく文章。

《我々にとって戦場には別に新しいものはなかったが、収容所にはたしかに新しいものがあった。第一周囲には柵があり中にはPXがあった。戦場から我々には何も残らなかったが、俘虜生活からは確かに残ったものがある。そのものは時々私に囁く。「お前は今でも俘虜ではないか」と。》（同前）

ちなみに大岡がこの「戦友」の章を雑誌に発表したのは、敗戦の四年後にあたる一九四九年の三月号だった。

収容所の俘虜たちが敗戦を知ったのは八月十日のことだった。日本内地とは事情が違っている。

十日夜の九時頃、「収容所から北東にあたるタクロバン方面の空に、突然無数の探照燈の光束が立ち、左右に交錯した。湾内に碇泊した船の汽笛が長く重なって鳴り、赤と青の曳光弾が飛びちがった」(「八月十日」)。

それが合図だった。米兵が何か叫びながら抱きあい、隣接する台湾人地区でも歓声があがった。その後で、イマモロが米軍事務所に行き、日本の敗戦が中隊長たちのあいだにひろがった。

少し時を経て、中隊本部の部屋で大岡は中隊長と二人きりになる。

「ココアでもいれるかな」と大岡はつぶやき、できた一杯分のココアを二人で分けて飲んだ。中隊長がいった。

「ねえ、大岡さん、みんな色々いっているが、ほんとは早く降参すりゃいいと思っていたんですよ。こうなりゃ、どっちにしたって同じことですからね。誰だって早く帰れるほうがいいでしょう」

大岡もその言葉に静かに応じるが、私はこの会話のくだりが好きである。なぜか、ホッとするからだ。樋渡という中隊長(収容所での)は、中隊長集合のため部屋を出ていった。

《私はひとりになった。静かに涙が溢れて来た。反応が遅く、いつも人よりあとで泣くのが私の癖である。私は蠟燭を吹き消し、暗闇に坐って、涙が自然に頰に伝うに任せた。》(「八月十日」)

その後に来る大岡の感懐は、きわめて真摯なものだけれど、予想を大きく外れるものではない。やがて静まり返って収容所のベッドで、「祖国」も「偉大」もこの黙って横たわった人びとの群に比べれば、幻想にすぎない、と考えるのだ。

遅く戻って来た中隊長が、大隊本部の注意事項として三項を伝えた。

一、確報あるまで軽挙妄動を慎しまれたきこと。

二、特に団体行動は厳に戒しむべし。

三、自殺すべからず。

大岡は、「最後の項について我々は大いに笑った」と一行書きつけている。

さて、敗戦となって、また新しい俘虜がどっと入ってきた。そして新しい俘虜も古い俘虜も、米軍に与えられた労働をこなしていったが、すでにできあがっている収容所の制度が変るわけではない。みな、帰国の日を待って遊んでいたにすぎない。「その結果我々に来たものは堕落であった」と大岡は書いている(「新しき俘虜と古き俘虜」)。

次の「演芸大会」の章は、この堕落ぶりについて、じつにまざまざと描いているが、大岡自身を除外しているわけではない。大岡は俘虜のなかの「最初の文士」になり、シナリオを書き、頼まれて春本まがいのものまで書いた。それをどうこういいたいわけではないが、「社会」がある以上、その構成員の堕落は必然であると私は考えているから、それに触れておくだけである。

ほんとうをいえば、大岡昇平が短くはあっても戦闘のさなかに、あるいは俘虜となってからのしのぎにくい時間に、何か書こうとしたのか、まったく書く気がなかったのかということに、私は強い関心をもっていた。

病院では米兵から手に入れることができた書籍雑誌を濫読したが、収容所に入ると享受していた特権は無くなった。米兵としては、多数の俘虜に対し公平を期す必要があったからである。読む本が無くなった後、自然に生れてくる欲望は「書く」ことであったが、大岡はその欲望に軽々しく自らを委ねることができなかった。多くの兵士たちが日記をつけるのを見ている。しかし、「私の職業は俸給生活者であるが、一方古い文学青年として、この種のナルシシスムを意識して嫌悪していた」と書いている。駐屯中もそういう意識に捉えられていたとすれば、俘虜収容所に入ってからもそれを枉《ま》げることは考えられない。「俘虜の退屈にあっても私の気持は日記をつけることとは遠かった。まして収容所の出来事の記録を取り、帰還後ルポルタージュを物するようすがとするなどという考えは浮かばなかった」という言葉は、信ずるに足りるし、信ずる以外にない。

ただ、駐屯地で米軍の上陸を待ってぼんやり日を送っていたとき、大岡は昔ながらの小説を書くことを夢みた、と告白している。おそらくは後の未完小説『酸素』のもとになる小説のためのノートを、上官の目を盗んで書き始めたが、小説の姿をとらないままに放棄された。「そのかわりこの書くという習慣から、自分の過去を振り返って見るという思い付きが生れた」。そして、少年時から召集前までの生涯の各瞬間を検討して、「私は遂に自分が何者でもない」と確信するに至るのである。ノートの終りに、スタンダールに倣《なら》って自分の墓碑銘を選んで書きつけた。いわく、

「孤影悄然」

大岡は戦前の若き日から最晩年に至るまで、熱烈なスタンダリアンだった。この墓碑銘を書きつけたというエピソードは、そのままごく自然に受け入れることができる。

孤影悄然。これは駐屯地にいる暇々にだけ感じたことではなかったはずである。輸送船に乗って門司を出航したときからそうであり、何よりも俘虜になってからの、収容所でのとめどない日々もまた、孤影悄然と過すしかなかった。

昭和時代を生き、昭和時代の文学を創造した作家の、最初の著作がこの戦争の記録だった。一個の深い精神が戦争を生きのび、帰還し、そこから戦後の文学が展開したのは、偶然そうなったにすぎない、と片づけることが私にはできない。時代が文学のなかに生きるために、その偶然が必要だった、と思われさえするのである。

三　鎮魂歌として

次に『レイテ戦記』について考える。

大岡昇平が一兵卒としてフィリピンのミンドロ島に上陸したのは、昭和十九年七月三十日である。任務は通信兵だった。所属する西矢中隊のミンドロ島警備は、帝国陸海軍のフィリピン占拠、その後の防備という軍事の一環として決められたものである。

大本営陸軍部は最初はルソン島を米軍との決戦の場と想定していたが、米軍のフィリピン奪回作戦実施のぎりぎりになって、レイテ決戦に方針を切り替えた。米軍がレイテ島上陸を第一の目標にしたのだから、この切り替えはまずは正当な軍事決定である。

一兵卒は、どういう状況で戦っているのか、正確には知り得ないまま、銃を射ち、銃で射たれて死ぬ。情けないことではあるが、それが太平洋戦争の姿だった（現在の戦争ではもう少し情報が行き届いているのかもしれないが、知らぬ間に死ぬことではさらに苛酷なのではないか）。

ミンドロ島の戦闘がどういう位置にあったのか、大岡はフィリピン戦線全体のなかに置いてみる。それによって初めて、自分の直面した死の意味（あるいは無意味）が見えてくる。

大岡は『レイテ戦記』の本文中で、レイテ島の戦闘について、自分が事実と判断したものを出来るだけ詳しく書くつもりであるが、それが戦って死んだ者の霊を慰める唯一のものだと思っているからだ、といっている（「五　陸軍」）。

この執筆意図はその通りに違いないが、もう一つ、自分の置かれた位置を正確に認識しなければ気がすまない、という気持があったのではないか、と私は推測する。『レイテ戦記』には、「死んだ兵士たちに」と献辞があるように、まず兵士の鎮魂がある。それに絡めるようにして、大岡自身が強いられた戦闘の位置測定がある。それは、他の無名兵士たちの位置測定につながっていって、最初の企図である鎮魂と結びつくはずである。

それにしても『レイテ戦記』は大部の労作である。一九五三年頃、執筆が意図されたが史・資料があまりに少なく、実際の執筆は一九六六年から五年間にわたった（「中央公論」六七年一月号から連載、六九年七月号で連載終了。七一年九月、単行本を中央公論より刊行）。

この労作を精密に読みこむのは、私にとって大きな困難がつきまとう。日本帝国陸海軍の、あるいは米国の軍組織の専門的知識が要求されるからだ。たとえば、レイテ沖海戦での、栗田（第二）艦隊の反転というなんとも不思議な行動がある。これは海戦の帰趨《きすう》を決する軍事行動だったことはわかるが、どう評価するかはなお軍事の専門知識が要る。栗田艦隊の反転によって、海戦の敗北が決定的になったのは、『レイテ戦記』を読めば理解できる。ただし大岡は、「私は決して栗田健男中将の逡巡を非難するものではない」とわざわざコメントを付け加えている。軍事行動の評価は素人にはほんとうに難しいのだ。

そこで、『レイテ戦記』で私の印象に残ったことを、順不同に、簡略に書き出してみることにする。それしか術《て》がないという気分が私にあるからだが、だからといって『レイテ戦記』に感動しなかったのではない。私が戦争の記録を不慣れだと思うのは、『レイテ戦記』が堂々と本物の戦記になっているからでもあるに違いない。

一、軍全体の動きはきわめて複雑。

『レイテ戦記』は、レイテ島攻防をになう第十六師団（第十四軍隷下）の牧野四郎陸軍中将の話から始まる。十六師団は九聯隊、三十三聯隊、二十聯隊から成り、合わせて六個大隊の兵力しかない。それが約四千平方キロの島に分散される。そして兵員の増強が意図されて、兵員を乗せた船がしきりにレイテ島に向うが、米軍の航空機の攻撃にさらされて、増強はまっとうされない。制空権は米軍側にあるのだ。

戦死した牧野中将には陣中日誌が残っている。それによって、篤実な将軍らしい行動の跡が追われているが、追えば追うほど劣悪な兵力、武器をふくむ装備が明らかになってゆく。「第十六師団」と題された第一章からして、これは日本の「敗戦記」だったのだ、と心底から気づかされる。

第十四方面軍の黒田中将は、ルソン島決戦に固執して、決定されたレイテ決戦に目を向けない。とうとう山下奉文大将に司令官を交替させられる、というおまけまでついて、『レイテ戦記』はいかにも軍全体の大きな流れ、大本営や現地の軍参謀部の決定、およびその結果が語られている。

軍上層の動きはよくわかるけれど、しかし、そうした流れのなかに、たとえばレイテ島リモン峠の、中隊や小隊の戦いが語られるとすると、たしかに兵士個人の戦いの規模に筆がついやされることになるが、結果として個人の戦いはたいていが個人の死になる。

大岡の意図通りなのかもしれないが、死にゆく者の哀れはあまりに深い。

二、それにしてもレイテ戦は恐ろしい。

というのは、フィリピンの確保に失敗すれば、いよいよ日本本土が危いという天下分け目の戦いなのに、その作戦の前提が大誤報なのである。昭和十九年十月半ばの台湾沖航空戦の誤報である。

大本営海軍部は台湾方面の敵機動部隊の過半の兵力を壊滅し、潰走させた、と発表した。空母十一を撃沈、空母八を撃破。これは戦争の前途に不安を抱いていた国民を狂喜させた、という。ところが実際は、重巡、軽巡各一を大破、空母一を小破というもの。

この誤報はなぜ生れたのか。大岡によれば、多くの未熟練のパイロットが見た幻影であった由《よし》。そういえば、太平洋戦争は、帝国陸海軍の上層部軍人が抱いた幻影から始まっていた。幻影を根拠に行なう戦争の恐ろしさである。この誤報がどんなかたちでも訂正されなかったと書かれていても、そうだろうな、と驚かないでいられる。

三、太平洋戦争については、おおむね陸軍が悪役で、海軍はまだしも合理的。悪役が合理を押し切った、というのが一般論としてある。しかし、大岡は海軍にきびしい。少しも合理的ではないと、いくつもの例をあげてその欠陥を突いている。

また、大岡が決して栗田中将の逡巡を非難しないといった反転だって、私にはとてもすぐには納得できない。これは、栗田が悩みに悩んだすえの決定だったのかもしれない。だとしても、軍事においては、失敗すれば人が死ぬ、ということを忘れれば、あるいは人が死ぬことがどこかで正当化されれば、軍人の悩みは貴いものに見えることだってあり得る。

四、軍人の責任について。

この問題について、大岡は考えぬいた上での姿勢を示している、と私には思われた。たとえばレイテ決戦について第十四方面軍がとった作戦を、大岡は「一挙に圧倒的な優勢を獲得すべき決戦場に、効果のない増援を小出しに行なって、自ら消耗戦にはまり込むという、最も初歩的な誤りを冒」している、と批判した上で、さらに次のようにいう。

《こうしてにわか仕立てに決定された作戦の結果、無意味に死んでいった兵士がいる。そのために悲しんでいる遺族がいる。これを全部軍人の責任にするつもりはない。こういう事態について、責任の体系はあり得ないことは、すでに書いた通りである。》（「五　陸軍」）

大岡が正確かつ公平に記述を進めようとしたのは、『俘虜記』と同様、『レイテ戦記』でも変らない。いや『レイテ戦記』では、さらにそれが推し進められているといっていいだろう。公平な戦記であることが、死んだ兵士たちへの真の鎮魂であると考えていた。

責任の体系がない以上、誰に責任があるかという追究はしない。できない、といっている。しかしなおかつ次のような一文があるのを、ここに引用せずにはいられない。

《すべて大東亜戦について、旧軍人の書いた戦史及び回想は、このように作為を加えられたものであることを忘れてはならない。それは旧軍人の恥を隠し、個人的プライドを傷つけないように配慮された歴史である。さらに戦後二五年、現代日本の軍国主義への傾斜によって、味つけされている。歴史は単に過去の事実の記述に止まらず、常に現在の反映なのである。》
(「九　海戦」)

軍人のエゴイズムが深くまで見届けられている。
五、個人の戦いの記録。
召集を受け、フィリピン戦線に連れてこられた一兵卒の戦いと死とが多く記録されている。生存者には直接話を聞いているケースも少なくなさそうだ。他に日記とか手記もある。『レイテ戦記』でその扱いはきわめて鄭重で、正確であることに細心の注意が払われている。真の戦記とはそういうものではないか、とも思った。
六、米軍を「敵」として書く。
米軍が「敵」として扱われるのは、終始一貫している。あたりまえのことともいえるが、そのことは『レイテ戦記』の特徴の一つでもある。

同時に、日米の軍部上層についての記述は少なくないが、日米両軍を対比して日本軍部を批判するという思考法はほとんど見られない。それはやはり気持のいいことだった。

それにしても、大岡はマッカーサー大将に対してはきわめて手厳しい。マッカーサーが日本軍に追われてコレヒドールを脱出するとき、「アイ・シャル・リターン」といった。これはフィリピン人に対する感傷的理由から発しただけの言葉ではなく、彼の軍人的名誉心に大きく由来しているし、さらにはその後の政治的野心が絡んでいる、と見ている。

米軍のフィリピン上陸作戦は、マッカーサー大将の名誉心が露骨に見えて嗅い、というのである。アメリカが長くフィリピンを植民地的に支配したことを思えば、「私は帰ってくる」なんてセリフは、いい気なものだといいたい大岡の思いは十分に納得できる。

七、私の感想。

以上、私は読後に心に残ったことを、雑然としたままにメモしてみた。メモである以外に、ほとんど意味のないものである。そう自覚した上で、その雑然たる感想をまとめていうとどうなるか。

量的にも圧倒されるほどの、総合的、正確、公平な戦記であると思う。だからこの戦記は、献辞にある「死んだ兵士たち」への鎮魂歌になっている。文学であるとかないとかという議論を超えて、すぐれた鎮魂のための文章なのである。

軍人を軽々に批判しなかったことに、私は最初やや物足りない感じをもったが、読み返すたびに、この姿勢以外にないのだろうと考えるようになった。

しかし、それは結局のところ、大岡昇平の肩に大きな荷物を残すことになったのではないだろうか。明治維新以後の日本の近代化が絡んでいる「荷物」である。なぜ日本はこのような戦争にひきずりこまれたのか。軍部とは何か、また軍部に密接につながっていた政治とは何か等々。大岡昇平はその後半生に、そのようなテーマを黙って引き受けることになった。

彼の最後の単行本の一つといっていい『昭和末』（一九八九年刊）を読んで、私はつくづくそう思った。しかし、それらのことについては、また稿を改めて詳しく論じなければならない。

第二章　長篇の達成

一　『野火』と『武蔵野夫人』

前の章で大岡昇平の最初の作品である『俘虜記』について論じて、これは小説ではない、戦争体験の実録であると、私はあたりまえのことをいった。あたりまえのこと、ではあるけれど、『俘虜記』を論じたいくつかの文章がそろってこれを小説と受け取っていたから、そういう考えのなかに置いてみれば、私の発言は特異ということになるかもしれない。しかし、その点は放っておくしかない。

ただ大岡昇平自身は、自作について微妙ないい方をしているので、それを紹介しておくのは公正であろうかと思う。

《「俘虜記」も純粋にいえば小説ではなく、ただ、異常な事件の中で、自分が果して何者であったかを検討したもので、こういうものが小説として通用したのは、一重に日本に、私小説という伝統があったからで私小説は近頃とやかくの論がありますが、僕はこの点、この日本的文学形式に文句をいえた義理ではないのです。》（「僕と〝戦争もの〟――これから何故『武蔵野夫人』を書くか」一九五三年三月二十三日「夕刊世界経済」）

大岡らしい屈折したいい方で苦笑を誘うが、私は小さな修正をほどこして読めばよいと思っている。「こういうものが小説として通用したのは」を、「小説として受け取られたのは」と直してみてはどうか。通用したのは、受け取られたからなのである。

とにかく、その書かれ方が指し示すとおりに、正確な記録として読む。そこにどんな世界が現われるのかを追究するのが、私の一貫した態度だった。

『俘虜記』の最初の章「捉まるまで」が書かれたのは一九四六年（五月）、復員した翌年ときわめて早い。しかし同時に、二つの長篇小説が構想されたのは（あるいはその一部が実際に書かれたのは）、これまたきわめて早いのである。二つの長篇とは、『野火』と『武蔵野夫人』で、これらが『俘虜記』とほとんど同時期に構想されていたことについて、私は考えあって前章でほとんど触れなかった。ここで『野火』と『武蔵野夫人』の書かれ方に目を向けてみよう。

筑摩書房版『大岡昇平全集』第23巻所載の年譜（吉田凞生作成、編集部補筆）によると、『野火』の最初の部分（「狂人日記」、後にこれが後ろにくる）は、早くも一九四六年、すなわち『俘虜記』「捉まるまで」のすぐ後に書かれている。それからも発表場所がきまらないまま書きつがれたようすで、それが最初に発表されたのは雑誌「文体」三号（四八年十二月）、同四号（四九年七月）だった。「文体」が廃刊になり、小説の構想を改めて新しく月刊誌「展望」一九五一年一月号から連載された。八月号まで八回で完成。最初の単行本は、五二年二月（創元社）刊行である。

いっぽう『武蔵野夫人』は先の年譜によれば、四七年に構想されている。こちらは実際の執筆が少し遅れたようで、「群像」一九五〇年新年号から九月号まで八回の連載となった（八月号は作者の都合により休載）。単行本の刊行は五〇年十一月（講談社）である。

以上のような経緯があるのだが、注目しておきたいのは、『俘虜記』を含む三作が、ほとんど同時期に、多少の前後はあるけれど時をおかずに書かれていることだ。

大岡昇平の最初の作品は『俘虜記』とされていて、それはそれで不都合ではないが、合本『俘虜記』収録でもっとも遅く書かれた「俘虜演芸大会」は月刊誌「人間」五一年一月号に載った。このような時間の複雑な前後関係を見てゆくと、三作がほとんど同時的に考えられ、書き進められたことが明らかなのである。

しかも各作品が、それぞれに固有の創作動機と、それにしたがった方法をもっている。フィリピンで命拾いし、俘虜生活できびしく自己検証をしつづけた大岡が、帰国して原稿用紙に向った意気ごみが痛いように感じられる。

大岡は春枝夫人とのあいだに一男一女があり、小さな子供二人をかかえて、「とても暮らせない」と戦後の生活をボヤきながら、実録一作と長篇二作を書きあげる。三作ともに高い評価を得たが、『武蔵野夫人』はベストセラーになった。五〇年十一月刊行、初版は三千部、年内に四万部増刷という売れ行きを見たのである。

以上を前置きとして、今回は本格的な長篇小説である『野火』と『武蔵野夫人』の達成が何であったかを考えてみたい。

二　神が現われるとき

『野火』は、主人公である田村一等兵が「私」という一人称で語る手記のかたちになっている。その点で、大岡自身の体験記録である『俘虜記』と共通している。そしてともに端正このうえない文章であるのも、共通している。

さらにいうと、私は両者に共通する奇妙な点に気づいた。「私」が語る地の文はよく抑制されて、それが端正な印象のもとになっているが、それにひきかえて同胞兵士の会話は、敗走の兵士のそれであるとしても、もっとも汚ならしい言葉遣いで終始している。『俘虜記』の大岡自身の発言、『野火』の「私」が上司である伍長と交わす言葉は、軍隊に固有の奇妙な丁寧語だが、それ以外は兵隊の地方（民間）での職業が農民であろうが勤め人であろうが、徹底して汚ない。

そのあまりに下品な物言いは読みなれないうちは不自然に感じられるほどだが、一種の効果を導き出している。地の文の端正さをきわだたせるという効果である。とりわけ『野火』の「私」の語りには、一種の気品さえただようという結果になっている。それによって田村一等兵が抜きんでた能力をもつ知識人として現われるのである。

『野火』の文体は、気品を感じさせるほど抑制がきいているけれど、その抑制のなかで、さまざまなレトリックが使われている。このとりあわせが、それまでの日本の小説には見られなかったような文体を生み出したといえるだろう。丸谷才一は『文章読本』の「文体とレトリック」と題する章のなかで、『野火』から存分に引用してさまざまなレトリックを例示している。『野火』の文章には、抑制のなかに隠れた華麗さがあるのだ。そしてそういう小説を、われわれ読者はこれまで読んだことがなかったのである。

『野火』で語られるのは、「私」である田村一等兵の敗走である。属する小隊からも、発症した肺病で行かせられた病院からも見放された兵士である。分隊長からは、ここに帰ってくるぐらいなら「死ね」といわれ、「私」は答える。「わかりました。田村一等兵はこれより直ちに病院に赴き、入院を許可されない場合は、自決いたします」。

国家がつくり出した兵士、いや奴隷というべきかもしれない。解放された奴隷は、果てしない孤独と（おそらくは数日の）自由を得る。場所はフィリピンのレイテ島、敗走のうちに、他の兵士から西海岸のパロンポンに集まるよう指令が出ていることを聞く。

ここで、『俘虜記』で読んだ大岡自身のフィリピン戦線の体験を思いだしておこう。大岡はミンドロ島に西矢中隊の一員として送りこまれ（昭和十九年八月）、翌二十年一月、マラリアで発熱。一月二十三日、米軍の攻撃が激しくなり、二十四日病兵として分隊から外され、二十五日、昏睡中に米軍の俘虜となった。やがて俘虜施設のあるレイテ島タクロバンに送られるから、大岡はレイテの風景にも詳しいのである。

『野火』の田村一等兵＝「私」は、「死ね」といわれて分隊から外されるところまでは大岡自身に似ているが、レイテ島の山中あるいは海岸近くでの敗走の期間はきわめて長い。敗走の末に飢餓がやってきて、人肉食いの問題、それにひきずられて神の存在の問題が小説のテーマとして現われる。

私は前章で、大岡が目前に出現した若い米兵を射たなかったことについて、神の存在を収容所で考えつづけたことに触れた。そのテーマは、小説である『野火』に引き移されて、人肉食いにまつわる神の存在という設定に姿を変えている、と述べた。『野火』を読んでゆく後半に、詳しくこのテーマを論じることになるだろう。

その前に、敗走する「私」＝田村一等兵の凄絶な孤独をわれわれは認識しなければならない。すなわち『野火』には大岡が『俘虜記』で語ろうとした、「孤影悄然」と「神の存在」が二つながらに現われるのである。私も順を追って考えてゆくことにする。

所属する小隊（十人ほどのグループ）から外され、小隊長から行けといわれた病院からも収容を拒否される「私」は、自分を「敗北した軍隊から弾じき出された不要物」だと思う。不要物にとっては、一緒に山道を歩いたり、黙々と座りこんでいる同胞兵士がいようがいまいが同じこと、「避難所の周辺を彷徨するほかはなかった」。命の保証は小隊を離れるときにもらった芋六本である。芋六本の命の孤独を、人は想像することができるだろうか。

そして「私」はこんなふうにその孤独を生きる。

《目指す朝焼の空には、あれほど様々の角度から、レイテの敗兵の末期の眼に眺められた、中央山脈の死火山の群が、駱駝《らくだ》の瘤のような輪郭を描いていた。

名状し難いものが私を駆っていた。行く手に死と惨禍のほか何もないのは、既に明らかであったが、熱帯の野の人知れぬ一隅で死に絶えるまでも、最後の息を引き取るその瞬間まで、私自身の孤独と絶望を見究めようという、暗い好奇心かも知れなかった。》（「七　砲声」）

生きている限り、「私」の上に時が過ぎてゆく。時が過ぎてゆく限り、なお見なければならないものがある。

《死ぬまでの時間を、思うままに過すことが出来るという、無意味な自由だけが私の所有であった。携行した一個の手榴弾により、死もまた私の自由な選択の範囲に入っていたが、私はただその時を延期していた。》（「八　川」）

「無意味な自由だけが私の所有であった」という一行は、観念が語っているのではなく、ほとんど肉体のうめきになっている。「無意味な自由」などという言葉は、もしかすると戦後文学のどこかで使われているかもしれないが、ここでのそれは「実感」がこもっていることが重要なのである。

「無意味な自由」を生きる眼が、風景を見る。

《熱帯の陽の下に単調に重畳した丘々を、視野の端に意識しながら、私は無人の頂上から頂上をさまよった。

草の稜線が弧を描き、片側が嶮しく落ち込んでいるところへ出た。降りると、漏斗状の斜面の収束するところに木が生え、狭い掘れ溝が、露出した木々の根の間を迂っていた。空谷はやがて低い崖の上で尽き、下に水が湧いていた。

崖の底の一つの穴から、吹き出すように湧いた水は、一間四方ほどの澄んだ水盤を作っていた。私は岸に伏し、心行くばかりその冷い水を飲んだ。》（同前）

この場合、「私」の眼はギリギリの生命に支えられて、風景のなかで水を求めているが、大岡は兵士にとって見ることの重要性を、たとえば『武蔵野夫人』のような小説のなかでまで語っている。ただし、ここでは「戦争もの」の短篇「歩哨の眼について」を思い起こしてみよう（左の詩の表記は、大岡の短篇から引用した）。

丘々は
胸に手をあて
退けり。
落陽は
慈愛の色の
金の色。

大岡は、中原中也の「夕照」、「一番甘いこの詩」を適当な節をつけて歌いながら、歩哨に立った。友人の詩を口ずさみながら、自分はなぜこうも感傷的になっているのか、と自ら驚く。そして歩哨の憂鬱について語っているのだが、フィリピンの島の地形や風景を見る大岡の眼は、幸福とまではいえないとしても、どこか生き生きとしている。見ることが好きなのだ。大岡がそうであるように『野火』の田村一等兵もまた。

しかし田村一等兵＝「私」は、見るという行為をしだいに失って、誰かに「見られている」ことを感じるようになる。そのへんが『野火』の転換点の一つになっている。

山中をさまようちに、海をのぞむ場所に出た。そして海岸の林の上に十字架が光るのを見た。「私は戦慄した。この時私のおそれていた孤独にあっては、この宗教的象徴の突然の出現は、肉体的に近い衝撃を与えた」（「一二　象徴」）。十字架は、若いときから親しく感じるものではあったが、その後につんだ「教養」によって、「私」はこの一神教の神を否定していた。しかし、山の斜面から十字架を見るうちに、あの下に行ってみようと思いはじめる。行くことは死ぬことになるかもしれない。そう思いつつも、眺める十字架は一層輝きを増すようだった。「私」の神への接近が、ここに始まるのである。

そして「私」は昼日中、貧しいニッパ・ハウスの集落のなかにある教会の前に立った。しかし、十字架の下に立った「私」に、予期したような感動はやってこない。

外の階段には同胞兵士の屍体がある。会堂のなかの壁には、鞭打たれる血まみれのイエスの絵がある。

「私」は床の埃に伏して泣く。ここで会うのが、なぜ同胞の惨死体と、下手な宗教画家の描いたイエスの刑死体なのか。「デ・プロフンディス（われ深き淵より）」という声を「私」は聞くが、気がつけばそれは自分の声だった。そして、「もし現在私が狂っているとすれば、それはこの時からである」という一行が現われる。すなわち、私たちがいま読んでいるのが、何かの理由で助かり、狂人として扱われている元兵士が綴ったものらしいということが、ぼんやりとではあるがわかるのである。このシーンが、小説のなかで一つの転換点をなすと私が考えるゆえんである。

山中を放浪する敗兵の孤独が、無意識のうちに救いを求める。それは神に近づくことをうながす。敗走が、ストーリーのなかで自然に大きなテーマを生みだすという構造は、小説に奥深さを与え、虚構の力強さをそなえさせるのである。

この場面で、彷徨する兵士は念を押すように、いう。


《この時私は私自身と外界との関係が、きっぱりと断ち切られたのを意識した。地上で私の救いを呼ぶ声に応えるものは何もない。それは諦めねばならぬ、と思い定めた。》（「一八 デ・プロフンディス」）

私自身と外界の関係が、断ち切られた、といい、さらには神の不在が示唆される。けれども、そこで終るわけではなく、「私」はさらに外界である同胞兵士と関係をもたなければならないし、飢餓のさなかに神の声らしきものを聞くことになる。

夜、一隻のバンカーに乗って、若い男女が捨てられた集落にやってくる。「私」は疲れて、司祭館の一室に寝ていたが、人声で目を覚ます。若い男女は、知らずに司祭館にもやってきて、「私」のいる部屋の扉をあける。「私」はとっさに女を射つ。男はすぐに闇のなかに逃げ、私はそれをも射つが、舟にとび乗って離れてゆく。

二人は夜陰に乗じて、何かを取りに司祭館の一室にやってきたのだ。「私」はそれに気づき、貴重な塩を見つけだす。塩は山中の逃避行にあっても欠かすことができない、命のもとである。「私」は雑嚢《ざつのう》に塩を詰められるだけ詰めて、ふたたび山中をさまようことになる。

女を殺して、「私」は自分が一個の暴兵にすぎないのを納得する。「神ばかりではない、人とも交ることが出来ない体である」と思わざるを得ない。

そしてこの後、山中をさまよいながら、何かに見られているのを感じつづけ、何かが自分が殺した「女」であると意識し、それが徐々に変って「神」に見られていると思うようになる。見られているという感覚は、十字架の下で「私」自身の外界がきっぱりと断ち切られたと感じたものと連続していると思われる。外界と断ち切られ、見る私と見られる私がつねに混在する。これは人格のあからさまな分裂であるに違いない。その分裂のなかで、改めて神が出現してくるのが予感されるのである。すなわち、十字架の下で、「私」は神の不在を明確に認識しながら、なお神から自由になることはできない。神の出現の予感にまつわりつかれているのである。

山中彷徨に戻った「私」は、夜、川を渡る橋の上から、水のなかに銃を捨てる。軍隊では、ほぼ絶対的に禁止されている行為である。ついでにいうと、銃を捨てるこの章（「二〇　銃」）は、『野火』のなかでも屈指の美しさを感じさせる。

なぜ女を射ったのか。女が叫んだからである。射った弾丸が胸に当ったのも偶然だった。ほとんどねらわずに、引き金をひいたのである。だからこれは事故であった。

一連の出来事を思えば、銃を手にしていなければ、女はただ驚いて逃げ去るだけですんだであろう。そう考えての行為である。

《水は月光を映して、燻銀に光り、橋の下で、小さな渦をいくつも作っていた。渦は流水の気紛れに従って形を変え、消えては現われ、渦巻きながら流れて行き、また引き戻されるように、溯行して来た。》（「二〇　銃」）

《私はそのまま銃を水に投げた。ごぼっと音がして、銃は忽ち見えなくなった。孤独な兵士の唯一の武器を棄てるという行為を馬鹿にしたように、呆気なく沈んだ。あとに水は依然として燻銀に光り、同じ小さな渦を繰り返していた。》（同前）

銃を棄てた「私」は、月光が散りしく林のなかを歩いてゆく。

「私は孤独であった。恐ろしいほど、孤独であった」と記述されている。この一行にここで出会って、私はごく自然に思いあたる。

『俘虜記』のなかにあった、「孤影悄然」というテーマと、「神は存在するのか」というテーマが二つながらに、重なりつつ、この本格的長篇の後半をひきずってゆく。読者にとっては、みごとでもあり、またそれだけ辛くもある小説である。

さらには、やがて神の問題が真正面に出てくるきっかけになる、底知れぬ飢餓が、「私」自身と、同胞の兵士たちに襲いかかる。

敗軍の兵士たちと交錯しながら、いちおうは西海岸のパロンポンに向っているのだが、それもさだかではない。疲労と飢餓で意識は朦朧としている。ただ歩く。歩きながら道傍の屍体が臀肉《しりにく》を失っているのに気づいたりする。

人肉食いが、「私」に強く意識されるのは、将校の服を着て、座りながら狂った言葉を発している兵士に出会ったときである。その場面は、「私」が神に出会ったことを語っているかもしれないので、詳しく追っていくことにする。

男は「警官のような澄んだ眼」で「私」を見つめながらいう。「俺が死んだら、ここを食べてもいいよ」。そして痩せた左手をあげ、右手でその上膊部《じょうはくぶ》を叩いた。

翌日、男の屍体を前にして、「私」はためらう。「飢えた胃に恩寵的なこの許可（引用者注「食べてもいいよ」）が、却《かえ》って禁圧として働いた」からだ。また同時に、海岸の村で見た十字架のイエスの、懸垂によって緊張した腕を思い出す。

しかし、誰も見ていないことをもう一度確かめて、右手で剣を抜いたとき、「剣を持った私の右の手首を、左の手が握った」。この姿を誰かに見られていると思い、その眼が去るまで、姿勢をこわしてはならないと思った。そのとき、声が聞えた。
「汝の右手のなすことを、左手をして知らしむる勿れ」（注・「マタイによる福音書」にある）
「私」は、見ている者がある以上、声ぐらい聞えてくるのはあたりまえと思い驚かなかった。巨大な声はまた、「起てよ、いざ起て……」と歌った。
「私」は起ち上り、その屍体から離れた。「これが私が他者により、動かされ出した初めである」と、「二九　手」の章の結び近くで書かれる。たしかに、次の「三〇　野の百合」の章からは、『野火』のトーンがそれまでとはっきりと変る。分裂した意識が、神、あるいは神らしき他者をほとんどいつも感じ、感じたことと対話しつづける。

　草の間から一本の花が身をもたげ、「あたし、食べてもいいわよ」と花がいう。空から花が降ってきて、それが地上の一本の花に収斂《しゅうれん》される。そして、「野の百合は如何にして、育つかを思え、労せず紡がざるなり。……」という声が、その花の上に漏斗状《ろうとじょう》に立った。「私」は、「これが神であった」と思う。

　しかし「私」が半ば狂気のなかで神に接近しているとしても、読者にとって神が出現したことにはならない。正気の「私」に、神が何かを応えているわけではないからだ。そのように、神はいるとしても、もう一つヴェールの向う側にいる、という姿になっている。大岡自身、それを十分に承知しながら書いているはずである。

「私」はやがて、かつて病院の前で顔を合わせた、安田と永松に行きあう。永松は一兵卒、安田は狡猾な下士官である。この二人組はまだつるんだままで山中をさまよっているらしい。永松に声をかけられ、息もたえだえの「私」は、そこで倒れる。

気がつくと、永松が「私」に水を飲ませ、肉を取りだして食べさせてくれた。「私」は肉を口にするのを一番自分に禁じていたが、勧められるままに、それを食べてしまう。永松は、それを猿の肉だといい、ようやく人心地のついた「私」も、いわれるままにそれを受け容れる。

しかし、猿の正体はまもなくして明らかになる。永松が携行する銃で逃走する仲間を撃ち、猿の肉を確保してくる現場を見た。そして、「見たか」「見た」「お前も食ったんだぞ」「知っていた」というような会話を交わす。

「私」はこの経緯を少しも怖れなかった。神がいるからだ。ただ、そうだとしたら、神意によって「私の体が変らなければならなかった」と思うのである。

永松と安田のあいだにいさかいがある。安田はかなりの量の煙草の葉をもっていて、それが欲しい永松をあやつってきたのだが、永松はついに安田を撃つ。撃って永松と「私」は肉を前にするのだが、「私」は吐きつづけてそれが食えない。

《もしこの時既に、神が私の体を変えていたのであれば、神に栄えあれ。》(「三六　転身の頌」)

と、書きつけられている。

「私」は怒りを感じる。そしてこの神の怒りを代行しなければならない、と思い、超人的な力で起ち上り、永松が安田を撃った銃を取りに行き、それを手にし、永松を撃ち殺す。そして意識が途切れる。

小説のその後の展開は、「三七　狂人日記」と題される章になり、復員後の「私」の手記になる。「私」は自ら望んで精神病院に入り、そこで望みどおり穏やかに過しながら、このレイテ敗走の苛烈な手記を書いた、という小説の輪郭がより明確になる。

「狂人日記」「再び野火に」「死者の書」とつづく手記の趣が強い最後の三章で、「私」は記憶を喪失した部分をなんとか思い出そうとする。なにしろ、飢餓と意識の混迷のうちのことだから、明瞭な回想にはならず、イメージで終っているといってもよい。

暗い空に、黒耀石のように、黒い太陽が輝いている。人が近づいて来る。私が殺した比島の女、永松、そして安田である。彼らは笑っていた。そして、彼らが笑っているのは、「私」が彼らを殺したけれど、彼らを食べなかったからである、と思う（安田を殺したのは永松だが、永松が蛮刀で手首と足首を切り落とすのを「私」は見ていた）。

さらにいうと、「私」は永松を殺した銃を再びかついで、野火の火のあるほうへ向うのである。向って、錯乱のなかではあるが、人を撃つ。それはフィリピン人を撃っているらしい。倒して、それを食おうとしているのか。暗示に終るけれど、そう読みとれもする。「私」は人肉から、まだ完全に離れてはいない。

そして、この小説の結末がくる。

《もし神が私を愛したため、予《あらかじ》めその打撃を用意し給うたならば――もし打ったのが、あの夕陽の見える丘で、飢えた私に自分の肉を薦めた巨人であるならば――

もし、彼がキリストの変身であるならば――

もし彼が真に、私一人のために、この比島の山野まで遣わされたのであるならば――

神に栄えあれ。》（「三九　死者の書」）

この結びは、「私」の神への問いかけであり、それは同時に作者大岡昇平の何かに向っての問いかけでもあり、すなわち読者がめいめいで行なう問いかけにもなっている。三層の問いかけがここで行なわれているわけだが、最後の問いかけがそのように重層性を帯びるのは（とりわけ読者を自然にそこに引きずりこむのは）、この小説の達成が並々ならないことを語っている。神の問題は、迫力をもって不信心な読者にも及んでくる。

しかし、私はその問いかけじたいがもつ弱さ、を思わざるを得ない。

「もし神が真に、私一人のために」この山野に遣わされたとしたら、というセリフは、「私」が生死をくぐりぬけてきた存在としても、やはり倨傲《きよごう》のなかで発する問いかけなのである。倨傲は益体もないナルシシズムといい換えることもできる。

大岡は、むろんその倨傲に気づいている。だいいち、この倨傲という言葉は、大岡のエッセイ「『野火』の意図」（「文學界」一九五三年十月号）から借用したものだ。

古いキリスト教の教理についての本で、「完全人」と「不完全人」に人間を二分しているという教義を大岡は一九四九年に読む。そして、主人公を「完全人」の倨傲によって身を滅ぼすことにしようかと考えた、と書いている。「つまり主人公があまりに自己に執着して、何でも自分の内部で片づけようとするのが陥穽になって、発狂するという風に考えた」のであるらしい。

また、「僕が主人公を最後まで倨傲の中におき、信仰に達せしめていないのに注意して下されば幸いです」とも書いている。

私はそれ以前に、「もし――であれば」と仮定形を連ねた上で、「神に栄えあれ」と神の存在を認めるがごときいい方から、信仰には達しないだろうと、ほとんど論理の上から考えた。「信じる」ということは、仮定形の上には成り立たないのではないか。私のような「唯一神」を信じない不信心者はそう考えるのである。そういう読み方は、作者の最後の問いかけに、乗ったというべきか、乗らなかったというべきか。

さて、前章の『俘虜記』を論じたところで、大岡昇平がミンドロ島山中で遭遇した若いアメリカ兵をなぜ射たなかったのか、しつこくこだわっていることに言及した。相手がいかにも若すぎたこと、あるいは「生涯の最後の時を人間の血で汚したくない」と、その遭遇の前に考えていたことなどを考慮しながら、これは自分のなかのヒューマニズムのせいではないと、直観的に思う。

　では何なのか。もしかすると自分は「神の声」をそのとき聞いたのではないか。若い米兵が、別の方向で起った銃声に気をとられてその方向に歩き去ったのは「神の摂理」ではなかったか。

　射たなかった自分の行動と意識を明晰にとらえながら、結局明晰さの迷路に入っているのではないかと私が感じたのは、この神の出現があまりに観念的だからだった。信仰というものの核心に、そのように分析的な観念があるのか。『俘虜記』では「神」が頭にはっきりと浮かぶのは「タクロバンの雨」の章からで、ひとしきり論じられた後でプツンと途切れるように終る。『野火』という堅牢な虚構のなかでは、殺しではなく人肉食いの問題に、神が移し換えられる。

実際、『俘虜記』の神は、俘虜になった大岡の観念のなかに現われたもので、そこに一種のナルシシズムがくっついているのは否定できない。大岡は自他の人間に対し正確であることを書くときのモラルにしていたから、自己の観念という限定されたもののなかで神を論じきれなかった。私はそう推察して、『野火』が神の問題を引き継いだと考えた。

　そして確かに、『野火』の田村一等兵は、半ば錯乱のなかにあって、「神の声」を実際に聞く。神らしき何かに「見られている」のも実感する。その限りでは、観念のなかで考えつかれた神ではない。考えられるものより、感じられるもののほうが、現実に近いということもできる。

そうだとしても、『野火』の「私」が実感する神に、現実性がある、といえるだろうか。

「私」が神の声を聞くのは、朦朧とした意識、なかば狂気のなかにいるときである。狂気のなかでしか神が語られないとすれば、神の存在についての答にはならない。あるいは、それが答である、というしかない。

ただ、だからといって、『野火』が秀れた小説であることに変りはない。「私」は果てしない孤独と狂気にすすむしかない飢餓のなかで、仮にも神の声を聞く。狂気のなかで神の存在を求めつづける。それゆえにこそ、『野火』はすぐれた文体と、人間の真の孤独に迫ってゆく構造をもった長篇小説になっている。田村一等兵のような孤独と飢餓、そこに発する神への接近を身に帯びて、物語を語った者はそれ以前の日本文学の世界にはいなかった。

磨ぎすまされた文体に導かれて、私は右のようにこの小説を読みこんでみた。しかし、しばらく時をおいて、この小説を思い返してみると、小説が私に残したものは少し違っているような気がする。

田村一等兵は、芋六本分のはかない命を背負ってさまよう逃走者である。どこへ逃げたらいいのか、それは彼自身にもわからない。わからないまま、彼は戦争という巨大な暴力から逃げようとしているのかもしれない。とすれば、彼の行きつく先はどこなのだろう。作家は、最終的にそれを読者に問うているのではないか。そういう感想を、蛇足ながらつけ加えておきたい。

三　ロマネスクのゆくえ

先にも述べたように吉田凞生編の年譜によると、長篇小説『武蔵野夫人』が最初に構想されたのは一九四七年で、これは復員後の大岡昇平の執筆活動としてはきわめて早い時期である。

『俘虜記』の最初の章「捉まるまで」が書かれたのは四六年五月。また、『野火』の最初の部分、完成した作品でいうと「狂人日記」が書かれたのは未定稿であるとしても四六年のようだから、戦争にまつわる作品とさして時をおかずに『武蔵野夫人』は作家の頭のなかに宿っているのである。

昭和二十四（一九四九）年六月三十日から翌二十五年四月十七日までの日付をとびとびにもっている「『武蔵野夫人』ノート」に、次のようなメモがある。

《十一月から恋愛小説を書くと『新潮』で宣言。記録文学流行の折柄、同じ形で自分の最後の言葉を吐くのが、急にいやになったのである。むしろ流行の凋落後、あたり前の文学として、人間の最低の話を聞いて貰いたい。》

大岡はこの間も『俘虜記』の各章をさまざまな雑誌に書き継いでいるし、一九四八年には『野火』の一部が雑誌に掲載されている。つまり「記録文学流行」をつくり出した本人がこのようなノートを書いているわけだ。戦前は東京を離れて関西の会社勤めになり、「一体僕は三十代で兵隊にとられるまで、小説を書こうなどと思ったことのない男です」（「僕と〝戦争もの〟」）と述懐している大岡が、本格的な小説を書いてみようと思いたっている。戦前、ほんとうに小説を書こうと思ったことがなかったかについては、留保をつけて考えなければならないとしても、小説を書くという意志と、そこに至る自尊心の屈折が、右のメモにはにじんでいる。

しかし、私がこれから述べようとする『武蔵野夫人』についての感想（第一印象というべきもの）は、右のような作家の立場を汲んだものではない。小説の発表時期を考えるとか作者のノートに行き当るとかしたのは、『武蔵野夫人』についてあれこれ思いをめぐらせたうえでのことであるからだ。そのような弁明をつけたうえで、話をすすめていきたい。

感想の第一は、五人の男女によって進行するこの小説が、いかにも戦争（太平洋戦争）直後という時代を感じさせる、ということであった。道子に魅かれる勉が、復員兵士である、というだけではない。終戦直後の小説では、なんらかのかたちで戦争体験を背負った人物が登場するのは、ごくふつうのことだった。

勉の体現している雰囲気が「戦後」を感じさせるだけではない。女主人公の道子にも、不思議に「戦後」を感じさせるものがある。静かな武蔵野のいっかくにある広壮な家に、本来なら静かに日々を送っているはずの大学教授夫人。この大学教授秋山がほとんど詐欺師であることに、道子の恋が始まる条件があるとしても、これは「戦前」のブルジョワジーがつくりあげた、心正しいお嬢さんなのである。

道子のなかに「戦前」があるから、彼女を取りまく勉とか親戚の大野の「戦後」がいよいよ際立ってくる。あの戦争の及ばなかった場所と時間が小説のなかに封じこめられているのがかえって感じられるのだ、と思われる。

この第一の感想は、必ずしも直接的に小説の中身につながっていることではない。しかし、一つの時代がその風俗もこめて文章によって描かれているのを、たとえばほぼ七十年後に読む。

そこで時代の風俗を生き生きと感じることができるのは、やはりこの小説の力なのだ。

感想の第二は、これはいわれているように恋愛小説なのだろうか、というとまどいである。とまどいというあいまいな言葉で表現するしかない印象であった。

道子は人妻でありながら、従弟《いとこ》の勉に魅かれ、それが恋であることを自覚している。ビルマ戦線から生きのびて復員した勉に、道子はひさしぶりに会ったのだったが、すぐに恋情をいだくようになる。

というふうに読者に紹介されながら、道子は自分の恋が進まないように心の工夫をし、作者も率先してそれに加担する。道子の強い自制心を恋人であるはずの勉は大切に重んじて、その結果恋人であることから後退してゆく。あえていえば、一対の男女が恋愛小説にならないように懸命に関係を運んでいるのである。

なぜ、そんな小説になるのか、とまどいというのはそこにある。

そのとまどいは、第三の感想によって、さらに強まってゆく。乱れのない、抑制のよく利いた文体のみごとさ、とりわけ、頻出する自然描写の文体には自由なのびやかさがある。そのなかで、主人公役の道子と勉の関係がほとんど身動きがとれないままにギクシャクしている。なぜそうなるのか、疑問は深まるいっぽうである。

この三つの感想、とりわけ第二と第三の感想がどこに由来するのか考えてゆくと、ごく平凡な、しかし平凡ではあるけれど大切である理由にたどりつくのである。

道子の恋（と道子自身が思っている）に、官能性がきれいさっぱりない、ということである。

恋に肉体がない。これはかなり驚くべきことではないだろうか。

「なかなかの美貌」をもつ道子の肉体について、作家が言及している忘れがたい点が二つある。「その容姿の難をいえば少し胴が長すぎることであった」というくだりである。母親がそれをいうと、父親は、「なに構うものか、元禄時代は胴の長いのが美人の条件とされていたものだ」と笑った。道子の結婚後、父親が「胴の長い女の閨房《けいぼう》的魅力について、ちょっと露骨な冗談を附け加え」ながらその件を繰り返すと、娘の大きな眼はみるみる涙で一杯になった、というエピソードが一点。

もう一点は、そのエピソードとの継続で、「事実は道子は少し前からいわゆる女の務めが苦痛になっていたのである」という一行があることだ。

ともに、肉体を意識するのを嫌悪する二十九歳の人妻を語っている。それに対し、道子の恋の対象である勉は二十四歳。この青年は復員後大学に復学し、「堕落した女学生との交際に身を任せ」ているのだから、道子のように禁忌があるわけではない。しかし、恋する道子のほとんど禁忌ともいえる肉体関係への抑制に、勉の行動はつねに押し戻される。

二人は狭山湖に遠出して、台風のために電車が止まり、「はけ」の家に帰れなくなる。しかたなく湖畔の荒れ果てたホテルに泊ることになる。勉は「それだけはしないで」と道子の魂の声を聞いたように思い、「これだけはするべきではない」と決意する。その決意を知った道子は、「えらいわ、勉さん。あなたはやっぱりいい子ね」といって彼の顔を接吻で蔽《おお》う、という場面《シーン》がある。

この場面は美しいという以上に、恋しあう男女として不自然である。私が、道子と作者が共謀して恋愛小説になることを拒否し、恋愛から遠ざかろうとしているというのは、恋愛というロマネスクを味わわせてくれない作家への嫌味というだけではない。肉体の不在は恋愛を成立させないのではないかという、根本の疑問があるからである。

「『武蔵野夫人』ノート」(『作家の日記』一九五八年)で、作者は「女主人公、武蔵野夫人、frigide」とメモしている。frigide はフランス語で「不感症の」という形容詞であるから、大岡昇平はそれを道子の特徴としているのだ。なぜそうしたのか。肉体が解放された戦後文学への強い批判があったからなのかと考えて、文学史年表をめくってもみた。田村泰次郎の「肉体の門　第一部」は一九四七年の発表ではあるけれど、この時点では日本の文芸全体がそういう流れに棹さしていたわけではない。

女性の副主人公である大野の妻富子はコケットではあるけれど、これも遊び心だけが先行しているコケットで、その遊び心は肉体をそなえていないかに見える。となると、大岡の女性像の不思議な特質といえるのかもしれない。

それにひきかえ、大岡が執拗にというほどに描く武蔵野の風景は、正確であると同時に官能性がある。風がわたり、ゆたかな林は雨に濡れる。秋になれば落葉樹が紅葉し、遠くには牡丹《ぼたん》色に染った雲の下の富士山がある。なによりも、「はけ」の山襞がつくる根元には、こんこんと湧く泉があり、水は生命のありかを感じさせるし、官能性の象徴でもある。

官能が女性たちから剝ぎとられ、武蔵野の風景のなかに移行している理由が、私には結局のところよく理解できないのである。したがって、とりあえずはそのことは放置したままで、『武蔵野夫人』を論じた同時期の文章をここで読んでみることにする。これまで書いてきたような感想をいだく私に、もっとも強く訴えてきたのは福田恆存の批評であった。

福田恆存は、後年の政治的論客にして文明史家という存在ではなく、終戦直後は文芸批評家・劇作家として、その鋭利な批評は文壇でもつねに注目されていた。

『武蔵野夫人』の連載がそこで完結した「群像」九月号に掲載された福田の「『武蔵野夫人』論」は「大岡昇平様」という友人へ語りかける文章の体裁になっている。小林秀雄を頭にいただく文学仲間の、エコールの一員同士という感情がそうさせているのだろう。しかし、論そのものは、友人としての遠慮は表立ってはなく、小説のきびしい読みとりが、きびしいままに出ているといってよい。

福田は、大岡の執筆意図について、フランスの批評家ティボーデ（一八七四〜一九三六年）を引用していう。

ロマネスクに反抗し、否定することで、本物の文学をつくる。『ドン・キホーテ』も『ボヴァリイ夫人』もそうだった。大岡昇平もまさにそれを意図したに違いない。その意図は高く評価する。

しかし、『武蔵野夫人』は、二人の主人公である道子と勉が最初に規定された性格や心理によって、身動きがとれなくなっている。だから、連載の第二回（三章、四章）で小説は終ってしまっている。『武蔵野夫人』がロマネスクに苦杯をなめさせるために書かれた小説だとしても、恋愛小説が成立するのは、「エロスが、ロマネスクが復活しなくては動きがとれな」くなるのは明白。それができていないのだから、残念ながら恋愛小説としては成功しなかった。

さらにいうと、大岡昇平には、頑強なエゴイズムがある。そのエゴイズムとは、人間を考えるとき、自分にも他人にも、甘えを許さない正確さを第一の頼りにしている、そのことである。この大岡自身のエゴイズム（正確さと批評性）を打ち砕いて、いったんはロマネスクを復活させなければ、新しい小説は出現してこない。登場人物に正確であることを課して恋する自由を失わせているのだが、それは作者自身が何かに呪縛されて、自由を失っているということではないか。

ロマネスクの否定者が恋愛小説を書く――その意図はまことに重大かつ注目すべきではあるが、出来栄えは首を傾げざるを得ない。『武蔵野夫人』は「ドルジェル伯爵夫人のような心の動きは時代おくれであろうか　ラディゲ」というエピグラフをもっている。二十歳で死んだ天才ラディゲの『ドルジェル伯の舞踏会』は、ティボーデが、男女の心の動きがチェスの駒のように追跡されていて、「象牙と象牙のかちあう乾燥した音」が聞こえると評した作品である。

福田は大岡が意識してラディゲの方法を取り入れていることにも言及して、そういう方法だけではなく、「道子の夢を作者自身がひきうけてくれるとよかつたのではない」か、という言葉を添えている。「恋愛は他人にまかしておかずに、自分で演じてください」とも。

福田はその前に、しかし作品の出来栄えなんか二のつぎで、「意図」が第一なのだ、と宣言するようにいっている。

右のような福田の「私信」のかたちを借りた批評に対し、大岡昇平は「群像」十一月号で、同じく「私信」のかたちで、「『武蔵野夫人』の意図」を書いて弁明している。「拙作が僕が僕なりに現代のロマネスクの恢復を図り、同時にそれに苦杯を飲ませる目的で書かれたのは」福田のいう通りである。そして、「自殺という不自然な行為が、最後に予定されていては、まったく動きが取れ」なかったのも、福田の指摘通りである。

しかし、恋愛小説としては失敗と断定されるのはやはり口惜しい。だから、ちょっと負け惜しみをいわせてもらいたい、というふうに「私信」の意図が披露される。

ラディゲが人間心理のメカニズムを描いた方法に自分もよるとしながらも、もう一つ独自の方法を考えていた。それは人間心理を「社会的条件の結果として捉える」ということだった。「つまり心理がロマネスクにかちかちいうだけでなく、社会的にもかちかちさせて見たかった」。

自分としては抱きがいのある野望と思われたが、しかし結果は失敗だった、と大岡は自ら認めている。ラディゲの自由を失い、「女主人公の貞潔は人妻という位置の結果として、不毛な繰り返しになってしまった」といっている。しかし、大岡昇平は、自ら認める失敗の自覚にあっても、正確かつ明晰である。

《いかにも社会的経済的条件は歴史を決定するかも知れない。しかしそれは人間行為の総和の結果として決定するのであって、存在がいちいち個人の心理を決定するという風には働かないのです。》

明察である。これはさらに、次のような言葉につながっている。

《そんな僕でも小説を書くとすると、僕は今のところ自分と自分との関係にしか、その場所を考えられません。戦争という政治現象に遇って社会化せざるを得なかった自己の部分と、それに抵抗しようとする個体的な自我との関係、ここに僕は僕なりに敗戦国における劇の可能性を見ています。》

そして、福田が「わが主人公たる復員者」すなわち勉についてまったく無視していることを恨んでみせている。

私はなるほどと思ういっぽうで、福田が勉を無視するのはしかたがないのではないか、と思わざるを得ない。勉が戦後社会のなかで恢復してゆくさまは確かに書かれてはいるが、道子という貞淑な人妻が体ごと勉に向きあわない限り、勉の恢復を無効にしているとしかいいようがないからである。

大岡昇平の福田恆存への回答は、たまたまではあるが、先に述べた私自身の三つの感想への回答でもあった。

「社会的条件が人間心理のメカニズム」を決める、という考えは、男女の恋愛を描く小説には不向きという以外にない。それにひきかえ「心理のかちかち」と表現されるものは、もし十分に描かれるなら、生き生きと動的であるはずだ。

道子と勉の関係には、決定論的に捉えられた「観念的恋愛」があるだけで、動的なものが失われ、結果として繰り返しが現われる。これは、私の第二の感想「これが恋愛小説なのだろうか」への回答でもあり、福田のいう「恋愛小説として失敗」という言説の理由でもある。

そして私の第一の感想「敗戦直後という時代の空気が、思いのほか濃密に伝わってくる」というのは、大岡が「小説を書くとすると、僕は今のところ自分と自分との関係にしか、その場所を考えられません」という言葉が説明してくれるのではないか。

静謐な自然のなかでの、男女関係の劇は、大岡昇平の「小説を書こうとする場所」と強く結びついている。むろん「場所」を「意図」といい換えてもよい。とすれば、奇蹟的に復員することができて小説を書きはじめたひとの作品に、「戦後」が抜きがたくあるのは当然のことである。

私の感想のうち、第三の「自然描写」ののびやかさ、官能的とさえいえる魅力については、福田の批評にも大岡の回答のなかにもない。自然を見つめる大岡の眼のこまやかさ、については、一つの謎として、先々までとっておいたほうがいいのかもしれない。私は自然をみごとに歌った中原中也との、作家の若年期のつきあいをぼんやりと頭に浮かべているのだが、それについては安易に結論づけるわけにはいかない。ただ、『野火』の悲惨のなかでも、フィリピンの自然は瑞々しく、美しかったことは確かだ。

福田恆存はその私信的批評のなかで、大岡に語りかけるようにいっている。

ヨーロッパの近代小説の傑作はたいてい恋愛小説である。ところが、わが近代文学は純粋な恋愛小説をほとんどもっていない。「それだけにあなたが恋愛小説を書かうとされたことにぼくは敬意を表するのです」と。これは、意図だけでも立派という言葉につながる。

たしかに福田の指摘通りだとすれば、いや指摘通りなのだけれど、それでは小説家は何をどう書いていったらいいのか。いうまでもないことだが、確たる回答は福田の文章のなかにもない。

ほんとうのロマネスクの小説の伝統がないところで、「ロマネスクの恢復を図り、同時にそれに苦杯を飲ませる」（大岡）なんてことができるのか。論理的には、まず不可能というしかない。『武蔵野夫人』は、そのような場所での挑戦だった。

改めていえば、この小説のモチーフの中心には、日本文学にはほとんど見ることができなかった、新しいロマネスクの創造があった。西洋文学のなかで生れた小説が、自己を革新するかのように、その時代にふさわしい新しい恋愛小説をつくり出してきたことにならって、大岡も世界文学の流れに身をおいて『武蔵野夫人』を書いた。だから先行する日本文学のなかにロマネスクの実現がないということが、たとえば道子と勉の恋愛がただただ息苦しさのなかにとどまるという結果を生んだともいえる。

『武蔵野夫人』と、ほぼ同時的に書かれた『野火』、この二つの長篇は、題材こそ極端に離れてはいるが、小説（虚構）として奥行のある構造をもっている。その構造はそれぞれの主題《テーマ》にしたがって考えぬかれたものであった。

そのような意味で、この二長篇は群を抜いた日本文学の達成であり、それは戦争に敗れた昭和を象徴するような達成である。そして受け継がれるべき未来を孕んでいるのである。

第三章　『花影』と「黒髪」、そして『酸素』

一 「黒髪」の系譜

少し回り道をして話を始めたい。

辻原登の初期作品に「黒髪」と題するおもしろい短篇がある。「おもしろい」という言葉を気楽に使っているわけではない。この短篇にほどこされた工夫はきわめて複雑で、何が語られ、何が共鳴しあっているのか、明解に語るのが難しいほどなのである。

小説は一九九四年に実際に福岡市であった殺人事件の事実関係だけを集めるようにして、話が進められる。殺されたのは三十歳の女性美容師。グロテスクというしかない、バラバラの屍体遺棄が行なわれた。犯人は逮捕され、刑も確定したが、被害者の頭部がついに発見されなかった。すなわち被害者の黒髪は失われたままだったのである。

そういう事件の展開を語るなかで、突然、作家（辻原）の畏友である愛知文理大学文学部日本文学科講師の橘菊彦なる人物の「黒髪考——ニッポン文芸史ご案内」と題する講義録が、小説のなかに割り込むようにして入ってくる。橘は、作家よりも二つ歳下、前の年交通事故で死去した。その最後の講義を録音していた学生がいて、それが文学部紀要に掲載された。「私（辻原）」のところに送られてきた、長い講義録がそのまま小説に転載されている（ことになっている）。

「黒髪」は、『万葉集』以来、日本文芸のシンボル的イメージである、というのが橘の主張で、そのシンボル的イメージの内実と、さらには遷移がたどられている。しかし、私にはその詳細につきあう余裕はないし、だいいち橘なる男が実在したのかどうかも知らない。

講義録は核心に入って近・現代作家のことになる。

江戸時代以後、黒髪は花柳小説のシンボル的イメージになった。それは明治以後の近代文学でも継承されて、井原西鶴、為永春水、尾崎紅葉、永井荷風、泉鏡花、舟橋聖一と系譜をたどることができる。その系譜のなかにあって、特別な光を放っている小説が二つあって、それは近松秋江《ちかまつしゆうこう》と大岡昇平の、題名も同じ「黒髪」である。

花柳小説とは何か。いうまでもなく「くろうと」筋の女を描く小説である。吉原の花魁《おいらん》から夜の銀座のホステスに至るまで、「くろうと」筋の女は連綿と続いている。

講義録の橘某がいうには、この花柳小説の系譜を自分が見いだしたのは、大岡昇平の短篇「黒髪」を読んだのがきっかけであり、大岡に導かれて近松秋江の長篇『黒髪』に行きついて自分のなかの回路ができあがった。

もちろん書かれた順序は逆で、近松の「黒髪」は一九二二（大正十一）年の雑誌「改造」一月号に掲載され、大岡の「黒髪」は一九六一年「小説新潮」十月号に掲載された。さらにつけ加えると、大岡昇平は「近松秋江『黒髪』」というエッセイを、文筆業に入っての早い時期に書いている（「批評61」一九四八年三月刊）。

大岡はその文章で、近松の『黒髪』を大正時代の傑作の一つと評価している。しかしその褒め方はかなり複雑で、少し留保をつけて見る必要があるのだが、近松の作品に背中を押されるようにして短篇「黒髪」を書いたことは確かであろう。

そこで、もう少し辻原「黒髪」の講義録の記述するところを借りたい。次のような大岡の「近松秋江『黒髪』」からの引用がある。

《例えばこの場合秋江が女に惚れているのは疑いないが、彼は女の気持について全然思いやりがない。自分の容貌、才智、身分、金等、要するに娼婦にとって（或いは恋愛一般にあっても）男性の魅力をなす全体について少しも反省していない。一途に自分が真心こめて惚れているから、女も自分に惚れずにはいられない筈だと考えたがるのであるが、これほど自分勝手な、不自然な考えはないのである。そして彼がこうして平気で自分の一方的な感情を主張出来るのも、要するに心の底では相手を色を稼業とする女と馬鹿にしているからである以上、相手が彼を数ある金蔓の一つとして扱っても、別に不服をいう筋はないわけである。（略）しかもなお彼がここでひたすら自己の真心に訴え、女の不実を怨むをのみこととしているとすれば、それは明らかに自己の下心と、身の到らないところを知っている「自己」を欺いていることになる。》

引用した文章から、大岡昇平のふたつの決意を読み取ることができる、と続く。

一、色を稼業とする女を馬鹿にしない視点から、いつか小説を書く。

二、秋江に限らず、「私小説」における「自己を欺く」一人称「私」との戦い。

この読み取りは、大岡が自身の短篇「黒髪」を十三年後に書いたのだから、おおむね妥当と考えていいわけだが、しかし大岡がなぜ花柳小説を書くに至ったかは、説明していない。

私はここで、辻原登の「黒髪」からいったん離れることにしたい。思えば、大岡が戦地から復員して、疎開先の貸本屋で春陽堂「明治大正文学全集」に入っていた近松の『黒髪』を手にしたのが始まりであった。大岡が自分の「黒髪」を書き、それから三十五年後に辻原登が花柳小説の余香を慕うように短篇「黒髪」を書いたのだったが、辻原の小説の失われた黒髪の持ち主は「くろうと」筋の女性ではなく、女性美容師だった。花柳小説ではなかったのである。そのへんの呼吸が、花柳小説の消長を自ずと語るようで興味深いところではあるのだが、私としては、それには詳しくふれずに、大岡の作品じたいに話題を移したい。

二　もののあわれ

黒髪の系譜とでもいうべきものがある。辻原登の小説では、江戸時代の西鶴、春水から始まる「花柳小説」としてその系譜が現われるとされた。花柳小説を考えるなら、紅葉、荷風、鏡花など書き手がずらりとひしめいていた明治以降の近代日本文学にその系譜を見るほうがさらにわかりやすいだろう。小説に出てくる女といえば、「くろうと」筋がそれ以外よりもずっと多いのである。

大岡昇平は、自分の戦争体験である『俘虜記』を書き始めるのとほぼ同時期に、『野火』と

『武蔵野夫人』の構想を得、はっきりした連載ではないにしても、その一部が実際に書き進められた。それは前の章で詳しく述べたとおりである。

『武蔵野夫人』は、大岡が青年期から親しんでいた十九世紀のフランス文学の流れを汲んでいる本格的な恋愛小説が意図されたものである。その結果をどう評価するかはここではしばらく措《お》くとして、うまくいかなかったから、近代日本文学の「伝統」になっていた花柳小説を試みた、というような話ではないのである。

大岡の文学的好奇心はきわめて旺盛だった。戦後文学の古典となった『野火』や『武蔵野夫人』を残した小説家としておさまっているわけではないのである。近松秋江の破天荒な私小説『黒髪』に刺戟されて、そこに何らかの可能性を見たのは確かなことである。

しかし、その意欲がただちに大岡の短篇「黒髪」になった、というわけにはいかないところに、もう一つ面倒な事情がある。というのは、「黒髪」は一九六一年十月号の「小説新潮」に掲載されたのだが、その前にもうひとつ、花柳小説の長篇といえなくはない『花影』が書かれているのである。『花影』は「中央公論」に一九五八年八月号から連載された（五九年八月号まで）。

短篇をまず書いてみて、それから長篇に、というのが正順といえるかどうかは別にして、長篇から短篇にというコースは、やっぱり逆ではないか、といいたくなる。それは大岡が『花影』のあとになぜ「黒髪」を書いたのか、を考えるに際して多少は役に立つように思われる。

しかし「黒髪」の前に、まず『花影』を読まなければならない。大岡の書いたもうひとつの傑作として評価が高いのである。

『花影』ははっきりしたモデルがある小説、おおかたは事実に即して書かれた小説と、発表当初からいわれてきた。しかし、私はモデルが誰であり、小説のどこが事実でありまた事実でないか、という方向からこの小説を論じるつもりはない。

葉子として書かれている銀座のホステスが自死している。葉子を囲っていた大学教師の松崎は大岡自身の投影。葉子の相談役を演じながら葉子を窮地に追いこんでいく高島は青山二郎である。などといっても、小説の何かが明らかになるわけではない。近松秋江『黒髪』で「私」が追いかける祇園の芸妓がどんな女性であったかを知ったとして、それが何かを実証してくれるわけではないのと同じことである。

この小説に心打たれた、その中心に葉子という三十八歳の女性の描かれ方があった、という率直な印象から小説に入っていきたい。

「二十年、銀座の空気吸って生きて来た」という葉子は、三年間、松崎の愛人だったが、小説は松崎が別れ話をもち出すところから始まる。松崎は美術を講ずる大学教師だが、逗子に体調不全の十一歳の娘とそれを見守っている妻がいる。

葉子は何よりも美貌が評判のホステスだったが、それだけに年齢が加える衰弱が目立つことがある。松崎の勝手ないい分を汲みとってすっきりと別れるのだが、そのやりとりから見えてくるのは、銀座のホステスの華やかさの裏にある、人柄の穏やかさである。一口にいえば気がいい。あたりまえに気のいい女性は、人間として平凡、といえるようでもある。そして、その平凡さが、じつは人間としての普遍性に達している。際立つ美貌をもちながら、それを武器に夜の銀座でしたたかに生きのびようとはしなかった。

「くろうと」筋の世界でも、最後に物をいうはずの金の力を乗り越えられない。平凡な気の良さという美徳のために乗り越えられない。そこから、葉子のあわれさがくっきりと現われてくる。さらにいえば、松崎と切れた後の葉子の人間関係は、葉子という女をめぐる「色」の関係が描かれるように見えて、じつは金がついてまわっている。三十を過ぎて郵便貯金のかけ方を知らないような女のあわれさは、男との関係のなかでも深まってゆくしかないのである。

私は若い頃にこの小説を同時代のなかで読んでいる。そのときのさまざまな批判のなかで、葉子のモデルになった本人には、ぞくりとするような魅力があり、それがちっとも書けていない、という意味の指摘があったのをかすかに覚えている。かすかながらに覚えているのは、そんな女性の魅力が汪溢しているようなものならば、まったく別な小説になっただろうと感じたからに違いない。架空の小説の話になっても、詮ないと思ったのだった。

葉子をめぐる男のなかで重要なのは松崎と高島である。

松崎は大学の教師で、金の苦労が大変、ということになっている。大学教師がさまざまなアルバイトをしたところで、銀座の一流のホステスを「囲う」ことができるものかどうか。やがて音《ね》を上げるのは目に見えていた。自分の娘のことまでもちだして、もう身がもたないと告白し、葉子と別れた。

別れて半年の時間が経ってから、松崎はもう一度葉子に会いに行く。葉子の自死の、少し前である。そこで、こんな一節がある。

《……彼は葉子に自活する手段を与えずに別れたことについて、自分を責めなければならない立場にあった。貧乏な教師にすぎない彼を、葉子がそれほど当てにしていなかったにしても、それは彼にとって、いい訳にはならない。むずかり出した葉子に、彼がひたすら恋愛と忠実を主張したのは、結局葉子の方から、別れようといい出すのを待っていたことになる。それなら松崎は最初から葉子を、ほかの男たちから引き離すべきではなかったのである。それが後悔の種になるだろうと思っていた。》

この松崎の感懐は、自己弁護に似ていて、必ずしもそうではない。男の卑怯さというべき心のあり方を、正確に（また痛烈に）書きとっている。といって、松崎が許されているということにはならないけれど、少なくともいいだしたら際限もなくなるはずの自己弁護からは逃れている。

高島は、昔は「骨董界の鬼才」といわれて名を成した。今は親の残した遺産を子供同士で争っていて、暮しは不如意である。葉子は高島を「先生」と呼び、父親のような人と感じている。実際、高島は葉子の手を握ったこともない。

高島は葉子にとって金のからまない存在である。というふうに見えながら、それはいわば外観で、高島は金銭的な利益を葉子に依存しているのが、ストーリーの展開のなかで見えてくる。

葉子の保護者になる最後の可能性である製糸会社社長の野方を熱心に葉子に勧めたのは高島である。野方が湯河原にもつ旅館の女将になるかどうか、その話が行きつ戻りつしているときに、高島は黄瀬戸の盃の二重売りをやってしまう。野方からあずかった金が使われるのだ。

そのことを伝える葉子のセリフは短い。半年ぶりで葉子のつとめるバーに顔を出すようになった松崎に向って、「湯河原へは行かないことにしたわ。高島先生がまたやっちゃったの」と呟いた。

しかし、高島の二重売りは、野方に葉子から離れる理由を与え、葉子は行き場がなくなる。葉子にとって、高島とのあいだは金のからまない人間関係だった。しかし、高島の凋落ぶりはきわめて激しく、老年に近いこの独身男は毎日食べてゆくのさえおぼつかなくなるのである。潤子という銀座のバーの経営者と隣り合せに住んでいて、その潤子は体をこわして入院すると、女中に一日百円しか使わせなくなった。女中は高島の食事を出さなくなる。高島は毎日葉子のアパートに来て、葉子の作った料理を食べ、潤子の家には寝に帰るだけという事態になった。

そういう高島が、三十八歳のホステスである葉子に、いい話として野方を紹介し、そのうえで、結果としてそのいい話を毀す。高島にとっては、骨董界で隆盛を誇っていたときは、他人の金を一時的に何かに回す、つまり二重売りによって利益を得ることがなくはなかった。「結果として」葉子の行き場がなくなるとは思ってもいなかったのかもしれない。

高島と仲のよかったバー経営者の潤子は、また微妙なかたちであるにせよ、葉子の保護者、いわば姉さん格でもあった。その潤子が病気で倒れ入院し、そのせいで高島の凋落ぶりが剝き出しになる。あわせて、葉子の行き場のなさもまた剝き出しになる。いいようのないあわれさをたたえて、因果めいた物語が語られるのである。

松崎と別れて、葉子はふたたび銀座に出るようになった。潤子がつくったバーに出るようになって、それなりの男出入りがあった。一人は、経理士の畑。四十近い年で、娘と婆やの三人暮しで、女房に死なれている。葉子とそれらしいやりとりはあるけれど、結局、結婚ということには至らない。畑の娘が父の色恋を許さない気配がある。

もう一人は、テレビのプロデューサーである清水。清水は一時的に葉子の恋人を気どって、葉子のアパートに寝泊りするのだが、本気にはなれない。本気になるとは、会社社長の野方がいっとき考えたように、葉子を何らかのかたちで引きとって、その身を保証してやることである。妾なり何なり、金でその身分を保証する以外に、男が本気になるとはいえないわけだ。

三十八歳になって、生きる後ろ立てとして金がない葉子のような「くろうと」の前には、色恋の沙汰は後退してゆき、その底にありつづけた金の世界が剝き出しになってしまう。大岡は、松崎と葉子の関係を、こんなふうに書く。


《……恋の愛のといったって、結局松崎との間は、少しは原稿収入のある教師に、年をとった女給が囲われたというにすぎなかった。今となってはそれは最初からわかっていたような気がする。そして彼女の側からは、昔ながらの色じかけにすぎなかった、と自分にいいきかせる方が気が楽だ。》

最後の、「そして彼女の側からは」以下のいい分は、ともすると松崎の自己弁護にすぎないと受けとめられるかもしれないが、そうではない。色恋の底の見えにくい場所に、金の沙汰が隠しようもなくあることを、葉子も苦く知っていた。それを書いているのである。

葉子には生きていくうえに必要な金の手立てがないのだから、自分の老衰と向き合うのは、自死と向き合うことでもある。男たちとの関係のプロセスを書きながら、作家は葉子という女と真向から向き合った、といえるのだ。

そのとき、先に引用した辻原の「黒髪」がいうように、「色を稼業とする女を馬鹿にしない視点」から描くのが実現したのは、もういうまでもないだろう。

そしてそこにあったもう一つの事項、私小説における「自己を欺く」一人称である「私」との戦いにも、しかるべき成果をあげた、と私は考えている。なぜなら、松崎の主張と弁解をギリギリのところまで書いているからである。書くことで、判定を読者に委ねるようにして、それ以上は語らない。これは、自己正当化をはかる態度とは遠いところにある。

自己正当化をはかったのでないとすれば、大岡昇平は何をはかったのか。何のために『花影』を書いたのか。

葉子という、ある意味では平凡なひとりの女の鎮魂こそが、何にもまして小説のモチーフであった。

小説の二章末尾に、松崎と葉子が三年前の春に吉野へ花見に行ったときのことが、短く、しかし思いをこめてふれられている。

《二人で吉野に籠ることはできなかったし、桜の下で死ぬ風流を、持ち合せていなかった。花の下に立って見上げると、空の青が透いて見えるような薄い脆い花弁である。
日は高く、風は暖かく、地上に花の影が重なって、揺れていた。
もし葉子が徒花《あだばな》なら、花そのものでないまでも、花影を踏めば満足だと、松崎はその空虚な坂道をながめながら考えた。》

この一節は叙情的ではあるけれど、用いられる言葉の一つ一つが十分に吟味されて、いたずらに感情的にならぬように配慮されている。そのうえで、抑制のなかで鎮魂の音楽が鳴っている。

また最終十八章の、葉子が薬を飲んで自死する場面は、長すぎるといいたいぐらい、克明に描かれている。これは、右に引用した二章末尾と対応するともいえる場面だろう。大岡は、結末の、

《「白っ子、白っ子」
からかうような声だった。それから闇が来た。》

まで、自分の女主人公とつき合うのを自分に課したのである。その選択は、私が長すぎるのではないかと感じたように、小説としての効果を超えたところがあったかもしれない。いずれにしても、『花影』に現われた、三十八歳の「くろうと」筋の女性の魂は、たしかに鎮められた。そのことは、このほとんど無駄のない花柳小説がみごとに実現している。

そして私には自ずと思い返すことがある。前章で『武蔵野夫人』を取りあげ、福田恆存の「『武蔵野夫人』論」にいちばん刺戟されるところがあった、と述べた。

もう一度、それにふれておきたい。福田はいっている。ヨーロッパの近代小説の傑作は、たいてい恋愛小説だけれど、わが国の近代文学には、純粋な恋愛小説はほとんどない。そのなかで大岡が恋愛小説を書こうとするのは十分に尊敬に価する。ただし、大岡はいっぽうで二十世紀の作家らしく、ロマネスクやエロスに頼りたがらない。しかし、男女の組合せがはじまれば、エロスやロマネスクが復活しなければ動きがとれなくなるのではないか。『武蔵野夫人』は小説の早くから、動きがとれなくなってしまっている。

そしていうのである。私小説で恋愛小説を書いてください。恋愛は他人にまかしておかずに、自分で演じてください——もちろん、小説のなかでですよ、と。

この福田の名言は、『花影』が書かれるのを見通しているかのようでもある。

葉子は、ことさらにエロティックに描かれているわけではない。また、男関係の遍歴もことさらにロマネスクが勝っているわけでもない。わずかに、「日は高く、風は暖かく、地上に花の影が重なって、揺れていた」の一行と、その前後にロマネスクが匂い立っているぐらいである。

あとは、葉子の平凡さが、逆に年嵩の銀座ホステスの存在感をかもしだしている。テレビ・プロデューサーの清水と初めて体の関係を持つ場面。

《部屋へ入ると、葉子はすぐ帯を解き出した。足を投げ出し、足袋を脱ごうとして、眼の前の鏡を見ると、外套のままの清水の姿が、近づいて来るところだった。

うしろから抱きしめられて、あとはいつものことになった。》

「いつものことになった」という一句に、葉子の日常の肉体感覚というようなものが、何気なく出ている。葉子の平凡さによって、葉子の生ま身が逆に強く感じられる、と私は思った。

葉子の官能性が描かれるのではない。葉子がだんだんと独りになっていくに連れて、葉子という女の肉体の存在感が、その衰えもふくめて濃厚になる。そのいちばん突き詰めた果てに、自死がある。そう実感できる。

そんなふうに理屈立てていってみると、『花影』はやはり恋愛小説ではないのではないか。やはり花柳小説と考えるほうが筋が通るのではないか。花柳小説のなかで、大岡昇平は「色を稼業とする女を馬鹿にしない」どころか、恋愛小説にまがうような書き方でひとりの女性を描きだし、その魂を慰めようとした。それはみごとに成就したのである。

この小説、部分によってはたしかに鎮魂のしらべが鳴っていると思われるが、死者への鎮魂が果たされれば事足りる、としているのではない。ひとつには、葉子が金銭的にじわじわと追いつめられてゆく精緻な書き方、そのあげくに自死に至る、最終章のごまかしのない入念な書き方に、私は先にも述べたようにあわれさを強く感じた。

そしてこの印象をもう一歩進めて考えてみると、この「あわれ」は、平安朝以来のわが国の文芸上の美意識である「もののあわれ」と繋っているのかどうか、問を立ててみたくなる。

本居宣長が『紫文要領』で「物のあはれ」という言葉を左のようにもち出している（私はこれを丸谷才一の「むらさきの色こき時」と題するエッセイから再引用する）。

《歌のいでくる本《もと》は物のあはれなり、その物のあはれをしるには、此物語（『源氏物語』）を見るにまさる事なし、此物語は紫式部がしる所の物のあはれよりいできて、今見る人の物の哀は此物語よりいでくる也……》

この後に、「是歌道の本意《ほい》なり、物のあはれをしるより外に物語なく、歌道なし」と続くことからも推しはかれるように、宣長には『新古今和歌集』を成立させた『源氏物語』という文学史的事情を探りたいという意欲があった、と丸谷は述べている。

さらに丸谷は、「もののあはれ」という「もやもや」したわかりやすくはない言葉を明確に説明してみせるのだ。

国語学者の大野晋は、「もの」とは掟、理法であると主張した。現代語で「ものの道理のわからんやつだ」のあの「もの」である。「ものの道理」とは重ね言葉。掟、理法とは、春のあとに夏が来、秋のあとに冬が来るというような、人間の力ではどうすることもできないことである。そういうきびしい現実、運命、定めを前にしての哀愁、それが「もののあはれ」で、「さういふ情趣を解するのが立派なこと」なのだ、といっている。

私にはこの明晰さを批判する意思がない。人間の力ではどうすることもできない現実（と思われるもの）が確かに葉子の前に現われ、彼女は追い詰められてゆく。そこに人が生きるうえでの、普遍的な愁いを見るとすれば、これは「もののあわれ」というしかないのではあるまいか。

「もののあわれ」は、日本文芸のほとんど発生のときからある美意識であり、また人生を考えるうえでの思想でもある。そういう感覚と思想が一体となっている文芸の伝統に、『花影』は連なっている、ということはできるだろう。

しかし、『源氏物語』を見ても、ずっと時代が下った『新古今和歌集』を見ても、「もののあわれ」は男女の恋のなかに現われるのである。『源氏物語』には、より古代的な母権制社会の名残りをいくつも見ることができる、と丸谷才一は述べている。そこから我が田に水を引くようにいえば、男と女の恋のやりとりは、いちおうの対等が維持されているのである。

また、宮廷というのはあわせて数百人しかいないほどの小社会であるとしても、これは濃密な社会であった。そのなかでは、隠微なかたちではあっても、政治的なやりとりが行なわれていた。

ところが花柳小説には、約束事のようにおしなべて社会性がない。そしてそのことに伴うようにして、女性としての個人というものがない。対等な男女関係というのがもともとないのである。そして、社会性のごときものが花柳小説に現われてくるのは、金の話になるときである。金の話は表面に出てきてはいけない、隠れた掟のように底のほうに沈んでいる。

大岡昇平は『武蔵野夫人』で、男と女が対等でいられるような恋愛小説を書こうとした。道子という倫理的な女性は、倫理を超える肉体をもつことができず、自死に赴くしかなかった。それでも、花柳小説の流れのなかにある『花影』の葉子とは、違った生き方の可能性を探っているのである。

しかし、葉子の姿のなかにこそ、生きるうえでの普遍的な愁い、すなわち「もののあわれ」があざやかに現われている。男たちがその背後でゴソゴソと何事かをやったりやらなかったりしている葉子の『花影』は、「もののあわれ」を色濃くにじませた物語になっているのだ。

そういえば、夏目漱石の市民的な男女の関係を扱った作品のなかで、「もののあわれ」を感じることはほとんどなかった。そして荷風や鏡花の作品のなかで、ふと「もののあわれ」を思うのは、そんなに稀なことではない。

三　作家の不機嫌

ここで大岡昇平の短篇「黒髪」について語っておきたい。『花影』の花柳小説的な構造をもののみごとに短篇のなかに移した作品である。

しかし、そうだからといって、近松秋江の『黒髪』に直接的に繋るというのではない。むしろ繋らないところで成り立っていると見ることができる。

秋江の『黒髪』では、作家自身と見るしかない「私」が、執拗に女を追いかける。とめどがないといいたくなる追いかけ方である。しかしこの芸妓が巧妙に「私」から逃げつづけるのに成功しているのだから、結局のところ追いつづける「私」は惚れているというおのれの感情のなかへ追いつめられるしかない。

大岡昇平は「近松秋江『黒髪』」で、南山城の大河内村に「私」が女を探しに行くところを引用し（この部分は『黒髪』連作の『狂乱』）、雪の降る山中で「私」が引き返す場面を、最も精彩に富むと評した。そのことからもわかるように、読者の前に姿を現わすのは女ではなく、あくまでも追いかける「私…私…私」なのである。

大岡はこういう構造について、「こうしていわば、作者の意に反して、真実が現われて来るところが、秋江の小説の変な現実性」であるといっておもしろがっている。秋江の「自己を欺かず」という希求が「作者の意に反して」実現しているというわけだ。女の生や性のなかに「もののあわれ」が漂うなどというのは、ありようがないし、また書き手が願っていることでもない。

秋江自身の「私」のあわれさは、たしかに秋江の小説が実現している顕著な特徴かもしれない。ああ、男というのは愚直だなあと溜め息をつくことができたにしても、その溜め息は、日本の近代社会のどこに繋っていくのか。狭小な人生感がその感情の奥にあるだけだ。

そういう秋江の『黒髪』に対し、大岡の「黒髪」はちょうど裏表を返したような作品になっている。

舞台は、秋江のと同じく京都。そのあたり、大岡はやはり秋江を十分に意識している。

久子は、家出して山陰から京都に出てきた少女で、読者がいちいち追うのが面倒になるぐらい、男を遍歴する。特徴的なのは、久子にも男に対して実を伴う思いがあるわけでなく、同様に相手の男たちにも恋愛感情らしきものがないのである。劇団員、画家、ダンス教師、映画の助監督、文士、大学教師、新聞記者、闇屋等々。その全部ではないにしても、主だった男づき合いが、特にどこに比重をかけることもなく、さらさらと描かれている。男のほうは次々に変るのだから疲れるということもないが、久子は雑多な男たちをひとりで受けとめているのだから、疲労感のようなものがしだいに濃くなってゆく。

男出入りのゴタゴタがあったある日、久子は自宅の前の小さな水の流れに沿って歩きはじめる。疎水のほとりの道である。この疎水は京都盆地の水流の方向とは逆に、山際に沿って銀閣寺まで北流し、さらに北のほうに迂回している。

その疎水に沿って歩くうちに、「小さい時、死のうと思って山陰の町の河原を一人でうろついた時も、こんな気がした。丸い玉のようなものが、胸元からこみ上げて来るような気」がしてくる。小説家は、ここでようやく久子という色をひさぐ女に寄り添おうとするかのようだ。それまでの、久子の男出入りを不愛想に、しかし無駄なく伝える筆致が変化するのだ。そして、

《いつでも自殺してみせると、彼女は三十二になっても、十歳の時の山陰の小さな町の古い家の押入に隠れて、泣きじゃくった時の気持を持ち続けているのである。》

と、不幸な生い立ちにもう一度言及される。

疎水のほとりに、粗末な山門から出てきた尼僧の姿に気づいた久子は、その門から境内に入る。結びは、

《彼女は式台に膝をつき、黒髪を床板に垂らして、おじぎをしながら、「尼さんになるのは、どうしたらいいんでしょうか」と訊いた。》

この「黒髪」は、三人称で書かれているのだし、登場する男の誰それに作家が「私」（の一部）を仮託することはまったくない。それどころか作家は女主人公にさえ、必要以上に寄り添うことがないよう注意を払っているようだ。といっても、久子を色を売る女として馬鹿にしているわけではない。総じていうと、秋江の『黒髪』とは逆の方向から語られた花柳小説なのである。

大岡の「黒髪」は、「小説新潮」一九六一年十月号に掲載された。長篇『花影』が「中央公論」に連載されたのは、それより三年前の五八年八月号から五九年の八月号までである。

短篇と長篇のこの書かれ方を見ると、短篇は長篇のもっている構造だけを裸にして取り入れたものではないか、と私はいってみたくなるのである。そして短篇には尼になる気持になるしかなかった女の、あわれだけがすっきりと残る。大岡昇平が花柳小説の最後の書き手だったとすれば、まず『花影』が書かれ、そのとどめは短篇の「黒髪」にあるのではないか、と思うのである。

ところで、『花影』と三年後の短篇「黒髪」について、二つとも稀にみる完成度をもっている点、そして二つとも花柳小説の流れのなかにあるという点に惹かれて、相応に詳しく論じてみたのだが、では大岡に他にもこの系統の作品があるのかというと、それがほとんど見当らないのである。

長篇はいうに及ばず、初期の短篇集を見ても、前記二作品の後を継ぐようなものがない。では、どんな短篇を書いたのか。それをざっと眺め渡しておこう。大岡が自身の文学の針路をどんなふうに考えていたのかが、少しでも推測することができればと思うからである。

そう考えて、一九五〇年代の短篇集を手にしてみても、これが実に取りとめがないのである。ただし、後に合本『俘虜記』としてまとめられる戦争体験記、そこからこぼれ落ちた戦争体験ものは、ここから外しての話である。短篇集のタイトルをあげておくと、

『来宮心中』（五一年、新潮社）

『母』（五二年、文藝春秋新社）

『振分け髪』（五五年、河出書房）

『春の夜の出来事』（五六年、鱒書房）

いずれも大急ぎで短篇をかき集めて短篇集をつくったかの観があり、一冊ずつのまとまりもない。しかも、各集に収録が重なっている作品もあって、いよいよまとまりのない印象が強い。

そこで一つの便宜として、ずっと後に刊行された（一九七八年）、集英社文庫の『来宮心中』を手もとにおき、ここに収録された粒よりの短篇を話題にすることにした。収録作は以下のとおり。黒髪／来宮心中／逆杉／動物／一寸法師後日譚／鷹／停電の夜／清姫／振分け髪／春の夜の出来事。一九五〇年から六一年までに書かれた短篇である。

「来宮心中」（五〇年）は、わりと長めの短篇で力がこもっている。大岡の文体はどんなばあいでも端正だから、力作であることを振りまわしているわけではむろんない。

房枝と賢吉。金の工面をするため関西に行くつもりの一対の男女が、来宮の寮で宿泊することになり、そこでいっそ心中しようという話になる。私が「力がこもっている」というのは、共に死のうとする男と女のあいだにある大きな溝を、精密な画面のように描き出していることだ。

心中という特別なことを実行しようとしているにもかかわらず、男女の溝は日常生活のなかでと同じように埋らない。ということは、ほんとうに透視力のある目にとっては、それが男と女の普遍的な姿といえるのかもしれない。それでも二人は心中をしたらしい。

私の興味を引いたのは、男と女の関係を描くときの、大岡昇平の機嫌の悪さである。長篇

『武蔵野夫人』でも、大岡の筆致は十分に機嫌が悪かった。心中とか自死が結末にくるのだから機嫌よくなんかしていられないという、作家のロジカルな声が聞えてくるかのようだ。しかし私は、スタンダールは恋愛小説において、どんな苛酷な状況にあってもカップルをどこか機嫌よく書いているのを思いだしているのである。

そして、最後には男女の道ならぬ関係が明らかになる「逆杉」（六〇年）でも、作家はまったく容赦しない。塩原温泉で同宿した「紅葉の間」の二人連れは、男爵家の一族の者で、女は兄の妻、男はその弟（女にとっては義弟）である。

逆杉と呼ばれる神木のあたりでこの二人連れが遊び、作家である「私」は二人の一挙手一投足を克明に（しかも思い切り不機嫌に）見ている。神木の地上三尺ばかりの幹の窪みに女の髪がかけられていた。女はそれに気づき、「きたない」といって飛びのいた。そして歩きながら一瞬「私」と眼が合う。「私」はその瞳の獣のような光を見る。

「私」は散歩の足をのばして、逆杉の全体が遠望できる場所に立つ。そして、「私はその姿も醜いと思った」という一行が小説の結びになる。

この短篇、尾崎紅葉『続々金色夜叉』の、塩原温泉の地形考察から始まって、地理地形好きの蘊蓄《うんちく》を傾けてペダンチック。そこでの作家はけっこう機嫌がいい。明治時代の才腕の土地描写を大岡につられて楽しむうちに、突然「紅葉の間」の嫂《あによめ》と義弟の話になり、逆杉もこの密通するカップルも「醜い」と切って捨てられる。相愛の心中者なら、まだ許せる、といいたげなのだ。

私はまたしても一種の不可解感に出くわす感じである。一対の男女が許容できないと書く作家の心情はどこにあるのだろう。倫理の旗を高く掲げているわけではないだろう。さらにいえば、気に入らなければ書かないでおく、という選択だって最後にはある。とにかく、大岡が男女を描くとき、少しでも「甘い場面」があるかどうかを、私はしばらく探してみることになりそうだ。

「振分け髪」（五三年）は、若い男女のことを扱いながら趣が異なっている。父が同じ、異母きょうだいであることを知らないで結婚した二人の悲劇が、現代の話なのに古い伝承のように簡潔に語られる。男も女もいわば善良で、男が死んだ後、女は別の男と再婚するという、一種の救いがある。この作品には物語を語るときに自然に現われる力というべきものが存分に発揮されているのだ。

以上の三篇を含めて、この短篇集を通読してつくづく思うことがある。作家として出発してほぼ十五年間、大岡昇平には実に多彩な題材をそれに即した書き方で書く力があったのだ、ということである。「一寸法師後日譚」とか「清姫」のように古い伝承と遊ぶような楽しい作品があるかと思えば、「鷹」のような心理学の応用もある。

興味深いのは推理小説への関心が、早くも「春の夜の出来事」のような作品を生みだしていることだ。このあと、そう時をおかずして推理小説が次々と書かれ、『扉のかげの男』（六〇年）、『真昼の歩行者』（六〇年）のような短篇集の刊行になった。

短篇集のさまざまな題材、さまざまな書き方を見ると、自らの才能を発見した作家が、さてこれからどう進んでいこうかと、思案している姿が見えるようである。

もちろん、『野火』『武蔵野夫人』そして『花影』を書いている最中でも、また書いた後でもやりたいことは目前にあった。たとえば旧友・中原中也の伝記を書くのがそれであっただろう。それでも自分の進む方向を、この明晰な作家が真剣に思案した、と私が考えるのは、何でも書ける、と才能を自覚したことの重さを考えるからである。大きな才能をもった作家が、早くも代表作といえる作品を書きおえた。さて、これから何を書くのか。どのようなかたちで、昭和という時代に向きあうのか。それは確かに重いテーマである。

さらにそれにつけ加えていうとすれば、大がかりな長篇『酸素』の中断がある。中断した作品を外側からあれこれいうのは、私には詮ないことに思われもするが、それでも執心が強かったはずのこの長篇の中断にふれないと、大岡昇平とは何かを考えてみるときに大きな欠落になるだろう。

四 もし完結していたら

『俘虜記』の「季節」の章で、大岡はのちに『酸素』となった小説の、原案らしきものについて書いている。

ミンドロ島の駐屯地で、敵の上陸を待ってぼんやり日を送っているとき、小説を書くことを夢みた。「それは私の勤めていた工業会社の製品たる或る元素を題名とし、その会社に加えられた戦争の政治的社会的圧力、及びそれに因《よ》って起る使用人の間の葛藤を主題とするはずであった」。大岡は上官の眼を盗んで、ノートに鉛筆で書き始めたが、結局暇が少なく、頭も文章を工夫する状態にはなかった。「小説はその舞台たる関西の一都市の十頁ばかりのエスキスを留めただけで放棄された」というのである。

これが『酸素』を書く最初の試みであったかどうかは確定のしようがない。あるいは、軍隊に召集される前のどこかで、構想されたものであったかもしれない。大岡は別のところで再三にわたって、戦前は小説を書く気などまったくなかったといっているが、これはそのまま受け取ることができない。

大岡がひとり東京を離れて神戸で会社勤めになった、その体験が小説のもとにあるのは確かである。神戸にある日仏合弁の帝国酸素株式会社に勤めたのは、一九三八年の十月。翻訳係として採用された。大岡自身の目が通っている年譜によると、四二年頃から海軍による会社乗っ取りの工作が激化し、四三年六月、その影響で大岡も退社した。その間、三九年に神戸で結婚、四一年に長女が誕生している。

決意して東京を離れて神戸で職に就き、それが数年で退職という結果になったのは、大岡にとって小さくはない体験だったはずだ。時をおかず（四三年の十一月）、神戸の川崎重工業に入社、翌四四年三月、教育召集を受け、ひきつづき臨時召集でフィリピンへ出征ということになった。

このようなめまぐるしい動きを考慮すると、『酸素』を小説にしようと「夢見た」のは、やはりミンドロ島で敵上陸を待つ日々と考えるのが妥当かもしれない。

長篇小説『酸素』は、「文學界」一九五二年一月号から連載開始、五三年七月号で終了した。単行本になったのは五五年七月（新潮社刊）である。単行本末尾には、「第一部終」という文字が入っているが、七九年に新潮文庫版になったときは、その文字は消えている。消えてはいるが、いかにもこれは「第一部」が終ったのであって、中断された感はまぬがれない。

小説中の「日仏酸素株式会社」は、日仏と名はついていても、専務取締役のエミール・コランが圧倒的に経営権を握っていて、まずはフランスの会社の日本出張所というところである。ただし、会社を実務として動かしているのは日本人メンバー。そこに帝国海軍、さらには陸軍憲兵隊が乗っ取りの食指を動かして、フランス人を排除しようとする。

その外圧があからさまになった段階で、小説はプツンと途切れるように終っているのだ。日仏酸素の経営が誰の手に落ちるのか、不明のままの終りなのである。

「『酸素』創作ノート（一九五一〜一九五三年）」と題する大岡のノートがあり、文芸誌「海」の一九七四年十二月号に掲載されている。小説を論ずるのにこのようなノートを用いるのはできれば避けたいが、第二部が構想され、書かれなかったことがそれによってはっきりするのである。

そこでは「第二部　一九四一、四一—九（御前会議まで）」の項目の後に、「瀬川、井上、海軍に抵抗。勝田、海軍に利用される。財閥の勝利」という一行がある。「財閥の勝利」とある以上、第一部で描かれている海軍や陸軍が直接に乗っ取るという動きが変って（あるいは展開して）、戦前の旧財閥が何らかのかたちで参入してくるのが考えられているのだ。これはストーリーがさらに拡大するわけだし、会社経営がどんなかたちになるのか、かんたんに予測することが許されないのである。

『酸素』を考えるために、多彩で数も多い登場人物を一覧してみよう。

瀬川　　日仏酸素の取締役兼営業部長。会社でも小説の展開のなかでも中心にある。フランスかぶれ。

〃頼子　その妻。のち井上良吉の恋人。

井上良吉　瀬川の後見で日仏酸素に入社したばかり。共産党の非合法活動家。頼子の兄の親友で、学生時代から頼子に惹かれていた。

藤井雅子　神戸在住の画家。元活動家。その住いは、仲間のサロンのようになっていて賑やか。瀬川と互いに惹かれあっている。

勝田延雄　淀製鉄所社長。事業家で、瀬川を通して日仏酸素に興味をもつ。

西海辰夫　海軍主計中尉。父親が海軍の将官で、半分リベラリスト。

間宮兵長　陸軍憲兵隊。瀬川、雅子などとも親しい。

阿蘇竜介　元駐ベルギー大使。今は豊中に隠棲。瀬川の社交仲間。

若林　　瀬川の部下。帝大出ながら瀬川の走り使いも辞さない。

エミール・コラン　日仏酸素専務取締役。したたかなフランス人代表。

他に脇役も少なくないが、表にするのはこれぐらいにしておこう。ここにあえて書き出してみたのは、こういうメンバーで、日仏酸素の経営権が争われる、その構想のスケールを察知してもらいたいということもある。

実際、特高の目をのがれつつ井上が神戸にやってきて、左翼活動を開始する、冒頭の神戸港のシーンは、何が始まるのかと映画の場面にまぎれこんだようなおもしろさがある。井上はその存在がすでに特高にバレているのだが、何者かの力が働いて助けられ、あとで助けたのが憲兵隊と（読者に）わかるあたりは、息もつかせぬような緊張感があって、すばらしい運びである。

ただ会社乗っ取りの話に入っていくと、話の仕掛けが単純すぎることもあって（たとえば、コランの文書を偽造する）、しだいに興醒めになるのは否定しがたい。また、海軍の西海主計中尉や憲兵隊の間宮たちの、会社乗っ取りへの絡みぐあいもはっきりしないままに、ドタバタ的な動きが続くのは、小説の不成功を予感させるのだ。惜しい話だなあ、としばしば溜め息が出るのは、物語の進行のなかでその予感が予感に終らないのを知るからだろう。

小説の出来事は、一九四〇年の四月から六月のことである。同年九月、日独伊三国同盟締結。翌四一年十二月八日、対米英蘭宣戦布告。太平洋戦争直前に、酸素製造を行なう会社にどのような政治的経済的圧迫がかかるのか。また、それにどう対処することが可能なのか。近代日本の小説ではほとんど書かれなかった、社会と時代を扱うための材料がここにはあった。それを材料として本格的な小説を立ちあげようとしたのは、大岡昇平の明察であったに違いない。

しかし、『酸素』は構想されたような作品にはならなかった。残念というしかない。その理由を当て推量であれこれいい立ててみても詮ないことである。ただ、私は読者の感想として二つのことを述べておきたいと思う。

一つは、この長篇の随所に推理小説の手法が見られる、ということである。とりわけ第二の主人公である井上良吉の「地下活動」に関する記述では、推理小説的手法の導入が有効だった。追う者と追われる者。井上は追う特高の目をかいくぐらなければ、たちまち刑務所入りとなる。それを知りつつ、日仏酸素のふつうの会社員にもなりすまさなければならない。井上が出てくると小説が生き生きするのは、彼が若者らしい純潔さを体していることのほかに、追われる者の緊迫のなかにいるのが大きいのである。

思えば、十九世紀のたとえばバルザックの社会・政治小説では、推理小説がひとつのジャンルとして姿を現わす以前に、推理小説的手法が存分に使われていた。真相がありそれを推理する視点があるという構造は、複雑化した社会を描くのに有効だったのである。

『酸素』の第一の主人公である瀬川には、少なくとも「第一部」で見るかぎり、この推理小説の手法は十分に発揮されていない。かわりにというわけではあるまいが、瀬川は半ば意識的にそれを演じているとしても、妙にフランスかぶれした、軽い人間として戯画化されているという特徴がある。戦前にもこうしたフランスかぶれがいたのかというぐらいのおもしろさはあるけれど、会社乗っ取りに対抗する知力と精力がこの男にはない。それが、小説全体の構造上の欠落につながっているように思われるのである。

日仏合併会社をめぐるいくつもの力のぶつかりあいにまで、推理小説的手法を及ぼしてもよかったのではないだろうか。

私の感想の第二点。井上良吉と瀬川頼子の、男と女の関係についてである。二人が（気持のうえで）結ばれる場面が、私にはきわめて興味深かった。

場所は六甲山上に近い、ゴルフ場のあたり。濃い霧のなかで、小説の主たる登場人物がゴルフをしたり散歩をしたりしている。井上と頼子の間柄がそこまで進む経緯がよくわからないのだが、ここで二人は短い言葉で思いを告白しあうのだ。


《一本の若いハトヤナギが菱形の葉を返して銀色の葉裏を見せていた。呼吸困難の感じは霧のせいらしかった。

「喧嘩はよしましょう。あなただけが、僕の主張なんです」

「あたしも良吉さんだけ」

「もっと早くこれがいえればよかった」

「あたし臆病だから、だめなの」

「僕が意気地がないんです」

頼子のまつげにも、良吉のまつげにも霧の滴が白くたまっていた。良吉の脣《くちびる》は霧の味がするようであった。頼子は前途をおそれた。》

大岡らしい抑制のなかにも、とにかく結びつこうとする男女が正面から描かれている。そのような描写が、良吉にも頼子にも不自然ではない。頼子は東京のミッション・スクールを出て、フランス語ができる。実家が裕福で、個人として生きてゆける存在でもある。

あちこちで浮気をしている瀬川について黙って忍んでいるのも、一人立ちしている女性の姿と受け取れないこともない。そういう有夫の女性が、「あたしも良吉さんだけ」というのである。ここには、『武蔵野夫人』で見たような、また「逆杉」で見たような、大岡昇平が男女を描くときに発揮する、理由のわからない「不機嫌さ」がない。そこに私は大岡のこの小説への意思を感じるのである。

会社乗っ取りと、左翼の地下活動。二つがからんで、社会的な広がりと奥行をもつ小説が構想された。そのなかで、不倫の恋が生きようとしている。私は戦争直前のこの恋の行方を知りたいと思うのである。これはまさに昭和前期の日本を描く小説になるはずであった。

第四章　推理小説と裁判小説

一　大衆文学を批判する

一九六二年一月に刊行された大岡昇平の『常識的文学論』は、相当に攻撃的な本である。前年（六一年）の「群像」一月号から十二月号に連載されたのだが、雑誌連載中から大いに話題を呼んだ。

といっても、小説家・批評家・編集者などが肩をぶつけあうようにそこに生きている、狭い文壇内での大きな話題である。過大に考えるとまちがってしまいそうだが、当時の小説の流れに一石を投じたことは確かであった。

さらにいうと、これをいま読み返してみて、私には一種の感懐めいたものがあった。一九六〇年代前半というこの時点では、文壇というものがまだ生きていたのだなあと、感じたのである。文壇という、一種の囲い。何か息苦しいような枠組である。

大急ぎでつけ加えると（早く本論に入るべきなので）、私が出版社に入社したのは一九六四年である。文壇という息苦しいものがあると意識することはあまりなかったのだけれど、自分一個のことから目をあげて視野を少し拡げてみると、私が編集者になった頃から、ゆっくりと、少しずつ、文壇というものが崩壊しはじめたのだろうと思う。

そのことの善悪を、かんたんに測ることはできない。ただ文壇というものがいつのまにか表向きは消失した結果、作家たちも、それに付随するかたちで編集者たちも、ひとりひとりが孤立して立っている。それが言葉通りなら、まあ、悪いことではないのかもしれない。

『常識的文学論』に早く戻ろう。

大岡昇平は、ここで徹底した大衆文学批判を行なった。まず、前年に刊行された井上靖『蒼き狼』批判。ついで、当時高い評価を得てベストセラーにもなっているいくつかの大衆文学作品の批判。こっちのほうは、批評家の平野謙などが、文学が地殻変動を起こして大きく変質しつつあるのではないかと主張したことを、併せて真向から否定している。

本の「序」から大岡の表現を引用しつつまとめれば、以下のようになる。

「昨年中から大衆文学、中間小説の文壇主流進出」を全面的に認容するような議論があった。このような「文学変質説」は、いわば「淫祠邪教」であり、自分はその実体を「摘発」するという文法で、批判した、というのである。

そんな大岡の発言は、舞台の上で啖呵《たんか》を切っているように威勢がいい。喧嘩を有利に運ぶためのポーズという面もあろうが、根本には強い苛立ちと怒りがある。そういう大岡の議論をさらに詳しく追いかけてみよう。

井上の『蒼き狼』が歴史小説と呼ぶための最低の条件に欠けている、という批判は、歴史小説とは何かという相当に面倒な話になり、それは気分的には大衆文学批判につながっていくものだとしても、複雑な議論になるはずである。ここではそこを通り越して、その後にある二章にわたる「大衆文学批判」と松本清張批判を集中的にとりあげることにする。

たとえば水上勉『雁の寺』が雑誌に発表されると（一九六一年四月）、読売新聞の「大衆文学時評」を担当していた吉田健一が、ここに文学がある、と激賞した。

大井広介が山本周五郎の『樅ノ木は残った』を激賞して「大衆文学否定の傑作」といった。

松本清張についていえば、五八年に『点と線』『眼の壁』が単行本として刊行され大ベストセラーになった。「社会派推理小説」のブームを呼ぶのである。いっぽう、六〇年の「文藝春秋」一月号から『日本の黒い霧』の連載をはじめ、ノンフィクションの分野にも進出。『球形の荒野』『砂の器』などの代表的長篇の連載もあり、清張ブームで出版界は盛りあがる。

いっぽう、純文学のほうでは、格別に大きな話題になるような作品はなかった。大岡自身がその方面で挙げているのは、山川方夫『海岸公園』、藤枝静男『凶徒津田三蔵』、いいだ・もも『斥候《ものみ》よ、夜はなお長きや』などで、ゆたかな成果というわけにはいかない。

そのような文学の時事的状況のなかで、平野謙（毎日新聞・文芸時評担当）が、折にふれて、「文学は変質したか」と嘆声を発しているのである。もっとも、私の印象では、平野という文芸批評家は、とりわけ文芸時評のような義務的といってもよい文章において、個人的な感懐を書きつけるのを一種の芸としていた。私小説と推理小説の心底からの愛好家であった平野のそのような文章上のクセを、大岡は当然承知していたはずだが、平野の嘆声の裏にある現役時評家の複雑な思いを、大岡はあえて無視して、平野の言説を批判しているかのようでもある。

同時期、アメリカ滞在を終えて帰国した伊藤整が、「群像」六一年十一月号で「『純』文学は存在し得るか」という評論を書き、大衆文学対純文学のせめぎあいについて正確に状況を分析している。大岡はその伊藤整の評論を使って、状況認識を整理してみせる。以下は「松本清張批判」に引用された伊藤の文章である。

《帰国してから二ケ月のあひだ、ほとんど何もせずに、新聞や雑誌や新刊小説を手当り次第に読んだ印象では、この一年間が日本の文学を大きく変化させた、といふことである。（略）最も大きな変化は、推理小説の際立つた流行である。そんなこと『純』文学に関係がないではないかと思ふ人があるかも知れない。しかし、松本清張、水上勉といふやうな花形作家が出て、前者が、プロレタリア文学が昭和初年以来企てて果さなかつた資本主義社会の暗黒の描出に成功し、後者が私の読んだところでは『雁の寺』の作風によつて、私小説的なムード小説と推理小説の結びつきに成功すると、純文学は単独で存在し得るといふ根拠が薄弱に見えて来るのも必然のことなのである。》

大岡はこの部分を引用したうえでいう。

伊藤の主張は、松本や水上の小説がベストセラーになっているから、純文学が危くなっている、というのではない。松本や水上の作風に、「純文学の理想像が持ってゐた二つの極」（私小説と社会的リアリズム）が、「あっさりと引き継がれてしまった」からだ、という観測に要点がある。

そして、これは大変時宜を得た発言である、と評価している。しかし評価しながらも、こういう現象が文壇を水びたしにしているという考えは、断固まちがっている、と大岡は主張するのである。文学はほんとうに松本や水上の仕事で水びたしになり、大変質をとげたのか。それによって、明治以来の日本文学が追っていた文学概念とその成果が、どこかに流れ去ってしまったのか。大岡はそう疑問を呈し、松本、水上、山本周五郎の評判作をきびしく辛辣に分析してみせる。

まず、山本周五郎の『樅ノ木は残った』。大井広介は「大衆文学否定の傑作」といったのだったが、はたしてそんな新しさはあるか。これは原田甲斐の誠忠物語で、『伽羅先代萩《めいぼくせんだいはぎ》』の単純なひっくり返しである。「お家騒動劇をひっくり返すという、古い現実主義の再生産」で、昔からある方法。見かけ以上に本質は古い。読者の感動を誘う仕組が歌舞伎的で、このやり方は「古い歌舞伎道徳が作品の背骨を形づくることになる」という。原田甲斐が「伝奇的お家騒動の枠の中で動いていること」は、『先代萩』とかわりない。

水上勉の『雁の寺』。「この社会派推理作家が、こんな心理小説を書こうと、誰が予想したろうか」と、大岡はひとまず驚いてみせる。そのうえで、伊藤整が「私小説的なムード小説と推理小説の結びつきに成功」した作品といった、その実体を見なければならない、という。そして、ムードだから推理小説の方法に結びつき得たので、ムードは生きた人格から流れ出る真実には届いていない、というのである。

水上は「復讐」を文学の動機として標榜しているが、復讐は文学として二流の動機ではないかとまで追撃している。

そして松本清張。松本は五九年に『小説帝銀事件』を発表。さらに六〇年に『日本の黒い霧』を「文藝春秋」に連載し、ノンフィクションの分野にも本格的に進出した。

大岡はいう。自分は松本の愛読者でもあり、「旧安保時代の上層部に巣喰う悪党共を飽くことなく摘発した努力を高く買っている」し、「一貫して叛骨とでもいうべきものに愛著を持っている」。しかし、政治の真実を描いたものとは一度も考えていない。『小説帝銀事件』『日本の黒い霧』は、朝鮮戦争前夜の日本に頻発した謎の事件を、アメリカ謀略機関の陰謀として捉えたもの。栄えるものに対する反抗という気分が、松本には初期から一貫してある。

しかし松本には同時に、「米国の謀略団の存在に対する信仰」があり、すべてをそこに帰そうとして事実を組み合わせるというふうに推理が働いている。だから権力の核心に届いている、という感じを読者として持つことができない。その結果、「反逆者は結局これらの組織悪に拳を振り上げるだけ」になる。せいぜいが、相手の顔に泥をなすりつけるという自己満足に終ってしまう。そこに「現代の政治悪を十分に描き出していない」と考える理由がある。

私はこのような松本批判を読んで、当っている部分はあるとしても、とても全面的には賛成できないという感想をもった。

「松本清張の謀略史観」という言葉は、大岡が松本批判を書いた頃からずっと揶揄《やゆ》としてあったことを私は承知している。しかし大岡のように「米国の謀略団の存在に対する信仰」とまでいう気にはなれない。松本の推理の根拠を再検討する必要があるとは思うものの、昭和史の信頼すべき専門家である半藤一利の次のような言葉は、やはり重いのである。

《とにかくGHQ内部の抗争の話を清張さんが昭和三十五年に、『日本の黒い霧』の中で書いているのですよね。清張さんというのは、すごいところに目をつけているのだなあということに感心します。》（『占領下日本』半藤他四氏の共著、二〇〇九年刊）

GHQ（占領軍総司令部）がらみの強権発動は、松本清張の発見なのである。この発見をできるだけ多面的に試してみることは、作家の想像力としてはあり得るのではないか。

また、私は二〇〇〇年代に入ってから『日本の黒い霧』を読み返す機会があったが、松本の文章は意外なほど冷静沈着で、自分の「信仰」に熱中しているわけではない。少なくともヒステリックな告発調ではない。私は一九六〇年という時代を思い、一種の感銘を受けた。

とにかく純文学と大衆文学の対立・抗争は、一九六〇年前後に風潮として存在し、大岡の『常識的文学論』で一気に火がついた観がある。

ミステリ雑誌「EQMM」の六一年十月号から六三年六月号まで、丸谷才一の「マイ・スィン」というエッセイが連載された。連載六回目の「手紙」は、

《＊＊＊様
とうとうあなたも「純文学と大衆文学」論争にかぶれてしまったんですね。》

という文章から始まっている。この論争は、広く文壇全体の話題になっていたのをそこでも

知ることができる。大衆文学がじわじわと日本文学全体のなかで力をもってきて、それが大岡昇平を苛立たせ、『常識的文学論』という戦闘的エッセイの連載となった。大岡は、大衆文学は所詮大衆文学、その実相を見よ、と頑張ってみせた。大岡の頑張りは良しとしたいが、ここまで長々と『常識的文学論』をとりあげてきたのは、この問題を「現在」にひきつけて考えてみたかったからである。

「文学変質説」の平野謙は、第一線にいる文芸時評家らしく、「純文学＝私小説は大正末昭和初年の所産」である文学概念にすぎないともいっている。これに対し大岡は、「広い意味の純文学概念は決してそんな短い期間に立てられたものではない。それはほぼ坪内逍遥の『小説神髄』以来、西欧近代文学の手本として、文学者の理想としてあったというのは文学史的常識である」と反論している。

その通りであるとしよう。とするなら、西欧近代文学の何が手本となり、それが日本の文学史のなかでどう変質していったのか、あるいは変質しなかったのかが、本当は議論されなければならないのではないか。「純文学」という日本固有の奇妙な言葉は、どのような実体をもち得たのか。私が『常識的文学論』でものたりなく思うのは、「純文学」とは何かが少しも（といっていいだろう）論じられていないことである。

大岡がここでやるべきことは大衆文学の欠点の摘発ではなく、純文学の辛辣な分析だったのではないか。私にはそんなふうに思えてくる。

大岡が孤軍奮闘という意識で頑張っているのはよいとして、大衆文学は所詮大衆文学、「大衆文学も推理小説も現象として存在するだけである」とかたづけているのは、やはり乱暴すぎるのではないか。文学の大衆文学化問題をいち早く取りあげたのは、大岡の炯眼《けいがん》であり、批評精神である。それは確かにすごいことだ。そして一九六〇年代になって文壇が戦後初めて遭遇したこの問題は、大きく変質しながら二〇一九年現在にも存在している。だからこそ大岡昇平に、「それではかたづかないでしょう」と問いかけたくなるのでもある。

現在、六〇年にはまだ確固としてあった文壇がすでになくなっている。比喩的にはあっても、現実的に強い枠組として機能してはいない。だから、出版界といったほうがいいのかもしれないが、ここはエンタテインメント系の作品の洪水である。怒りの大岡が見たら何というだろうか。

そして直木賞系の作家は、かつての大衆文学作家とは大きく異なって、文学的「真実」に迫る方法をもっているか、もっていなければ模索しているといってもよい。その点だけで見れば、直木賞系作家と芥川賞系作家は接近していて、場合によっては位置が交替してもおかしくはない。

そこで、大岡昇平が『常識的文学論』で大衆文学に問いかけたことが、じつは今こそ行なわれるといいのではないかと考えるのである。「大衆文学は所詮大衆文学」といってはいられないのである。

とすれば、六〇年代に議論すべきだったことは、前述したように、「純文学」の内実ということではなかったか。そんなふうに思われてならない。私の考えでは、あの頃、大衆文学が文壇を水びたしにしたのではない。純文学が水っぽくなって、自らの水のなかに溺れていったように見えるのである。戦後文学のあり方を捉え直す必要があるのではないか。それはすなわち、昭和文学史を捉え直すことでもある。大岡昇平が創り、残したものを再検討しながら、そんなふうに思われるのである。

二　推理小説に遊ぶ

《……顧みれば、物心ついてから、推理小説を読んでつぶしてしまった時間は、酒を飲んで空費したそれと、ほぼ匹敵しようか。小学生の時、博文館本のアルセーヌ・リュパンやシャロック・ホームズに感激して以来だから、もはや四十年推理小説を読んでいるわけである。これは私の道楽の中で、一番長続きのしているものである。》

これは、『常識的文学論』のなかの「推理小説論」の冒頭の近くにある一節である。後にくる「松本清張批判」のなかで、大岡は「純文学と大衆文学（注・大岡は推理小説をここに入れている）の区別は、私は芸術と娯楽という古典的な区別で沢山だという考えである」といい放っている。要するに推理小説に不可避的にある娯楽性というものは、大岡にとっては文学の可能性ではなく、限界をつくるものと考えられていた。そのうえで、自分は推理小説の愛好者だという。一番長続きのした道楽だという。

ここに一つのおもしろい眺めがある。大衆文学は大衆文学にすぎないと宣告している、あの戦闘的な『常識的文学論』を雑誌に連載している同じ年（六一年）に、報知新聞で前年から始まった推理小説『歌と死と空』の連載が続いているし、いっぽうで朝日新聞で後に『事件』と改題された『若草物語』が始まっている（六月二十九日夕刊）。『事件』は後に詳しく論じるように裁判小説であると同時に、大岡の長篇のなかでも格別に充実している作品といえる。

さらに「おもしろい眺め」につけ加えておくと、大岡の推理小説が六〇年前後に続々と刊行されていることである。

『夜の触手』（長篇）一九六〇年二月刊。
『歌と死と空』（長篇）一九六二年八月刊。
『春の夜の出来事』（短篇集、推理小説多い）一九五六年一月刊。
『扉のかげの男』（短篇集）一九六〇年六月刊。
『真昼の歩行者』（短篇集）一九六〇年八月刊。

こうして見ると、推理小説作家みたいに見えるけれど、「大衆小説（推理小説を含む）は娯楽」なのだから、大岡はこの時期、悠然と遊んでいたといえば済むのか。しかし『事件』のようなシリアスで痛切な裁判小説は、そこで費やされたエネルギーの量からいっても遊びとはけっしていえない。

大岡昇平という作家の複雑さが、この時期にはっきり現われてきているのである。

それはともかくとして、知的好奇心を発動させて対象を捕捉しなければ気がすまない作家は、推理小説についてもそれを行なっている。「推理小説論」は推理小説をめぐってとりとめなく感想を述べているのだが、文学全体の流れのなかで推理小説を位置づけているのは、「推理小説ノート」（「文學界」六〇年十月号）である。裁判小説である『事件』を読むときの参考としても、大岡の文学史的展望を知っておきたい。以下にそれを要約してみる。

推理小説には二つの流れがある、というのが前提だ。

一つは、ポーやドイルに始まる、謎解き小説。これは遊びの要素が大きく入っている。推理小説で謎解きを主体にしてしまうと、リアリズムをその中核にもつ近代小説とはどうしても縁が薄くなる。したがって、この流れでは文学的可能性は少ないという評価になる。大岡らしい生真面目な見方であるが、果たしてそういいきれるか、私には疑問がある。ポーの謎解きは言葉遊びという気配が濃厚だが、言葉遊びをとことんやれば、ふっと文学の新しい段階に飛びあがることがなくはない。二十世紀初めのモダニズム文学には、言葉遊びが大切な要素としてあった。だからこそポーの謎解き（遊び）は、多くのモダニズム文学者が注目したのではないか。

コナン・ドイルのホームズものは、同じく遊びの要素が濃厚だけれど、これはヴィクトリア朝末期の倦怠から生れたもの、と大岡はいう。推理小説はいわば知恵の戯れであり、同じ時代が生み出した都市のホワイト・カラーの愛好するところとなった、と大岡はホームズもの大流行の時代相を捉えている。

もう一つの系譜は、十八世紀のゴシック・ノヴェルにある、という。ここにさらに古いエリザベス朝の犯罪小説を入れて考えると、この系譜はイギリス十八世紀のフィールディング、デフォーに通じるものがあり、さらには十九世紀のリアリズム小説、あの巨大なディケンズにつながる流れを想定することができる、というのだ。ディケンズはイギリスのリアリズム小説の見本みたいになるわけだから、この流れは文学的可能性をうちに孕んでいた、ということになる。さらにいえば二十世紀はやはりリアリズム小説が主流の時代なのである。

この二つの流れの他に、もう一つ、裁判小説の流れがある、というのが大岡の見解である。二十世紀に大歓迎されたE・S・ガードナーのペリー・メイスンにつながる裁判物語が欧米各国には古くからあった。いやわが国にもあって、大岡政談などがその一つ。ただ大岡政談は統治者の偉さの誇示に使われているから、順当な発展にはつながらなかったけれど、欧米では裁判物語から裁判小説というジャンルが生れた。

そして大岡自身、ちょっと奇妙なかたちで裁判物語を書いているのである。大岡は戦争中に神戸の古本屋で、エリザベス・ヴィリヤーズ『謎の事件』(Villiers, Elizabeth : Riddles of Crime, Fourteen murder mysteries that were never solved.) という原書を買った。一九二八年刊行の小冊子で、イギリスで有名な十四の謎の事件を短い物語にまとめたもの。裁判で無罪となった事件九件、捜査段階で迷宮入りした事件五件となっている。

小説雑誌から作品依頼があったとき、未解決事件に自分で解決をつくり、舞台を日本にして書き換えたのが「春の夜の出来事」「驟雨」二篇の推理短篇である。しかし大岡によれば、ヴィリヤーズの本を再読するうちに、「謎の解決よりは、被告人が無罪とされて行く裁判の過程に興味を惹かれる」ようになって、裁判そのものを紹介することにした、という。それが一九七八年に『無罪』というタイトルで出版された単行本である。この本は、一九六〇年刊の『扉のかげの男』の改訂増補版と注記されている。要するに『無罪』に収録された十三篇の裁判物語は五六年から六二年の間に発表されたものである（『無罪』は現在小学館文庫になっている）。

翻案とでもいうべき仕事だけれど、私が興味をひかれたのは、大岡がかなり早い時期から犯罪および裁判に小さくはない関心をもっていた、ということである。これは「道楽」として推理小説を書いてみることにつながるいっぽう、さらにそれを超えた裁判小説に結実する結果になる。

三　ある青年の肖像

先に、長篇推理小説二篇と推理短篇集三篇が同時期に集中していることを示すために、そのタイトルを書き出した。このうち短篇集についてはとくにとりあげることもない、と考える。遊びの要素が強いものだ。

筑摩書房版全集では、「推理・裁判小説」と区分された二冊のなかに四つの長篇小説が収録されているが、私が論じてみたいと思うのは、『夜の触手』と『事件』である。『事件』は裁判小説で別格、長篇推理小説では『夜の触手』一篇ということだ。

残り二篇の長篇小説のうち『雌花』は一九五七年一月号から十二月号まで「婦人公論」に連載されたもの。一組の（若い）中年夫婦に一人の男と二人の女が絡む、ややこしい恋愛関係の物語で、物語を終らせるためであるかのように、最後のほうで殺人事件が起きる。殺したのはほんのちょっとだけ小説に顔を出していた男の子であることからしても、これは推理小説とはいえないような作品である。

銀座を舞台にした、華やかな恋愛関係を扱っている点、大岡昇平という作家は何でも書けるという能力証明みたいな小説だ。ただし銀座が舞台といっても、水商売の女性は登場しない。『歌と死と空』は、「報知新聞」に一九六〇年七月十八日から六一年三月十六日まで、二四〇回にわたって連載された、ずいぶんと長い長篇推理である。

売れなくなった流行歌手が睡眠薬をのんで自殺した。なぜ、そうなってしまったのか。歌謡曲の世界に生きる人びとの複雑な人間関係をたどりながら、関係者が次々に殺されていくという筋立てである。歌謡曲界についておそらくは調べがよく行き届いていると思われるし、殺人事件ひとつずつの工夫もおろそかではない。しかし、あまりにも長すぎる。私のような読者は、犯人はもう誰でもいいやという気になってしまうのだが、そう思ったときはもう残された登場人物は少なくなって、あれかこれかから、これになってしまうのである。

さらにいうと、犯行の動機が弱いという欠点がある。推理小説は半ば遊び心が支配しているとしても、殺人の動機はやはり大半の読者が納得するものでなくてはならない。私は小説を半ば楽しみながら、半ば身をひいてそんなふうに思った。（なお筑摩版全集は『歌と死と空と』とタイトルを変えて収録している。その理由が説明されているが、私はそれをとらず単行本、文庫本になったときのままのタイトルとした。）

さて、『夜の触手』は、週刊誌「女性自身」に一九五九年五月二十九日号から十六回にわたって連載された。大岡は八三年に集英社文庫になったさいの「あとがき」で、「私の最初の長篇推理小説」といっている。

短めの長篇小説というより、長めの中篇小説と感じるのは、無駄がなく、まとまり方がきれいだからだろう。

並木三郎は西田ひろ子より一歳年上だが、町の小学校では同級だった。三郎が高校に進み、ひろ子がゴルフ場のキャディになっている、その頃のつきあいから話が始まる。

二人が並んで歩いている。三郎がひろ子の眼を横眼で見ていると、ひろ子が向き直って、

《「そんな、見かたをしちゃ、好きになっちゃうじゃないの」

と言った。その時、三郎の一生はきまったのである。》

それが冒頭のシーン。東京近郊の農村で育った幼馴染のたどる物語なのだ。三郎とひろ子は、この甘くさわやかなシーンから、辛酸の多い青春の時を歩むことになる。

ひろ子は数年後、東京に出て行って、いなくなる。三郎はなんとかしてひろ子を見つけようとして、やはり東京に出て、タクシーの運転手になる。タクシーならば多くの人と出会うのだから、やがてひろ子と再会できるのではないかという、一途な思いこみが三郎にはあった。

三郎二十四歳、ひろ子二十三歳のとき、再会が実現する。銀座でひろ子らしい人影を見た三

郎はタクシーを歩道に寄せて声をかけたのだった。ひろ子はタクシーに乗り、渋谷のマンションにまで行く。

二人の新しいつきあいが始まるが、ひろ子にはナゾめいた暗い影がある。三郎はひろ子がダンサーかモデルか、体を使う仕事をしていると推測するが、その暗い影の部分はまったくわからない。

再会してからそんなに時が経っていないある夜、三郎はひろ子に頼まれて杉並の大宮神社まで連れていく。何のためか、気にしながらも三郎はひろ子のいうなりにするしかない。翌朝、近くの川（善福寺川とおぼしい）のほとりで、ひろ子の死体が発見された。警察は死体解剖で、喉骨が強い力で圧迫されたことを知った。殺人である。

この殺人事件のストーリーの一部を追ってみたが、これを続けるつもりはない。誰が、どう殺されたのか、その概要だけを確認しただけのことである。

主要登場人物が他に三人いる。

中沢直道。いま流行のカメラマン。『女体十二カ月』という写真集があるように、ヌード写真もレパートリーとしてある。六本木にアトリエをかまえ、若いけれど対人関係ではしたたか。

秋本菊子。新劇女優。近く開演する「ハムレット」でオフィーリアの大役がつき、稽古に励んでいる。中沢とは恋人づきあいだが、もうひとつ気が乗らない。

また男女関係でいうと、ひろ子は中沢と関係のあったことは認めていて、現在はつきあっていない、といっている。

波多野義男刑事。高井戸署の捜査第一係所属部長刑事。まだ若い（警察官になって十年経っていない）。高井戸署に捜査本部が置かれたから、波多野刑事はその中心になった。

捜査はけっこう難航するが、並木三郎が警察に尋問されて、あっさりと自分がやったと自供する。ひろ子のことを一途に思いつめているこの青年は、自分が夜遅く殺人現場にひろ子を運んだのだから、自分が殺したようなものだ、と考えるのである。

しかし、矛盾にみちた三郎の自供は、警察も信じない。他に犯人を考えるとすれば、中沢しかいないのだが、アリバイに守られているし、動機がわからない。調子のいい弁舌に翻弄されるのだが、結局、菊子を邪魔者として消そうとした現場を、波多野刑事がおさえる幕切れとなる。

私はいま『夜の触手』を解説しようとしているのではない。だから筋書を隠さずに明かしているのだが、この成功した推理小説の長所を考えようとすると、犯人の名を挙げたほうが話が通るのである。そのことも含めて、作品の長所を列記してみよう。

①誰が殺したかよりも、なぜ殺したかに物語の眼目がある。それは当然、ひろ子がなぜ殺されたかが、謎の核心にある、ということでもある。

②登場人物がきわめて少ない。室内楽的な人間関係の流れがある。犯罪がその旋律のなかから兆してくるところに、ドラマがある。人間と互いの関係がしっかりと十分に描かれる結果になる。

③謎解きが主眼ではないが、中沢の自動車のトリック、ひろ子の手紙の秘密などのエピソー

ドがよく効いている。

④殺されたひろ子は、結局のところ影の部分を背負ったままで、犯人の自供によってもそれがすべて明らかになるわけではない。何かを背負ったまま、「好きになっちゃうじゃないの」という冒頭の少女に戻っていくしかない。その背後には、東京近郊の荒涼たる「田舎」があるのだが。

以上である。そして、長所であるかどうか、決定的にはいえないのだが、もうひとつ、この推理小説を貫いているものがある。並木三郎の、どうしようもなく一本気の慕情である。ひろ子が、この一本気に頼ろうと考えたのかどうかは不明である。けれども、不器用なこの青年の心情（あるいは少年のような心情）は、それなりに奇妙な輝きを放っている。

そこで私は、文庫本のために書かれた「あとがき」を想起するのだ。

《ただ私のような人間はどうかすると、私的なことを、推理小説の形で、こっそり発散することがあると申しておきましょう。「歌と死と空」の場合も同じです。》

という一節がある。『歌と死と空』では、犯人が妙に一本気で、動機が薄いまま次々に人を殺すのがその一本気のなかに隠れていた。この『夜の触手』では、取り残された恋人、三郎にその一本気がある。

嘲笑を招くことを承知でいうと、そこにはスタンダールのファブリス・デル・ドンゴの影が、その影の破片がじつに薄っすらとありはしないだろうか。純粋な、と形容したくなるような、少年的な一本気を彼らは共有している。そして次にとりあげる『事件』の犯人である上田宏にも、ぼんやりとファブリスの影の破片が宿っていると、思われないこともない。

四　裁判小説の成果

『事件』は、朝日新聞夕刊の一九六一年六月二十九日から六二年三月三十一日まで、二七〇回にわたって連載された。連載時のタイトルは「若草物語」、一九七七年九月に単行本が刊行されたとき『事件』と改題された。新聞連載から単行本発刊まで十五年かかっているが、修正と補筆が必要と作者が考えたからである。しかもそれが徹底したものでなくてはならない、と考えたのだと思われる。

小説を論ずるのに、あるいは読むのに「あとがき」から始めることはない。そう思いながらも、『事件』については、例外としなければならない。これが特別な裁判小説だからである。その「あとがき」によれば、最初は新聞連載で一五〇―一八〇回の予定で書き出したものだったが、結果は二七〇回という長さになってしまった。

《しかし途中から日本の裁判の実状があまりにも、裁判小説や裁判批判に書かれているものとは異っているのに驚き、その実状を伝えたいと思うようになった。書き方がドキュメンタリー風になり、回数が延びたのは、そのためであった。このたび単行本にするに当って『事件』と改題したのは、主題が途中から変ったからである。》

裁判の実状を伝えることが作者によって強調されているが、そういう発言から想像されるような退屈な裁判小説ではない。『事件』は小説としての深さと広がりを十分にもっているだけでなく、読者を引きずりこむようなサスペンスもある。大岡昇平の代表作の一つといえるような小説になっているのである。

とにかく裁判の実状を書くことについては、新聞連載中から徹底していた。伊達秋雄、大野正男、中村稔の三人の弁護士に助言を依頼し、裁判用語、法律用語の細部にわたるまで正確を期した。

また、連載当時、最高裁長官通達によって奨励された「集中審理方式」という公判のプロセスにつき、小説はたびたび言及しているが、連載中に最高裁事務総局からクレームがついて、裁判作家はすぐさま反論を書いたりもしている。その詳細をここでとりあげる余裕はないが、裁判の現状が小説になまなましく描かれている、ひとつの証左であろう。

それでもなお、初稿には初歩的な誤りや用語の不統一などがあった。それを訂正する時間をほぼ十五年後にようやくつくり得た、と作者は「あとがき」および「改訂版のためのあとがき」で書いている。

以上のような事情を承知したうえで、小説を読んでゆくことにする。

まずはじめに、何日分かの新聞記事をまとめたかのように、「田舎の小さな事件」と作者がいう事件の概要が語られる。被害者、そして犯人とされる人物それぞれの家族関係、また町の噂話というかたちでその土地の様子などが説明されるが、よくよく読むとけっこう不明な点が残る、というような事件の語られかたなのである。

時は昭和三十六（一九六一）年六月末、所は神奈川県高座郡金田町。金田町は架空の町名で、人口五千に足りない小さな田舎町とされる。一帯の相模川流域は、工場誘致がさかんで、農家は田畑を手放し現金に換えている。金田町の若者は町に出て仕事につく者が多く、もはや農民とはいえなかった。

坂井ハツ子の死体が発見されたのは七月二日の午後。サラシ沢と呼ばれる斜面の奥、崖の途中で、その山の持ち主である大村吾一が腐敗しかかった遺体を見つけた。大村のじいさんはそれがハツ子であると知らないままに警察に知らせた。

ハツ子は鋭い刃物で心臓を刺されている。殺人と判断した警察の調べで、ハツ子は二十八日の午後、長後の町で上田宏に偶然会い、宏の自転車の後ろに乗って二人が金田町のほうへ去ったのを第三者が見ている。また同じ二十八日の五時頃、上田宏がひとり自転車を押して山裾の道を下りてくるのに、大村のじいさんは出会っている。そして七月三日の夕方、宏は勤めはじめたばかりの横浜の自動車工場から警察官に連行された。殺人容疑である。

坂井ハツ子は二十三歳、宏の恋人であるヨシ子の姉である。姉妹の母である片親のすみ江のもとを六年前に離れ、東京の新宿へ出ていった。割烹料理店の女中になったのを皮切りに、酒場などを転々としたらしい。そして一年前に町に帰ってきて、ためた三十万円を元手に厚木の駅前に小さな飲み屋をひらいた。

いっぽう妹のヨシ子は、ハツ子の四つ年下で十九歳、上田宏と小学校で同級だった。町の洋品店に勤めていたが、宏に声をかけられて仲良くなった。

宏は中学時代は優等生。卒業して茅ヶ崎の自転車組立工場に勤めながら、定時制の高等学校に通い、今年卒業したところである。ヨシ子が妊娠すると、二人は相談して子供を生むことにし、横浜でアパート暮らしをして、宏は新しく自動車工場に勤めると固く約束した。

この宏とヨシ子の計画を知り、姉のハツ子は異常とも思えるほど子供を生むことに猛反対した。母親のすみ江にもいいつけるし、宏の父の喜平にも打ち明けると脅す。喜平はただでさえ息子とヨシ子の同棲を許さないと思われるから、二人は大変な窮地に立つことになる。ちなみに喜平の妻も早くに亡くなり、宏と二人の弟妹も片親である。

六月二十八日、サラシ沢の上の細道に自転車でさしかかったとき、ハツ子は「宏たちの計画をみんなにいう」とまたまた責めたてた。宏はハツ子を脅すつもりでその日買った登山ナイフをズボンのポケットから取り出し、刃をハツ子に向けた。

それから何が起ったか、宏にはっきりした記憶がない。自分の足もとに倒れたハツ子を崖の上の草むらまで引きずった。草むらのすぐ下が崖になっていて、ハツ子の体は落ちて崖の途中で止まった。

宏は翌二十九日の夜、ヨシ子と約束した通り、借りたライトバンでヨシ子と荷物を磯子区の勤め先の近くに借りたアパートに運んだ。宏は七月一日から新しい職場に通いはじめ、七月三日夕に捕まるのである。ヨシ子との新生活は五日間続いたわけだが、ヨシ子は宏の態度に異常を認めなかった。宏は「ばれずにいる、と思っていたのか」という係官の問に、「わからなかったのです。ただ、ヨシ子と子供を育てて行くのは、もうきまっていたことなので、予定を変えることはできなかったのです」と答えた。

宏はこのとき十九年四カ月の未成年者。少年法の規定により、事件は家庭裁判所で審理されたが、家裁判事は刑事処分が相当と認めて、一カ月後、横浜地方検察庁に送致した。

以上のような事件の概要が記述されたすぐ後に、公判にあたる三人の裁判官、とりわけ主任裁判官の野口直衛判事補について、その家庭を含めて詳しく語られる。野口主任裁判官のほか、実際に法廷をつかさどる谷本裁判長、もう一人のメンバーは、若い矢野判事補である。

起訴にあたるのは、横浜地方検察庁の岡部貞吉検事（四十五歳）、広島地方検察庁などを経て去年横浜に来たベテラン。

弁護人の菊地大三郎（四十八歳）は、三年前、二十年務めた判事を辞任して弁護士に転向した人物。有能といわれる菊地弁護士をひっぱり出したのは、上田宏の中学時代の教師である。花井教諭は在学中成績がよく、クラス委員に選ばれたことがある宏が大いに気になった。自分の遠縁にあたる菊地弁護士にこの「田舎の小さな事件」を担当するよう頼みこんだ。そして宏の父がそんなことに金はかけられないとしぶるのを押し切ったのだ。

上田宏は、殺人と死体遺棄で起訴され、公判がはじまる。法廷で宏はおおむね優等生の態度を維持するのは予想通り。しかし、検察側の証人尋問がはじまると、とくに弁護士の反対尋問によって思いもかけぬ新事実が次々に明らかになる。

ペリー・メイスンもののように劇的な運びまでには至らないが、「田舎の小さな事件」は主として人間関係のなかで劇的な新事実が展開し、それが読者にとってはサスペンスでもあると同時に人間の発見にもなる。背後に冷静で厳密な法廷の運営が記述され、そのなかでのこの人間の発見は、読者を小説にひきずりこまずにはおかない力がある。登場人物たちに無意識的に心を寄せて、いわば登場人物に身を入れて小説に魅せられるのとは別の小説の読みかたになる、というべきかもしれない。

もともとこの事件、しごく単純そうに見えてよく検討してみるとすんなりと納得できない部分が多いのである。

宏がサラシ沢の上の道で、自転車の横を歩くハツ子に「ヨシ子に子供なんか生ませるな」といかにしつこくいわれたとしても、その日買ったナイフでハツ子の命を奪うというのは、いかにも単純な行為でありすぎる。

公判では証人たちの話によって、そのような状況が修正される。それが次々に起きる。そのいくつかを挙げてみよう。

①たとえば、凶器である登山ナイフの件である。二十八日、宏はこの登山ナイフを長後の町の福田屋刃物店で買った。宏はヨシ子と生活を共にする引越しの荷造りのためにナイフを買ったというが、店主の清川民蔵は、買ったときの宏のあやしげな感じから、計画的犯行を思い描

いていたようである。しかし他の証人が、宏はナイフと同時にアルミ製の洗濯バサミを持っていたことを語ると、清川は買い物をしたときの宏の態度をより正確に思い返し、「あやしげな態度」はまさに荷造りをすることを考えている若者の小さな高揚であったと考え直すのである。

この清川の思い直しによって、宏の計画された殺人という検察の主張の一角が崩れはじめる。

②宮内辰造は、ハツ子の新宿時代からの「ヒモ」という存在だった。一時二人の間は切れたりもしたようだが、ハツ子が厚木駅前で居酒屋「みよし」を出すと、宮内は店に現われてふたたび情夫の役割をするようになった。この宮内という男は、菊地弁護士の反対尋問で窮地に立たされると自分のしたことと見たことをベラベラとしゃべりまくり、それが検察側を不利な場所に追いこむ。

第一、長後の町で宏の自転車の後部荷台にハツ子が乗って、金田のほうへ向うのを見て、自らも自転車に乗って二人の後をつけた。

そしてサラシ沢の上の細道での「犯行現場」を五十メートル以上後方から見ていた。宮内が語る宏とハツ子二人の動きはかなり微妙なものがあって、宏の殺意がどこで発動されたかがわからないことにもなる。

③同じく宮内の証言で、ハツ子は宏に惚れていた、というものがあった。宮内は長後の町で別の新しい女と同棲していたから、この発言は元情人のヤケになっての暴言とは必ずしもいえない印象がある。

それは被告人に対する本人質問での、宏の発言につながる。宏はいう、「(ハツ子は) それまでは、ヨシ子と駈落ちするなんて生意気だ、なんておこってばかりいたのに、不意にその顔が変ったんです」と。このことは、菊地弁護士に対してもそれまでいわなかったことだった。宏は変ったハツ子の顔がどんなものであったか、言葉にすることは必ずしもできなかったが、「あの瞬間、ハツ子の顔から、嘲笑の色が消え、子供のような表情」になったことは、事件の後、ひとりで繰り返し思いつづけてきたことだった。

これは何を意味するか。菊地弁護士は、最終の「弁論要旨」で、「絶望的な気持でいたハツ子は、被告人が登山ナイフを構えるのを見て、とっさに自殺の決意を固め、身を投げかけたと考えることが出来るのである」と書いた。

いずれにしても論告（岡部検事）、最終弁論（菊地弁護士）、それをもとにした裁判官三人の合議に至る迫力は常ならぬものがある。そのうえで、ひとつの結論のようなかたちで、判決が出る。

判決は、主文で「被告人を懲役二年以上四年以下に処する」というもの。登山ナイフ一個を没収、訴訟費用は全額被告人の負担となった。刑罪のかたちからいうと、これは「傷害致死」で、それより軽い「過失致死」にはならなかった。

裁判小説というのは、それじたいがなかなか含むところの多い仕掛けである。犯罪あるいは犯罪とおぼしい人間の行為を、裁判という制度は社会のなかで位置づけてみせる。判決はまさにそのような意味をもっているが、判決だけが重要なのではない。

検察と弁護人の論戦をおもしろおかしく描いてサスペンスをつくり出し、読者に一個の娯楽を提供しようとする小説とか映画は、いま論外とする。刑事訴訟法で人を裁こうとすれば、法廷はほんらいごまかしのない精密な人間探究を行なわなければならない。それは同様に、裁判小説を書く小説家も人間探究を精密に行なうことを意味する。

大岡昇平は、裁判という制度のうながしに従って、そのことに取り組んだ。そして「田舎の小さな事件」のなかに、人間関係のドラマが初めはぼんやりと、しだいに明瞭に現われた。犯罪を犯した者には、恋人がいて、父親がいて、教師がいる。恋人には姉がいて、姉の情人がいて、その情人には別の女がいる。犯罪のまわりの人間関係は一つずつが鎖のようにつながって、それはあたかも事件という場所で小さな社会が新しくつくり出されるのを見るかのようだ。

そのとき、小説家が軽率に、社会をつくり出してゆく人間を批判したり揶揄したりすれば、社会をつくり出す人間の真実はやすやすと崩れるであろう。だから小説家は、裁判長が証人その他の発言に耳を傾けるのと同じように、登場人物に対さなければならない。大岡昇平はそのようにして「田舎の小さな事件」をつくった人びとを描き出した。ひとりひとり十分に孤立した人間が、やむを得ず関係をもち、社会をつくらざるを得ない、その成り立ちが描かれたのである。小説家の視線の深さがそこにはある。

そのうえでさらに、大岡は裁判という制度を、その制度を演ずる人びと――判事、検察官、弁護士を、事件を描くのと同じように、緻密に、しかも柔軟に描いた。そこには、犯罪を裁くという虚構の社会があり、制度じたいが一個の社会をつくり出しているともいえる。

裁判小説では、まともに取り組むとすれば、二つの社会が重なりあって現われることになる。その重なりあいのなかに、近代社会が人を裁くことの意味が現われる、ということでもあった。大岡昇平は、推理小説では長篇でも短篇でも、けっこう「遊び」の要素を多用したが、この長篇裁判小説ではそのようなことなく、二つの社会を真向から描こうとしたのである。

裁判という市民社会を底支えしている制度をできるだけ正確厳密に描くことを第一義とし、そのためには「田舎の小さな事件」に関係した人物を一人としてゆるがせにはせずに描いた。『事件』はそのようにしてまぎれもない秀作となったのである。

この第四章の前半で見てきたように、大岡昇平は小学校のときにシャーロック・ホームズものなどに感激して以来、長年にわたって推理小説を読んできた。「私の道楽の中で、一番長続きしたもの」といってもいる。おそらくは一九二〇年頃からの「道楽」であろうか。

小学生の大岡が読んだわけではないだろうが、博文館の探偵小説雑誌「新青年」は一九二〇（大正九）年の創刊である。編集長は森下雨村、横溝正史、延原謙とかわっていくけれど、雑誌は一貫して海外推理小説の紹介に熱心だった。雑誌にはモダニズム風の雰囲気があり、それは大正の後半から昭和の初め頃まで続くのである。海外推理小説の翻訳は、モボ、モガなどという奇妙な言葉がもつ風潮と連動しているようでもある。

大岡昇平が小林秀雄グループ（というものがはっきりあるわけでもないが）の一員になった後も、その推理小説「道楽」が続いているとすれば、大岡という存在が少しズレていたことを語っているかもしれない。大岡は中村光夫のような秀才と重ならない部分があって、小説家になってからそれが拡大されてゆくといってもいいだろう。

推理小説を「遊び」のなかで書く。さらには、推理小説に近接している裁判小説で日本文学が記憶に残さなければならない秀作『事件』を書く。その経緯《ゆくたて》を追ってみると、大岡はまぎれもなく昭和に生きた作家であると思わざるを得ない。

第五章　富永太郎と中原中也

一　運命のような出会い

富永太郎と中原中也。この二人の詩人について、大岡昇平はきわめて多くの文章を書いた。評伝、小伝、解説のたぐいをくりかえし書いただけではない。富永太郎については、詩集や詩画集を編集した。中原中也のほぼ完璧といえるような全集があるのは、大岡の尽力によるところが大きいのはよく知られている。

中原中也とは、大岡の年齢でいうと二十歳から二十八歳まで、いわゆる青春時代に濃密なつきあいがあった。一九三七（昭和十二）年、中原の夭逝《ようせい》によってそれが終る。

《中原中也という人間は、結局僕には嚙み切れないというものである。生きている間、逃げ廻っていたのが無念やる方なく、伝記を書き出したのだが……》（「わが師わが友」）

半ば冗談のような口調ではあるが、中原という詩人をとらえることなくして、自分の青春の検証は果たされないという決意が、一九五三年に書かれたこの文章にはある。

いっぽう、富永太郎のほうは、大岡には実際のつきあいはない。ないけれども、十七歳のとき富永の散文詩を読み、「その硬質の文体に惹かれたのが、私の一生の方向を決定した」と書いている（「富永太郎における創造」）。

どのような経緯で、十七歳の大岡が富永太郎というほとんど知られていなかった詩人の作品を読んだのか。それを知るためには、青春期の大岡のやや複雑な伝記的事実を追跡しなければならない。さらにいうと、富永は中原より六歳年長で、富永が京都に遊んだとき、立命館中学の中学生だった中原と知りあった。それを契機にして、中原が東京に出てきたという事情もある。伝記的な面からいうと富永と中原は切り離して論じることはできないのだが、私たちはまず富永太郎のことから話を進めたいと思う。

一九二五（大正十四）年、大岡昇平は青山学院中等部五年から、成城第二中学四年に編入転校した。成城第二中学が七年制の高等学校になるという情報を得ての転校だった。事実、翌年四月にそれが実現し、大岡は自動的に成城高校一年生になっている。

この転校は一九二五年の十二月だったが、初登校の日、家が近くて面識のあった富永次郎に出会った。富永太郎の弟で、大岡は成城中学でこの次郎と同級になるのである。ただし、富永太郎は、そのほぼ一カ月前、二十四歳の短い生涯を終えていた。結核による病死である。

渋谷の栄通にあった大岡の家と、代々木富ヶ谷の富永の家は六百メートルしか離れていない。次郎と同級になった大岡がしょっちゅう訪れるようになった富永の家は、長男太郎の気配がまだ濃厚に残っていたし、絵描きでもあった太郎の作品が壁に飾られてもいた。

そういう雰囲気のなかで、大岡が富永太郎の詩が載っている同人誌「山繭《やままゆ》」を借りて読んだのが、「一生の方向を決定」することになったのである。

しかし富永の詩は、必ずしもわかりやすいものではない。十六、七歳の大岡が直ちにその詩にとらえられた、というわけではないようだったが、一九二七年、府立一中で富永の同級生だった村井康男が編集した私家版『富永太郎詩集』を読むにおよんで、大岡は決定的に魅了された。

富永の詩はランボオの影響が強く感じられる。遺作ともいうべき詩は、「ランボオへ」であった。これにはフランス語で書いた"AU RIMBAUD"がついてもいる。大岡は富永の詩と同時にランボオにも魅せられて、フランス語をやるためにアテネ・フランセに通いだした。

私家版『富永太郎詩集』の編者である村井は、成城高校の国語の先生でもあった。大岡は村井先生から東京帝大仏文研究室から出ていた「仏蘭西文学研究」を借り、学生だった小林秀雄が書いた「人生斫《しやく》断《だん》家ランボオ」「『悪の華』一面」を読んだ。そして村井から小林が学資をかせぐためにフランス語の家庭教師をしていると聞いて、すぐに小林に弟子入りをする。小林は府立一中で富永の一級下。一九二四年、同人雑誌「山繭」を出し、富永も誘われてそれに参加した。「山繭」は富永の作品が生前発表された唯一の場所になった。

大岡と小林の関係は、中原中也も絡んで濃密かつ複雑なものになるのだが、それについては後に詳しくふれる機会があるだろう。

ここでは、主として大岡の書いた評伝などを通して、富永太郎という稀れに見る詩人、画家の生涯にもう少し詳しくふれてみたい。

二「私自身を救助しよう」

ところで、富永の詩を読んだことのないひとのために、せめて一、二篇でもここに引用したいという思いを私は捨てきれない。というのも、大岡昇平に導かれて、私は弱年の頃から富永の詩に惹かれてきたからである。

秋の悲歎

私は透明な秋の薄暮の中に墜ちる。戰慄は去つた。道路のあらゆる直線が甦る。あれらのこんもりとした貪婪な樹々さへも闇を招いてはゐない。

私はたゞ微かに煙を擧げる私のパイプによつてのみ生きる。あの、ほつそりとした白陶土製のかの女の頸に、私は千の靜かな接吻をも惜しみはしない。今はあの銅《あかゞね》色の空を蓋ふ公孫樹の葉の、光澤のない非道な存在をも赦さう。オールドローズのおかつぱさんは埃も立てずに土塀に沿つて行くのだが、もうそんな後姿も要りはしない。風よ、街上に光るあの白痰を搔き亂してくれるな。

私は炊煙の立ち騰る都會を夢みはしない――土瀝青《チヤン》色の疲れた空に炊煙の立ち騰る都會などを。今年はみんな松茸を食つたかしら、私は知らない。多分柿ぐらゐは食へたのだらうか、それも知らない。黒猫と共に坐る残虐が常に私の習ひであつた……

夕暮、私は立ち去つたかの女の殘像と友である。天の方に立ち騰るかの女の胸の襞《ひだ》を、夢のやうに萎れたかの女の肩の襞を私は昔のやうにいとほしむ。だが、かの女の髪の中に挿し入つた私の指は、昔私の心の支へであつた、あの全能の暗黒の粘狀體に觸れることがない。私たちは煙になつてしまつたのだらうか？　私はあまりに硬い、あまりに透明な秋の空氣を憎まうか？

繁みの中に坐らう。枝々の鋭角の黒みから生れ出る、かの「虛無」の性相《フイジオグノミー》をさへ點檢しないで濟む怖ろしい怠惰が、今私には許されてある。今は降り行くべき時だ――金屬や蜘蛛の巣や瞳孔の榮える、あらゆる悲慘の市《いち》にまで。私には舵は要らない。街燈に薄光るあの枯芝生の斜面に身を委せよう。それといつも變らぬ角度を保つ、錫箔のやうな池の水面を愛しよう……私は私自身を救助しよう。

小林秀雄訳のランボオ『地獄の季節』のなかの「別れ」の一篇がすぐに思いだされる散文詩である。小林は『地獄の季節』に出会ったことを「生涯の事件」と呼んでいるが、その「別れ」の章の翻訳を書き抜いて当時京都に滞在していた富永に送った。富永はそれを大きな紙に書き写して壁に貼り、毎日眺め暮らしていた、という。富永にとっても、ランボオは「事件」だったのである。

しかし、富永が熱中したのはランボオだけではない。ボードレールを原語で読んで、その象徴主義的詩法を自分の詩作に生かそうとした。大岡は、そういう富永を日本で唯ひとりのボードレリアンと考えていたようである。

これは、大岡の身びいき的評価ではない。詩人で気難しい批評家でもある安東次男は、エッセイ「詩人の境涯」で富永の数少ない詩を高く評価し、のべている。

《所詮は、その精神は健康ではあっても一回限りの、文字通り貴族的な詩人であったが、それが日本で生まれたほとんど唯一のボードレリアンの歩いた道であったかもしれぬ。》

少し前に戻って、引用した富永の「秋の悲歎」は、「私は私自身を救助しよう」という一句で終っている。富永には、この一句を書く事件と経緯が確かにあった。そのことにふれないと、富永がたどった経歴もつかめないし、彼の詩と絵画についても理解が届かなくなる。

大岡には『富永太郎　書簡を通して見た生涯と作品』（以下『富永』と略記することもある）という大変な労作がある。この本を中心に、大岡の富永関連の文章によって、富永の恋愛事件を語ることにしたい。

中原中也などにくらべれば、ほとんど知られていない富永太郎については、まず略歴を記すことから始める必要があるだろう。

一九〇一（明治三十四）年、五月四日、東京の湯島に生まれた。父謙治は当時、鉄道院事務官、母は園子。長男である。

富永家は、元尾張藩士で家禄千石、謙治の父孫一郎は維新前、藩用人をつとめていた。母園子は丹羽瀬家の出で、お茶の水女子高等師範学校に学び、卒業後「日本女学校」の国語教師になったが、結婚後も、太郎が生れてからも教員をつづけた。

「明治末、その知識と才能によって、社会に地位を得た中級官吏と女教師の共稼ぎ形態だったわけである」(『富永』)。明治末期という時代を考えれば、十分に裕福なブルジョア家庭であろうが、父謙治は藩政時代の富永家の家格からいって、自分の地位を不足と考え、秀才の長男太郎に期するところ大きかった、という。太郎は、その圧力を常に感じざるを得ない立場だった。それはいつも若い太郎の上にのしかかっていたのだったが、それはゆとりのあるブルジョアジーの長男への期待というものであっただろう。なお太郎の下にはゆり子、菊枝という二人の妹、その下に次郎、三郎二人の弟がいた。

一九一四(大正三)年、太郎は府立第一中学校に入学。同級に河上徹太郎、村井康男、一級下に小林秀雄、正岡忠三郎がいた。

正岡忠三郎は、正岡子規の叔父加藤恒忠の三男で、子規の妹律の養嗣子になり、正岡家をつぐ人であった。太郎の最も親しい友人として、生涯変らぬ相談相手の役を果たした。一五六通の書簡をもっていて、これをもとに大岡は『富永太郎　書簡を通して見た生涯と作品』を書いたのである。

一九一九(大正八)年、太郎は仙台の第二高等学校(現・東北大学教養部)理科乙類に入学。学生改革により、やはり二高に進んだ正岡忠三郎と同級になった。理系に進んだのは、「人生の意義を究めるのには、生物学を学んで基礎を作りたい」からだと父謙治に語ったという。しかし、しだいに哲学書、文学書に親しむようになり、一九二一年三月末、数学ができなくて落第した頃から、フランス文学を読むようになった。また、正岡忠三郎との親交も深まった。そしてこの年の秋、恋愛事件が起きるのである。富永太郎の短い生涯に、というよりこの時二十歳だった青年の全存在に決定的な力を及ぼしたこの恋愛事件について、できるだけ詳しく知らなければ先に進めない。

この恋愛事件は、何度も富永太郎の小伝や年譜を書いている大岡昇平の記述によってたどるしかないのだが、大岡自身も少しずつその真相を知っていったという経緯がある。とくに、事件から五十余年後に、大岡は当の富永の恋の相手を含む四人の女性に面会して話を聞いている。そこで必ずしもすべてが明らかになったわけではないが、富永の伝記にはなお新しく付け加えるべき事実が知られることになった。大岡が「問わずがたり」と題して短篇小説としたそのインタビューについては、後で改めてふれるが、まずはよく知られている事実だけを中心に、経緯を述べてみよう。

一九二一年三月、富永太郎はそれまでいた仙台市東七番町の下宿から、連坊小路にあった瑞雲寺に下宿をかえた。そこで二カ月ほど富永の面倒をみていた寺の娘さんが、結婚して北海道に移住。富永はその新婚家庭に夏休みに遊びに行ってもいいか、などとのんびりした計画を立て、結婚した娘さんに手紙ではかっていた。家に旅行の費用を要請した折、その計画を母園子にいさめられ、北海道行きはあきらめ、そのかわりに蔵王山麓の青根温泉に遊びに行った。そこで、富永にとって運命の女性ともいうべき、Ｈ・Ｓ（と富永は表記）に会うのである。仙台の町中にある開業医の妻で、富永より八つ年長。青根温泉へは夫の医師の療養のために来ていて、この夫妻と富永は毎日のようにトランプをして遊んだ、という。

医師夫妻とは、仙台に戻ってからもつきあいがつづいた。医師の家に、医師の妹とその夫である陸軍将校が同居していた。将校はフランス語がよくでき、ほとんど独学でフランス語を学び始めていた富永に「教えてやろう」ということになった（当時の陸軍士官学校の第一外国語はフランス語）。

十月頃から、富永とＨ・Ｓの間柄が親しさを増していったらしい。といっても、これはプラトニックなもので、（姦通罪といった）法にひっかかるようなことは決してない、と富永は明言している。

しかし、「目にあまる」親しさについて、フランス語の先生である陸軍将校から富永家に警告の手紙がきた。富永家の親戚である丹羽瀬家の基《もとい》氏が、陸軍大尉で名古屋第三師団勤務だったのだが、その人が仙台のＨ・Ｓの家に同居していた将校と陸士で同期だったので、そういう手紙になったようである。「この将校が騒ぎ立てたので、事件が大きくなった」と、富永の妹であるゆり子がいった、と大岡は記録している。

そして事もあろうに、富永は「惚れ証文」を書かせられた。「肉体の関係はないけれど、心から愛してゐる。離婚されれば結婚する」というような文面だった。そして医師Ｓは、「太郎が二高を退学して仙台を去らないなら、この証文を学校へ提出する」と、富永と、富永の手紙で仙台に呼ばれた母親に告げた。この「惚れ証文」はS医師が書かせた、とされているが、大岡はH・Sの母親が書かせた可能性を示唆してもいる（『富永』）。

母園子は富永を連れていったん帰京。父謙治を説得して、もしS家がH女を離縁するなら、嫁に貰い受けようと決め、両親と太郎は再び仙台へ。十二月十二日、三人は仙台ホテルに泊り、母園子だけが医師S夫婦と対面した。

《H女は横を向いて、「私はただお友達のつもりで、お付合していました」といった。「お袋は後になってこの細君の言葉と声色を使って、ぼくに語った。ひどくにくにくしげに、口をきっと結んで、そっぽを向く動作をして見せた」と弟の次郎は私に語った。》（『富永』）

園子がホテルに帰って、H・Sの言葉を伝えると、富永は「ほんとかなあ」とひと言だけ呟いて、隣室に去った。そして、十四日夜、富永は両親と共に仙台を離れた。二高は中退である。

以上が事件の表向きの経緯であるが、これだけではわからない部分がいくつかある。第一に、富永が「ほんとかなあ」と呟いたきり、H・Sとのつきあいの「具体」はまったく語っていないこともあって、恋の実情がわからない。

また、富永家には別のいい伝えが残っていて、それは妹のゆり子が語っていることだ。ゆり子はこのとき十七歳、帰京した園子からひと通りの経緯を聞いた。それによると、会合には最初から医師の夫は出て来ず、H・Sおよびその母親と会った。会合は、たぶんH・Sが帰っていた実家で行なわれたのではないか。そこで「惚れ証文」を見せられたとき、園子はいった。

《「二十九歳といえば、子供の一人か二人あってもいい年じゃありませんか。それなのに二十歳の学生にこんな証文を書かせるとは何事ですか」そして、証文をそばの火鉢へ投げて焼いてしまった。この行為の責任は自分一人で負えばいい、太郎の一生の不利になる証拠を破棄しなければならない、という必死の覚悟だったという。》（『富永』）

大岡昇平は、この方が筋が通る、といっている。娘の未来に不安を抱いた母親が富永に「惚れ証文」を書かせた。折しも、S夫妻の間が紛糾し、離婚が問題となってH・Sが実家に帰っていたとき、母親に書かせられたのではないか、と大岡はここで推測している。

たしかにそのほうが合理的な推測のようにも思えるが、「惚れ証文」なる奇怪な一件を書き写している私には、いずれにしても納得がいかない。H・Sはそれで離婚しないですむ「保証」をほんとうに得たのか。S医師が、子供のできない妻をかばいつづける理由はどこにあるのか。昔のことであるからいっそう、私には納得がいかない。

いずれにしても、H・Sの「お友達づきあい」の一言で深く傷ついた二十歳の青年だけが、無残に残されただけになった。

先にもいったように、大岡昇平は富永太郎に会っていない。成城第二中学に転校したのを機に、太郎の弟次郎と同級になり、二人は急速に親しくなったが、太郎はほぼ一カ月前に肺結核のため死亡していた。

大岡が後年、何度も富永太郎の詩集を編集し、長短さまざまな伝記を書くに至ったのは、青年期以来、よほど惹かれるものがあったからに違いない。

一九七四年、つまり富永が恋愛事件で仙台を退去した年（一九二一年）から数えて五十三年後、大岡がH・Sをはじめとする四人の女性に会ってインタビューを試みたのは、やはり富永への関心の深さが少しも衰えていなかったことを示している。

大岡はその結果を、舞台を変え（金沢あたりの北陸の都市を想定）、対話の内容も大岡の言葉を借りればさまざまな「ロマネスク」を加え、短篇小説に仕立てて発表した（「問わずがたり」「新潮」一九七五年一月号）。しかし大岡の気分はどうしてもそれだけではすまなかった。問題の女性に面接し、それを「フィクションとして書いた」ことについては、別に新聞にも短い文章を書いている。とすれば、どこまでが面接した女性の言葉そのもので、どこからが大岡が当事者たちの心事を想定したロマネスクなのか、知りたがる者が出てくる可能性がある。現に、これを書いている私もその一人。とすると、フィクションと事実の部分をはっきりさせておく必要がある、と大岡は考え、ほぼ一年後に「『問わずがたり』考——事実とフィクションの間に」（「群像」一九七六年新年号）を発表した。

私たちにしてみればやや面倒な事態といえるけれど、大岡が富永太郎に寄り添うようなかたちで、H・Sという女性の立場と気持を汲みあげようとして小説仕立てにしたのは、それなりに理解できる。それでここでは、小説「問わずがたり」とエッセイ「『問わずがたり』考」を比較してみるという煩雑さは避け、エッセイのほうで語られている当事者・関係者の口にした言葉だけを拾いあげておくことにする。

これまで語ってきた富永の恋愛事件のなりゆきの大概を承知していれば、それだけで十分にそれぞれの立場を推測できるはずだ。

大岡が会ったのは四人の女性である。事件から五十余年経っているから、みな相当の高齢である。そのうち、恋愛事件の対象であるH・Sのほかは、富永の仙台での下宿先の娘さんたちで、参考になることがあるかもしれないと、大岡は考えたらしい。

一人は、富永が連坊小路の瑞雲寺以前に下宿していた家の娘さんだった人。今は（大岡の取材当時は）未亡人で、東京在住だった。不思議なことに、この人は富永だけでなく、学生を下宿させていたことをハッキリ否定した。賄代の記載されている富永の手帳があるにもかかわらず、いささかの動揺も見せず、否定。大岡がテーブルの上においた富永の写真を見ようともしなかったという。

たぶん、そうしたい理由があったのだろうと大岡はいっているが、その推量についてはここでは省略する。

大岡が会った順番は無視して、次は瑞雲寺の娘さん。H子と表記されているこの人は、先代住職の妹で、当時十五歳。一九二一（大正十）年三月から五月まで、離れに下宿していた富永の世話をした。五月に北海道野付牛に嫁いだ。今は仙台に戻っていて、近くの町に住んでいる。

六十七歳である。またH子の従姉で、寺の山門わきの別棟にいたKという女性（八十歳）も、H子と一緒に会ってくれた。

H子はいう。大正十年の暮れに瑞雲寺に実家帰りをしたとき、富永が事件を起こし、東京へ帰ったことを知った。富永が夏休みに北海道に行きたいと葉書に書いてきたが、結局来なかった。母園子が新婚の家に若い男が行くものではないと叱り、富永は断念して、かわりに青根温泉に行かせてもらった。そこで宿命の女性に会ったのだと聞いた。

H子は、「あの時、北海道へ来ていたら、あんなことにならなかったでしょうに」といった。またその女性が医師の妻であったのも、まちがいない、と確認した。同席した従姉のKは、H・Sが「毎日のように」俥で富永を訪ねて来た、と語っている。山門の近くの杉木立のなかでよく立ち話をしているのを、門のそばに住居のあったKは見ているのである。

いちばん肝腎なのはH・S。今は八十歳になっていたが、自宅の離れの六畳の間で大岡たちを迎えた。このときは吉田凞生が大岡に同行していた。この部屋は、昔富永がフランス語を習いに通った陸軍将校のいた部屋だといわれた。

H・Sは、富永が詩人として有名になったことを知らなかった。そして、大岡が確認できたことはいくつもない。

真面目な青年だったこと。夫（医師）が喘息持ちだったので、青根温泉に行き、そこで富永と知りあったこと（瑞雲寺のH子の話と同じ）。仙台に帰ってからも富永が家へ遊びに来た。夫が学生を集めるのが好きでそうなった。そのうち夫の妹の主人である陸軍将校が富永にフランス語を教えることになった。またその陸軍将校が、陸士同期だった富永の母方の叔父に、富永がＨ・Ｓと親しくしていることに抗議する手紙を書いていたのを知らなかった、といった。大岡が微妙な質問をしなければならない段階になった。その部分を「『問わずがたり』考」から引用する。

《「富永家に伝えられていることだけで書いたのでは不公平になるからうかがうのですが」と前置きして、「何かあなたとのうわさが立って、二高を中退しなければならなくなった、といわれていますが、いかがですか」ときいたのである。Ｈ・Ｓさんは笑って「いやですよ。こんなお婆さんにそんな話」といった。しかし私たちがこれ以上突込んできくべきかどうか迷っているうちに、婦人は少し俯いて、ひとつ唾を飲みこんでから、ほぼ次のように話した。「その頃、ひと月ばかり実家に帰っていたことがありました。三年、子なきは去る、という言葉があった頃で、私には子供が生れませんでしたので、そんな話が出て、しばらく実家へ帰っていました。それでそんなうわさが立ったのではないでしょうか」》

あとは、ほとんど否定の連続である。
富永の母親が仙台へ来たことは知らない。だから会ったことはない。富永が退学して東京へ帰ったことは知らなかった。しかし、富永がその後外語学校に入り、まもなく死んだ、ということは知っていた。というふうに、知っていた、知らないは、答え方がつながらない迷路のようなものになっている。そしてもうそれを検証するわけにはいかないのである。大岡が把握している、富永家に伝えられている話と、このH・Sの話とを結びつけるとどうなるか。

H・Sが離縁になるなら、息子の嫁に貰い受けようと決意して、父親、息子と共に母の園子は仙台へ来た。そして園子だけがH・S母子に会った。そのとき、H・Sは「お友達のつもりで、お付合していました」といった（ことになっている）。

ところがH・Sは、園子に会ったこともないし、自分の母親から何もきかなかったといっている。これがほんとうなら、園子は息子太郎にうそをついたことになるが、H・S母子に会いもしないで、そのようなうそをつくことができるかどうか。第一、H・Sが夫のもとに戻ることになれば、離縁はない、したがって富永との結婚もあり得ない。

ただ、園子の話をきいた富永が「ほんとかなあ」と呟いたという、その呟きだけが残るのは、大岡とH・Sの面談の前と、少しも変らないのである。

三　失恋の果てに

大岡昇平の富永恋愛事件への執念深い追跡をさらに追いかけて、いやそうではなく、私自身のこの恋愛事件への関心に動かされて、ずいぶんと紙数をついやしてしまった。ここで富永その人についてみれば、まだ二十歳。詩作でも、早くに高い完成度を持っていた（と私には思われる）絵画のほうでも、代表的なものはこの後二十四歳で死去するまでの短い時間に創作されるのである。

ここからは、富永太郎のその時間のなかに入っていかなければならない。

一九二二（大正十一）年。二高を中退して東京の家に戻ってきた富永は、三月、両親に勧められるままに一高の入試を受けるが、失敗。もともと心すすまぬ受験だった。かわりに、四月、東京外国語学校仏語科に入学。ボードレールを読むためにフランス語習得にはげんだ。

大岡昇平は直接そういう言及をしているわけではないが、富永は語学の才があったのではないかと思われる。一年後ぐらいに、ボードレールを原語で読むようになっていたようだ。

アーサー・シモンズの『ボードレール試論』の原書を教師に頼んで図書館から借り出してもらったりしている（六月）。ついでにいうと、アーサー・シモンズの『文学における象徴派の運動』の岩野泡鳴の翻訳書は、富永や小林秀雄の世代に大きな影響を及ぼした。のちに富永はボードレールの「人工天国」の翻訳を試みることになるし、小林秀雄はここから入って、ランボオを発見するのである。

一九二三（大正十二）年。三月、外国語学校は出席日数不足のため、落第。以後、実質的に休学状態となった。いっぽう、大森の川端絵画研究所に熱心に通うようになった。絵描きになるか、詩人として生きてゆくか、当人も決めかねているといったところか。

この頃何度か仙台旅行をしているし、秋田の湯の浜温泉などにも行っている。放浪の衝動が心を領し、ついに上海旅行を思いたつ。十一月十九日、神戸出帆、二十二日、上海着。上海では新聞記者にフランス語を教え、画塾に通ったりするが、結局、自活の見込みが立たず、帰国するしかなくなった。一九二四年二月三日、神戸着。

そして、帰国したこの年の六月、富永は、二高から京都帝大経済学部に進んでいた正岡忠三郎を訪ねて京都に遊ぶ。正岡は、これが同じ富永かと見まがうほど、富永の風貌も挙措も変っていた、といっている。

また、大岡昇平は書いている。「異郷の孤独に生きた自信は、なお彼の中に残っていた学生風の甘さを吹き飛ばした。よかれあしかれ、この上海放浪によって、太郎のボヘミアニスムは、気取りから性格に移ったと見做すことが出来る」(『富永太郎伝』)と。

おそらくその通りなのだろう。そして大岡はまた、一年後に富永の命を奪った肺結核は、上海の貧民窟で得たものらしい、と推測している。富永にしてみれば、放浪が性格になったとしても、その性格を存分に発揮する時間をもってはいなかった。

富永はこの年六月から十二月まで、正岡の下宿に転り込むなどして、京都に滞在している。そして立命館中学の中学生だった中原中也を知った。正岡と同じく、二高から京大に進んでいた冨倉徳次郎の紹介であった(実際は二月末に、帰国した富永が京都で途中下車したときに紹介だけはされていたらしい)。

中原は十六歳の中学四年生だったが、三つ年上の大部屋女優長谷川泰子《やすこ》と同棲していた。泰子はのちに小林秀雄と恋愛事件を起こすなど、小林、中原などの文学グループのつきあいのなかで重要な役割を果たすことになる。泰子は、仲良くなった富永が毎日のように中原を訪ねてきて、長時間にわたって難しげな議論をしていたのを覚えている。

中原は高橋新吉のダダイズムに凝っていて、当時は友人たちからダダさんと呼ばれていた。おそろしく弁の立つ若者だったらしいが、富永と中原のつきあいは、中原のほうに得るところが多かったのではないか、と大岡は考えている。のちのち中原に強い影響を及ぼしたフランス象徴派の詩人の存在などは、みな富永に教えられた、ということである。

富永は、府立一中時代から小林秀雄の知りあいで、小林に同人誌「山繭」に加わるよう勧められて参加した。自分の詩が活字になる場所を求めていたからだろう。

小林秀雄が送ってきたランボオの「別れ」の訳詩を大きな紙に書き写し、壁に貼って眺めくらしていたのはその頃である。そして先にも紹介した散文詩「秋の悲歎」を書いた。この散文詩は、「橋の上の自画像」とともに、「山繭」創刊号に掲載された。

富永の詩作は、「自己救済」がいちばん底のモチーフとしてあった。それはむろん、あの仙台のH・Sとの恋愛事件に端を発している。ただこの「自己救済」は、嘆くことで収まりをつけようとしたのではなかった。一篇の詩が、富永のかかえている世界を暗喩のように背負っていることが要求された。富永という詩人は、そんなふうに自分の運命を背負ったのである。

大岡昇平は、青春時代を回顧した文章のなかで（「わが師わが友」）、いっている。「とにかくそんな気分の中にいた私が『富永太郎詩集』（注・昭和二年刊の私家版のことだろう）から得たものは、人間には死と接しながら、表現の『自由』があるということである」。

「山繭」は、富永にとって大切な発表舞台になり、同人といっても親しいのは小林秀雄ただ一人。小林だけが頼りだった。そのことを如実に示す小林との手紙のやりとりが、幸いにも後世に残されて、大岡の『富永』の一節になっている。

「君の今度の散文感心した。苦しい感動があつた」

小林の手紙中の二行である。大岡は、「これが小林にとっては、最大級の讃辞である」と注をつけている。この詩は、「山繭」第三号に発表された「鳥獣剝製所」のことである。

上海から帰国した後の短い時間に、本格的な油彩を何枚か描き、たくさんのデッサンを残している。一九二四年の「上海の思ひ出」「門番さん」「コンポジション」などの造形はどこで学んだのかと思ってしまうほど新しい。また同年の油彩の自画像は、自己認識の強さが伝わってくる、といったらいいか。ついでにいうと、筑摩書房版『大岡昇平全集』第17巻の巻頭に置かれた書斎の大岡の写真には、背後の壁にこの自画像がかけられている（一九七二年七月の撮影）。大岡の、会ったことのない詩人への思いの濃さがこの一枚の写真にはあった。

富永は（一九二四年）十月に、京都で最初の喀血。十二月初めに帰京せざるを得なくなった。翌年三月、中原中也が長谷川泰子と共に上京してきて、富永をしょっちゅう訪ね、療養先の神奈川県片瀬にまで押しかけてきたりしているが、京都でいったん生じた二人の隔りは、二人のつきあいに影を落として消えなかった。富永は病んだ体をひきずって、小林などと一緒に街をさまよい歩いた。そして病床に横たわりながら詩を書いた。

そのうちの一篇。これは「山繭」にも掲《の》らなかった作品である。

焦燥

母親は煎薬を煎じに行つた
枯れた葦のが短かいので。
ひかりが掛布の皺を打つたとき
寝臺はあまりに金の唸きであつた
寝臺は
いきれたつ犬の巣箱の罪をのり超え
大空の堅い眼の下に
幅びろの青葉をあつめ
棄てられた藁の熱を吸ひ
たちのぼる巷の中に
青ぐろい額の上に
むらがる蠅のうなりの中に
寝臺はのど渇き
求めたのに求めたのに
枯れた葦の葉が短かいので
母親は煎薬を煎じに行つた。

大岡昇平は富永の「秋の悲歎」について、「太郎の蝕ばまれた青春は『人生との別離のモチーフ』に至って、初めてその歌を見出したのである」と書いたが、小林が高く評価したというこの「焦燥」もまた、富永がかろうじて見出すことができた歌に違いない。

私は個人的にはこの「焦燥」と、もう一篇「遺産分配書」が驚くべき達成と考えている。いずれにしても富永は私たちに数多いとはいえない詩と絵画を残して、一九二五（大正十四）年十一月十二日、永眠。

始まりは、少年のような年頃に経験した、仙台での恋愛事件だった。それについては、父謙治が半ば驚きをもって、「それにしても失恋とはおそろしいものですなあ」と嘆息したのを、大岡昇平は何度か書きとめている。太郎は、期待されたように富永家の再興は果たさなかったけれど、父親は太郎の類稀れな詩才を疑ったことはなかった、と大岡は書いてもいる。

四　「不幸になれ」

《中原中也という人間は、結局僕には嚙み切れないというものである。生きている間、逃げ廻っていたのが無念やる方なく、伝記を書き出したのだが、少年時代を五十枚書いただけで、肝心の部分には手をつけていない。》

これは、一九五三(昭和二十八)年、「新潮」八月号〜十二月号に連載された「わが師わが友」の一節である。大岡昇平はこの年十月にロックフェラー財団の第一回特別給費生として渡米し、翌年ヨーロッパを歴遊するなどして一年間日本を留守にした。そのために「わが師わが友」は、大急ぎで書かれた証文みたいな感じのする回想記になっている。率直で飾り気がない。「中原中也という人間は、結局僕には嚙み切れないというものである」という発言は、伝記を書こうとして、目処が立たない苛立ちと困惑を反映しているかのようでもある。そうだとしても、ここからが大岡昇平らしい、一種のすさまじい執念が発動されるのである。

「少年時代を五十枚書いた」というのは、一九四九年に発表された「中原中也伝——序章　揺籃」(「文藝」)を指しているかと思われるが、その後、五六年には「二詩人」(のちに「京都における二人の詩人」と章名変更)が発表され、主として同年に各誌に分載された七章とともに、『朝の歌』が一冊の本にまとめられた。なお「京都における二人の詩人」は、早く四八年に雑誌に掲載された文章が元になっている。

『武蔵野夫人』の刊行が五〇年、『野火』の刊行、合本『俘虜記』の刊行が五二年。そういう仕事と同時期に、中原中也の伝記が構想され、ともかくも書きはじめられたことに注目したい。そして、大岡は、先に引用した「わが師わが友」の一節の他にも、執筆の動機をさまざまに語っている。その表明のしかたはまさに「さまざま」としかいいようがない。

大岡自身の言葉を並べてみよう。

《……僕は原則として、中原とは遠慮せずに喧嘩する方針にしていた。そのうち彼が何を言おうとも平気でいられるようになったら、喧嘩はやめて、茶呑話の相手になってやるつもりだった。僕はそういう日が来るのを待ち望んでいたのだが、その日が来ない前に、中原に死なれてしまったのが残念だったのである。》

右の引用は、「わが師わが友」（講談社文芸文庫『文学の運命』一九九〇年所収）から。青春時代の検証などという大雑把な言葉でくくれないような、屈折したドラマがうかがえる。後に『中原中也』としてまとめられた一冊（講談社文芸文庫、一九八九年）の、冒頭に置かれた「中原中也伝――揺籃」にも執筆動機と考えられるような文章があるが、それはさらに複雑な陰翳をおびているかのようである。

《我々は二十歳の頃東京で識り合った文学上の友達であった。我々はもっぱら未来をいかに生き、いかに書くかを論じていた。そして最後に私が彼に反いたのは、彼が私に自分と同じように不幸になれと命じたからであった。》（『中原中也』講談社文芸文庫）

「自分と同じように不幸になれ」。青春のドラマというより、「未来をいかに生き、いかに書くか」を論じていなければ、起こり得ないような要請、といって悪ければ対人関係である。あの詩人は何者だったのかという問と同時に、あの男とは何者だったのかという問がそこに結びつかざるを得ない。

《私の疑問は次のように要約されるであろう。――中原の不幸は果して人間という存在の根本的条件に根拠を持っているか。いい換えれば、人間は誰でも中原のように不幸にならなければならないものであるか。おそらく答えは否定的であろうが、それなら彼の不幸な詩が、今日これほど人々の共感を喚び醒すのは何故であるか。しかし読者は私が急に結論を出すとは思わないで戴きたい。……》（同前）

最後の一行を読んで、私は伝記を読み終っても、出るような結論があるとは思われなかったし、実際にそうであった。伝記で詩人という存在を追うことの難しさを、大岡昇平は十分に自覚しながら書いている。だから書き方が何度も大きく変ってしまう。これはそういう伝記なのだった。

大岡が書いた中原中也関係の文章のまとめ方、本としての刊行の姿もかなり複雑である。筑摩書房版全集の第23巻に掲載されている「書誌」を参考にしてその姿を略記してみよう。

まず、一九四九年に発表された「中原中也伝――揺籃」があり、これはその後が続かないまま、しばらく本には入れられていない。一九五六年に、「京都における二人の詩人」以下「白痴群」までの八篇が集中的に書かれ、これは五八年に『朝の歌〈中原中也伝〉』として刊行された。「揺籃」に続く伝記ではあるのだが、記述は中原の死までには及んでいない。そして十年後の六六年に、伝記的手法というより中原の晩期の作品論という印象が強い「在りし日の歌」と「在りし日、幼なかりし日」が書かれ、「揺籃」ほか個別に書かれた中原関連のエッセイを含めて、六七年に『在りし日の歌〈中原中也の死〉』が刊行された。

すなわち、「中原中也伝――揺籃」「『朝の歌』」「『在りし日の歌』」（「在りし日、幼なかりし日」を含む）」がそれぞれに書き方（手法）が異なる「伝記」の三つの柱となっている。八九年に刊行された講談社文芸文庫の『中原中也』は、この三つの柱が収録されている。

それとは別に、七四年に、右の三本柱のほか、それまで書いた中原関連のエッセイのほとんどすべてを拾い集めた『中原中也』という大冊が角川書店から出版された（七四年。七九年に、その文庫版）。そこで注目すべきは「中原中也・1」という論説で、中原の最初期のダダイスムは、意外にも最晩年にまで詩人の認識のなかに生き残っている、本質的なものではなかったか、という考察がなされている。しかし、大岡昇平は「あとがき」のなかで、一九七一年から中原の詩の探究を再出発させたのだが、「中原中也・1」を書いたところで「私の根気はぷっつり切れた感じになりました」といい、「これで一応中原についての探求を終ること」にする、それでこれまでに書いたものを一冊にまとめる気になった、と書いた。

しかし、実際はそれでは終らなかった。八一年に「神と表象としての世界――中原中也の詩論をめぐって――」という長い論文を書き、雑誌「図書」に掲載するいっぽうで、それを同年に出版された岩波文庫版『中原中也詩集』の解説ともしたのである。さらには、その文章を冒頭に置いた『生と歌　中原中也その後』を八二年に刊行。大岡は七十二歳の最晩年に至るまで、中原中也と取り組むことをやめなかった。執念というしかないが、「根気はぷっつりと切れ」はしなかったのである。

およそ以上のような複雑な書誌的事情がある。ただし、「中原中也伝――揺籃」「『朝の歌』」「『在りし日の歌』」が大岡が書いた伝記の三本柱であることに変りはない。したがって、ここでは三篇を収録した講談社文芸文庫版『中原中也』を主として読んでゆき、それ以外の関連エッセイにふれるときは、そのつど出所を示すことにする。

もうやめた、といいながら、大岡は最晩年に至るまでこの詩人について書きつづけた。その執念が何に由来するか、大岡はわかりやすい言葉では書かなかった。中原関連の文章のすべてを読んでも、読者がその由来を捉えることができるとは限らないが、とにかく接近してみるしかない。

五　中原の肖像

大岡が中原を識ったのは、一九二八（昭和三）年の春、数え年で中原二十二歳、大岡二十歳だった。

それ以前、京都の立命館中学生だった中原は、二五年の三月、同棲していた長谷川泰子と共に東京に出てきた。東京の私立大学に身を置こうとしたが、目当ての早稲田は手続上受験できず、二六年に日本大学予科文科に入学している。といっても、四月に入学し、九月に退学している。まじめに学生たろうとしていたわけではない。京都で知りあった富永太郎を通じて小林秀雄や河上徹太郎を知り、「文学的生活」を送りながら、本格的に詩を書きはじめてもいる。

東京に出てきた年、二五年に泰子が小林秀雄の愛人になって去った。中原はむろん大きな衝撃を受けたが、小林と絶交することができない。小林の言葉を借りれば「憎み合ふことによつても協力」し、「奇怪な三角関係」が出来あがった。

その頃大岡は成城高等学校文科乙類にいたが、学校には熱心でなく、フランス語を学ぶためにアテネ・フランセに通うという状態。二八年に成城高校で教えていた村井康男から、小林秀雄がアルバイトでフランス語を教えていると聞き、小林の個人教授を受けはじめた。そのような経緯から、大岡が初めて中原に会ったのは、東中野の小林秀雄の家である。

会ったその日に、二人は共に小林の家を出た後、中野町桃園の中原の家にいって話しつづけ、大岡はそのまま部屋に泊った。文学青年のつきあいのしかた、一気に関係が濃密になるのがうかがわれるような話である。

二人は連れ立って東京の街をうろつきまわるようになるのだが、大岡は当時の中原の風貌を描いている。

《黒いあまり上等でない布地の長い背広、同じ布で裁たれた細いズボン、それが包むのは少しガニ股の短い足である。丈は極めて低く多分五尺そこそこだったであろう。その軀幹《くかん》にふさわしい細い弱々しい首の上にはしかし眼の大きい鼻の高い端正な顔が乗っていて、その顔が身長の関係からいつも心持上を向いて、主として家々の軒よりもやや上のあたりに眼を漂わせながら動いて行く——今日は彼が御機嫌がいいのである。》（「わが師わが友」中の「中原中也の思い出」の章）

さて文芸文庫版『中原中也』が「中原中也伝——揺籃」に始まるのは、先にも書いた通り。これは、一九四七（昭和二十二）年に、大岡が中原の郷里である山口県の湯田（現在は山口市）の中原病院を訪ねた話から、幼少年時代の中原が多面的に考察されている。

中原の詩は、幼年少年、要するに子供のイメージが重要な役割を果たしているから、「揺籃」から入るのは適切な方法である。しかし、大岡が中原の詩作を必要以上に「子供体験」に結びつけないよう十分に用心していることに、私はむしろ注目した。

そして、「『朝の歌』」から、本格的な伝記になる。

「『朝の歌』」はいくつかの章に分かれているが、最初は「京都における二人の詩人」である。二人の詩人とは、富永太郎と中原中也。

中原は一九二三（大正十二）年、山口県立中学第三学年を落第した。湯田の名家である中原家にとっては重大事件である。中也の家庭教師だった男が京大に進んでいたのに頼って、京都の立命館中学に転校させる。中原自身は、家の桎梏《しっこく》を逃れて万々歳、十六歳で下宿生活となった。あげくに、三つ年上の十九歳の大部屋女優長谷川泰子と同棲し、早熟ぶりを示している。

泰子は、「広島市の家出娘で、東京その他を放浪したが、十二年の関東大震災後、京都へ都落して来ていた」。

一九二四年、そこに上海から帰国した富永太郎が、親友で京大に進んだ正岡忠三郎を訪ねて京都に現われる。正岡と同じく仙台の第二高校出身の京大生、冨倉徳次郎の仲介で富永と中原は会い、早速に親しくなった。以後、富永は毎日のように中原の下宿を訪い、「何やら難しい話をしつづけた」（長谷川泰子）。

二人は詩の話に熱中した。大岡によれば、この時期中原が読んでいたのはダダイストを標榜する高橋新吉ぐらい。よって中原はダダさんと呼ばれ、フランス象徴詩のボードレール、ランボオ、ヴェルレーヌなどを富永が語り、中原はそれを一方的に吸収した。

しかし、富永はやがて中原とのつきあいに疲れ果て、「ダダイストとの厭悪《デグウ》に満ちた友情《アミテイエ》に淫して四十日を徒費した。手が凍える頃になつてやつと絵が描け出す。散文も書け出す（だらうと思ふ）」と東京の村井康男宛に手紙を書く（十一月十四日付）。

富永はこの時までに、彼の最初の傑作「秋の悲歎」を書いていた。それを小林秀雄宛に送っている。いっぽうで、京都で喀血をし、診察を受ける必要を感じて、十二月東京に帰る、という動きになる。その富永を追うように、中原は一九二五年三月、泰子と共に上京。富永太郎の紹介で小林秀雄を知る。

中原は平然と富永を訪いつづけるが、富永のほうは京都で「淫した」ようには中原とつきあえなかった。死に至る病床には中原を招き入れず、二五年十一月十二日死亡、二十四歳だった。「『朝の歌』」では三章を費やして中原と富永のつきあいが描かれている。しかも、中原の伝記でありながら、文章は富永に多く費やされているといっていいだろう。大岡自身、そのような展開になったことを意外に思い、驚いている記述さえある。

二人の詩人を論じながら、大岡が見ている中原の肖像は、やはり取りあげておきたいようなおもしろさがある。

《反抗と破壊は大人との対抗において、この年頃の少年の誰にでもあるものであるが、齢を重ねて自分自身大人の仲間入りするに従って消滅するのを原則とするに反し、中原の場合はいつまでも自己の存在理由として、温存されていたのを特徴とする。絶えず想い出によって、育て、はぐくまれていたのである。》(『朝の歌』中の「京都における二人の詩人」の章)

大岡の中原観の核心の一つがこれである。中原は人づきあいにおいて、「子供であること」を自分の存在理由として剝き出しにする。しかも、きわめて論理的な言葉と、真似のできない多弁によってそれをやるのだから、多くの場合、人とぶつからざるを得なくなる。「子供」の中原は人と折れ合うことをけっしてしない。十八歳の中原に初めて東京で会った小林秀雄は、「熟さない果実の不潔さ」を感じたといった、と大岡は記録している。

大岡は、こんないい方もしている。

《田舎者中原の精神が、会話において、自分を表現し、鍛える型であったに対し、東京の学生は、不断の饒舌と冗談に拘らず、その志を保持することにあったといえよう。少なくとも富永太郎の精神の特徴は、自分を隠すことにあった。》（同前の「富永の死、その前後」の章）

中原は「開かれた心」をもっていた。だから「中原にとって我々（注・大岡はここに自分を含めて、の意味をこめている）の日常生活は全部政治的に見えたので、中原は死ぬまで、これを咎め続けたのである。これが彼の絶えざる喧嘩の原因である」と、大岡は書いている。子供である中原に魅せられながら、どこかで辟易もしている。

一九二八（昭和三）年に中原に会って以来、中原と長い長い対話を交わした（それが多くは中原の一方的演説だったらしいが）大岡ならではの、正確な見方だろう。

しかし、中原と対立しているかに見える富永太郎にも、その核心には侵しがたい「少年」がいた、といえるのである。先に私は大岡の著述を通して富永の生涯にふれたが、富永は二十歳の旧制高校生でありながら、純潔な少年でありつづけた。そして少年らしく、八歳年上の人妻に恋をし、失恋した。その失恋が、二十四歳で死ななければならないほど人生を短くした。その短い時間に富永は詩を書き、また絵を描いたのである。

私は残されている十八歳の富永の写真を見ながら（彼はそれ以後写真を撮ることを許さなかった）、大岡が富永に惹かれつづけるのも、その少年性にあったのではないか、とほとんど確信している。

大岡の裡にある少年の純潔への傾斜、その興味のもち方を、私は中原中也への執念のなかにも見るのである。むろん中原の詩を読むときの大岡は、その詩がもっている多面性にしたがって、より広い視野を発揮している。しかし、核心にあるものは、年月を超えて動かしがたい。

富永の死と並行するようにして、一つの事件が起きる。富永の死に、小林秀雄は立ち会っていない。盲腸炎手術のために入院中だった。正岡忠三郎の日記によると、おそらくは富永の死と葬儀を小林に報告するために、正岡は泉橋病院を訪ねたが、そこに長谷川泰子がいた。痛切な、新しい物語の始まりである。

「『朝の歌』」の「友情」の章は、「大正十四年十一月、長谷川泰子は中原中也の許を去り、小林秀雄と同棲した」が冒頭の一行である。大岡は、「当時者の一方が生きていて」この事件が語りにくい、と率直に書いている。それでも、一九四九（昭和二十四）年に小林が「中原中也の思ひ出」で初めて事件について書いたことで、少しは取りあげやすくなったようだ。「友情」の章で早速それを引用している。

《私は中原との関係を一種の悪縁であつたと思つてゐる。大学時代、初めて中原に会つた当時、私は何もかも予感してゐた様な気がしてならぬ。（中略）中原に会つて間もなく、私は彼の情人に惚れ、三人の協力の下に（人間は憎み合ふことによつても協力する）奇怪な三角関係が出来上り、やがて彼女と私は同棲した。この忌はしい出来事が、私と中原の間を目茶にした。》（小林秀雄「中原中也の思ひ出」）

小林は、このすぐ後に、中原はこの出来事については何も書き遺してはいないが、死後の雑然たるノオトや原稿の中に、「僕は『口惜しい男』に変つた」と書いてあるのを見つけた、と記している。

「口惜しい男」は、それで小林や泰子とのつきあいを断ったわけではない。わずかな空白を経て、中原のほうから小林に接近し、二人が同棲している家に頻繁に顔を出すのである。まさに「奇怪な三角関係」という以外にない。

中原が泰子に去られたこの事件を、大岡昇平は中原が生涯に体験しなければならなかった二つの大事件の一つとしている。もう一つは、中原が後に別の女性と結婚して得た、長男文也《ふみや》が死んだことであった（一九三六年、中原二十九歳）。

泰子が去った日については、中原の覚え書的な手記（死後まで未発表）に記録がある。泰子が小林のもとへ行くというとき、中原は泰子の荷物の片付けを手伝い、「新しき男」（小林）の家にさそわれるまま上りこんだりしたことが、克明にメモされている。その後の部分（大岡の引用からの再録）――。

《私が女に逃げられる日まで、私はつねに前方を瞶めることが出来たのと（ママ）確信する。つまり、私は自己統一ある奴であつたのだ。若し、若々しい言ひ方が許して貰へるなら、私はその当時、宇宙を知つてゐたのである。（略）私は厳密な論理に拠つた、而して最後に、最初見た神を見た。
然るに、私は女に逃げられるや、その後一日一日と日が経てば経つ程、私はたゞもう口惜《くや》しくなるのだつた。（略）
とにかく私は自己を失つた！　而も私は自己を失つたとはその時分つてはゐなかつたのである！　私はたゞもう口惜しかつた、私は「口惜しき人」であつた。》

「泰子事件」と名づけたくなるこの「恋愛事件」について、その経緯にこれ以上深く立ち入る気はない。しばらくして、小林は泰子と別れる。中原は一人になった泰子に執着するが、結局は中原も小林も、それぞれ別の人と結婚し、家庭をもつのである。

ただし、それはかなり後の話。私が大岡の中原中也伝のなかで立ちどまりたいのは、この「泰子事件」あたりから、不思議に中原の詩作が充実してゆく、その展開についてである。

中原の詩作の展開で、大岡が鍵として重視するのは、中原が一九三六（昭和十一）年に書いた、「詩的履歴書」と題された覚え書である。

そこで中原は書いている。十年前に、自分には詩人としての重要な覚醒があった。すなわち、「大正十五年五月、『朝の歌』を書く。七月頃小林に見せる。それが東京に来て詩を人に見せる最初。つまり『朝の歌』にてほぼ方針立つ」とあるのだ。泰子が、中原を去って小林と同棲した後に、「朝の歌」を書き、それを小林に見せているのである。これを詩人の業の深さというのであろうか。

大岡はいう。「詩的履歴書」は一九三六年八月、漸く詩人として多少の名声を得た中原が恐らく雑誌の要求によってノートしたもので、多分に自己誇示を含んでいるから、文字通り受け取るのは危険である。たとえば、「朝の歌」を大正十五年の「七月頃小林に見せ」たのが、「東京に来て詩を人に見せる最初」というのは明白な嘘だけれど、同作品が五月に書かれたというのは、中原の言葉を信じる以外にない。そして、大岡は書いている。

《詩人がこれをもって自分の詩の出発点と見做していたことには、意味がある。今日伝説化している彼の生活の混乱の裡に、いつも秩序と形式に到達せんとする努力があったことが、中原の詩人としての存在理由と考えられるからである。》（「『朝の歌』中の「朝の歌」の章）

「朝の歌」は、第一詩集『山羊の歌』（一九三四年刊）の、「初期詩篇」と区分された、冒頭から五番目に置かれた詩である。ソネット形式（四、四、三、三行）に型が整えられた文語詩。「秩序と形式に到達せんとする努力」の見本であり、大岡はこの詩を本のタイトルとして用いているほど、重視していた。

『山羊の歌』には、ダダイスト中原を思わせる詩は、「トタンがセンベイ食べて／春の日の夕暮は穏かです」に始まる「春の日の夕暮」一篇だけであるのを考えあわせると、「朝の歌」で「ほぼ方針が立つ」と中原が詩作に展望を得たのは確かであろう。

なお付け加えて先にいっておくと、「詩的履歴書」が「朝の歌」の十年後に置こうとした

「転期」の作品は何であったのか。一九三六年には、十一月十日に愛息文也が病死し、このときも中原は「自己を失う」ほどのショックを受けた。そのなかで「冬の長門峡」を書き、翌年の「文學界」四月号に発表している。この「冬の長門峡」を、「朝の歌」に結びつけて大岡は考えようとしているのである。

「朝の歌」をここに出しておこう。中原が抒情詩人、愛誦詩人と呼ばれる方向にあることを示している作品といえる。

朝の歌

天井に　朱《あか》きいろいで
　戸の隙を　洩《も》れ入る光、
鄙《ひな》びたる　軍楽の憶《おも》ひ
　手にてなす　なにごともなし。

小鳥らの　うたはきこえず
　空は今日　はなだ色らし、
倦《う》んじてし　人のこころを
　諫《いさ》めする　なにものもなし。

樹脂《じゅし》の香に　朝は悩まし
　うしなひし　さまざまのゆめ、
森竝《もりなみ》は　風に鳴るかな

ひろごりて　たひらかの空、
　土手づたひ　きえてゆくかな
うつくしき　さまざまの夢。

詩として格別に難解ではない。森、風、空、そして消えてゆく夢。のちに中原の詩のキーワードのように我々が出会う言葉がここにもある。この詩の解釈で言葉を費やす必要があるとは思われないが、『山羊の歌』にまとめられた詩が抒情詩だけで統一されているのではないことを、大岡は的確に指摘してもいる。

たとえば、「サーカス」に見られる「劇的興味」。私がいい直すとすれば、詩のなかの物語性というべき傾向。「サーカス」には同じく、ダダイスムの系統である道化が見られる。道化ぶりは、中原の最晩年にまで見られることは、岩波文庫版『中原中也詩集』の大岡の「解説――『詩論』を中心に――」にも詳しく語られている。

さらには、「童謡調」という傾向もある。大岡はこれを、中原には何処か大人になる暇がなく齢を取ってしまったようなところがあったから、と説明しているが、中原の熱烈なファンには、この童謡調が働きかけるところ大ではないのか、と私などは考えている。童謡調の例としては、「ホテルの屋根に降る雪は／過ぎしその手か、囁きか」でよく知られている「雪の宵」を挙げておけば十分だろう。

中原の詩は、そのようにさまざまな趣向（特徴）が、並存しながら展開しているから、たんに抒情詩人とか愛誦詩人というレッテルを貼ってすませるわけにいかないのは、いうまでもない。

しかし、抒情がその詩の核心にあったことも、また確かであった。そのへんのことは、先にも挙げた岩波文庫の大岡の「解説」でも、読み取ることができる、と私は考えている。

そこで、中原の「その抒情は世界観に基いた行為として主張されている」と大岡はいうのだ。

一九二八（昭和三）年十月、中原は「生と歌」と題するエッセイを雑誌「スルヤ」第三輯に発表している。

「あゝ！」という叫びは、「生活の局面に属するから、さし当ってそれに近似せしめる技《わざ》の習得が、芸術と見なされる。技巧だけが芸術の全部のように見られるようになった」。しかし、「たゞ叫びの強烈な人、かの誠実に充ちた人だけが生命を喜ばす芸術を遺したのである」と中原はいい、その例としてベートーヴェンをあげている。そしていっぽうで「批評の発達は、生と歌を衰えさせ、生と歓びを少なくする」と主張するのである。これは文芸批評だけでなく、あらゆる知的活動を含むものへの反対意見といえる、と大岡は注釈している。

ここから、「抒情詩は自我の直観をそのまま文字に移すのであるから、言語芸術の中で最も純粋」とするショペンハウアーの思考と結びつくのは、ごく自然だった。

中原はそのように「抒情」を考えていた。もともと、理論をおろそかにしない、いや理論が先に立つような詩人だったから、中原には詩論が多い。発表しなくても、メモや覚え書が多く残されている。大岡はそれを丹念に読んで、詳しく論じようとしているが、まずもって中原の論が、言葉足らずでわかりにくいし、それを扱う大岡の解説も、時に迷路に入りこむようにわかりにくくなる。

それでも大岡が中原の詩論の紹介に熱心なのは、中原がときには夜を徹して語りつづけたのに耳を傾けた、青春の体験が生きているからではないか。その体験のなかで「絢爛たる話し手」であった中原の言葉が、なお生きているのではないか、と私には思われる。

中原は「泰子事件」で「自己を失った」後でも、「絢爛たる話し手」でありつづけた。泰子が去ったのは、一九二五年の十一月、中原が十八歳のときであり、大岡が初めて中原に会ったのは二八年の三月、小林の家でであった。そして大岡と中原のつきあいが最も濃密だったのは二八年と二九年で、二九年の四月に大岡は京都帝国大学に進んでいる。

中原の話がどのようなものであったか、筆致がよりくだけている「わが師わが友」から引用してみよう。「中原は批評家の断乎《だんこ》たる敵であった」という一行から、中原が語ったことの要約になる。「彼によれば批評は文学中で最も下等なるものであり、かつ有害ですらある」。

《中原は普通の分類に従って、文学者を詩人、小説家、批評家に分ける。別に変哲もない分類であるが、中原の場合はその各項に優劣があって、つまり今書いた順序で、優から劣に到るのである。》

最低の段階にあるのは批評家。これは人生に対して一定の座標軸を立て、諸般の現象を整理して能事《のうじ》畢《おわ》れりとする怠けた人種である。この人種の文学への侵入は読者を迷わし感傷的にするという弊害があるのみ。

その上に小説家がくる。これは人生がいかなる座標をもっても割り切れず、すべては在るがままに在ると観じた達人である。彼はそれを忠実に再現するということに人生の意義を感じている。しかし小説家自身世界の外に位置するという点に難があり、それによって人生のある種の真実を逃すことになる。

最も上に詩人が来る。彼は人生がいかんともし難いと観ずる点において、小説家と同じ位置に立つ者であるが、しかもなおその虚無の上に「行為」がある。即ち歌うという「行為」によって、自ら存在の一部と化し、かつ存在を喚起するのである。

中原のこの分類は、批評家なら批評家の魂の済度《さいど》に関する問題だったのだ、と大岡は注記している。すなわち人生論的なのだ。大岡はさらに書いている。

《こういう中原の詩論が何処まで妥当するか私は知らない。私としてはこれがいかにも中原らしいと思っていれば沢山なのであって、ただ私の記憶の不正確さから、彼のいったところを変形しはしなかったかを懼《おそ》れるだけである。》

小林秀雄への恨みがここにはあるとしても、私はこれを格別批判しようとは思わない。自分がいちばん優れている、という思考法においては批評は成立しないだろうな、と直観するぐらい。それより、大岡がこの文章の元になるエッセイを書いて雑誌「新文学」に載せたのは一九四九年であることに注目する。四十歳の小説家が、二歳年上の少年の話をなお大切に大切に扱っていることのほうに感嘆する。少年（もしくは年若い青年）の心のありようは、大岡昇平という作家にとって、特別に大事なものだったのだろう。

とはいっても、大岡がそこで目がくらんでいた、ということではない。左のように冷静な文章がある。

《当時中原は絢爛たる話し手であって、その詩と共に、議論で我々を眩惑したのであるが、中原は崇拝者に対しても甚だ嫉妬深く、我々が彼の教えるところ以外を考えることを許さなかったので、中原との交際がだんだん息苦しくなって来たのである。》（『朝の歌』」中の「白痴群」の章）

中原は、一対一で対している限り、思いやり深く、率直でやさしい人柄であったと、大岡は再三再四書いている。しかし、相手が複数になると、必ずといっていいほど、からむ相手が出現した。中原の並はずれた嫉妬心が発動するからである。

一九二九（昭和四）年、大岡は、阿部六郎、村井康男、古谷綱武、富永次郎、安原喜弘など成城高校の関係者を中心にした同人誌「白痴群」の創刊に参画した。そこに中原中也と河上徹太郎が加わった。「中原の交友範囲の文学青年が十円の同人費を持ち寄っていたずら書きを活字にしただけのもの」と大岡は書いている。しかし、中原にとっては、数少ない詩の発表舞台だったとはいえるだろう。「白痴群」は翌三〇年四月までに六号を出して廃刊になった。

廃刊の直接の原因は、中原と大岡の喧嘩である。三〇年一月「白痴群」五号が出たときの同人会でのことだった。中原が富永次郎を罵り出し、なぐり合いになりそうだったので、大岡が間に入ると、「そんなら貴様が相手だ」ということになり、「表へ出ろ」と本格的な喧嘩になった。大岡はけっして手を出さないと決意し、中原が一方的に大岡を殴りつづけた（もっとも、これ以後は、中原が酒席で罵るときは、こっちから手を出すことにした、と大岡が書いているのが、なんとなくおかしい）。

とにかく、これを契機に「白痴群」はつぶれた。そういう時期だったのだ、と大岡は回顧している。二九年四月には小林秀雄の「様々なる意匠」が「改造」の懸賞論文に当選し、翌年から「文藝春秋」に文芸時評「アシルと亀の子」の連載がはじまった。河上徹太郎の「セザール・フランクの一問題」が、三〇年の雑誌「文学」に載った。「力で文壇を押しまくって行く人間が、我々の仲間から出て来たのである」と大岡が書いたところで、『中原中也』の「『朝の歌』」は終っている。

六　中原が歌うと

『中原中也』（一九七四年、角川書店刊）の「あとがき」で、大岡昇平は三つのブロックの書き方が違ってしまった経緯についてふれている。

「これまでに少なくとも、三度中原中也伝をはじめ、中断して」いる。最初は一九四七年に書き、四九年に雑誌に掲載された「Ⅰ　中原中也伝――揺籃」。これは他の仕事が忙しく、ぐずぐずしているうちに（後が続かず）、少年時代を書いただけでおわった。

次の「Ⅱ　『朝の歌』」は、五六年―五七年中に諸雑誌に分散発表したものだが、書き進めるうちに、「この伝記の書き方に少し疑問を持つように」なった。「こんな風に実生活との（作品の）照応を探すのは意味ないのではないか。詩人を書くには詩のことを書かねばならない」と考えた、というのである。

十年後の六六年に書いた「Ⅲ　『在りし日の歌』」は、その反省をふまえて、作品分析が主になっている。しかし、「そこから結論される中原像も依然として不鮮明で」という感慨めいた言葉がそこに付されている。

確かに、一人の人間の「伝記」で、これほど書き方に統一がないのは、めずらしい例といえるだろう。若い日につきあいのあった（ある時期には毎日のように会っていた）、稀有な詩人をどうしたら表現できるかという迷いに違いなかろうが、それは同時に、詩人に対してもっている思いの深さと複雑さを示しているといえるだろう。

中原中也は、戦後圧倒的な読者をもつ国民的抒情詩人、愛誦詩人ともいうべき存在になった。しかし、その詩はそういう言葉を貼りつけてすまされるような、単純明快なものではない、と大岡は考えつづけている。そういう詩作品に届くような、通路を見つけたい。その思いが、中原を宗教的詩人と見なすことになり、梅光女学院短大の佐藤泰正の『近代日本文学とキリスト教・試論』（一九六三年）に刺戟される方向をとった。佐藤泰正は、キリスト者の立場から中原の詩に宗教性を見ているのである。

大岡は、当時新しく発見された、中学生の中原が「防長新聞」に投書した短歌約五十首を読んで打たれたのである。

人みなを殺してみたき我が心その心我に神を示せり

など、三首の倫理的幼時見神の歌と見なせるものがある。それは、中原の後年の詩の宗教性に繋っていくのではないかという立論である。大岡はその宗教性を、主として中原の詩論（その多くは覚え書）のなかに探ろうとするのだが、その考究がうまくいっているとは私には思われない。

中原の詩作品の享受ということから、離れがちな論考になってしまっているからだ。中原に

あゝ！　――そのやうな時もありき、
寒い寒い　日なりき。

河上徹太郎の意見によれば、「冬の長門峡」に流れている時間は、ベルクソンの純粋持続のようなものであり、中原の「生きている上で各瞬間を過す心構え」につながるものである。そこから、カトリックの信仰に結びつけようと大岡は（河上と共に）考えようとしているが、それはともかくとして、「魂あるものの如く」流れる水が擬人化して現われ、夕陽が「欄干にこぼれたり」と運動を与えられていると指摘しているのは注目に価する。大岡がいうように、これは詩句のなかに「自然」が定着されるありさまである。

「――そのやうな時もありき」と、最後は回想の枠が示されるが、その前に、長門峡の水の流れと、欄干にこぼれる夕陽の光は、目の前に物質感をもって出現する。評論家の篠田一士は、そんなものはちっとも出現していないと貶《け》なしていて、まあ読み方はそれぞれであるとしても、中原が意図したのは、「自然」がそのように創出されることだったのは否定しようがない。

そして私見によれば、そのような「自然」の創出は、大岡が「一つの異教的な天地創造神話ではないか」といってあげている「一つのメルヘン」のほうにこそ、よりはっきりと見てとれる。

一つのメルヘン

秋の夜は、はるかの彼方《かなた》に、
小石ばかりの、河原があつて、
それに陽は、さらさらと
さらさらと射してゐるのでありました。

陽といつても、まるで珪石《けいせき》か何かのやうで、
非常な個体の粉末のやうで、
さればこそ、さらさらと
かすかな音を立ててもゐるのでした。

さて小石の上に、今しも一つの蝶がとまり、
淡い、それでゐてくつきりとした
影を落としてゐるのでした。

やがてその蝶がみえなくなると、いつのまにか、

今迄流れてもゐなかつた川床に、水は
さらさらと、さらさらと流れてゐるのでありました……

陽が「粉末のやう」にさらさらと射し、一つの蝶が現われる。淡い、くっきりとした蝶の影が見えなくなると、こんどは川床に水が「さらさら」と流れている。まさに「自然」が詩句のなかに出現するのである。

中原は一九三三年頃、ネルヴァルを集中的に翻訳しているが、そのネルヴァルは「想像されたものはすべて実在した」と考える詩人であった、と大岡は注するように書いている。「詩的履歴書」がいう「十年に一度あるかないかの転期」が、そのように自然が詩句のなかに出現し、実在感をもって存在する詩法をいうのなら、私は全面的に同感するしかない。

また、付け加えていうなら、中原の「在りし日」は、おそらくはるか幼年期にまでさかのぼる（いや、ほんとうは前世にまで、といいたいのだが）「過ぎし日」の絶対的実在感を示そうとしたのではないか。中原は第二詩集のタイトルを『在りし日の歌』としたが、そう名づけた詩篇はない。冒頭に置いた「含羞」の傍題として「――在りし日の歌――」と付いているだけである。

大岡の「『在りし日の歌』」の章は、詩作品の読解の合い間合い間に、大急ぎという感じで中原の伝記的事実にふれ、最後は一九三七年の死に及んで終っている。

「白痴群」が終刊になった一九三〇年ぐらいから三三年あたりまで、安原喜弘など特別に忠実だった友人を除くと、親しかった多くの人びとが中原を離れてゆき、彼は孤立のうちに淋しい日々を送っていた。ただし、三〇年、三一年は格別に詩を多く書き、三二年から最初の詩集『山羊の歌』を刊行しようと編集に従事した。

といっても、無名の新人の詩集を出してくれる出版社はない。結局中原は母親に三百円を都合してもらい、自費出版を行なうしかなかった。それも費用の滞納によって、本文印刷はできたが、紙型と本文だけもらい、長く造本ができなかった。三四年、「文學界」の発行所である文圃堂店主野々上慶一が製本頒布をひき受け、十二月にようやく初めての詩集が出た。詩集は概ね好評だったが、書評一つ出たわけではない。ただ、中原の詩作はこれによってやや活発になったようである。

三三年、遠縁に当る上野孝子と結婚、四谷区の花園アパートに住む。同アパートには小林秀雄と親しい青山二郎も住んでいて、人の出入りは賑やかだった。

三四年十月、長男文也が生れた。中原はただならぬ可愛がりようだったが、三六年十一月、文也が病死。この衝撃で、中原は「自己を失い」被害妄想が現われた。三七年一月に千葉の中村古峡療養所に入院。

退院後は鎌倉に転居し、第二詩集『在りし日の歌』の出版を思い立った。編集原稿を小林秀雄に渡したところで、結核性脳腫瘍を発病。十月二十二日、三十一歳で死去した。

大岡は「『在りし日の歌』」末尾で書いている。フィリピンの俘虜生活から復員してきて、

「中原の生涯を知り直そうと思い立ち」、山口の中原家を訪れ、「揺籃」を書いた。当時、大岡は次のような問題を自分に対して出した。

《「中原の不幸は果して人間という存在の根本条件に根拠を持っているか。いい換えれば、人間は誰でも中原のように不幸にならなければならないものであるか」》

以来、十八年間断続して中原について書き続けているが、また未完に終ってしまったと嘆いているのである。

『中原中也』の初めのほうで、右と同趣旨の問いかけを読んだとき、私は答なんか出ないだろうし、出たとしたら、そこにウソを感じるのではないか、と思った。いやウソかどうかというより、問いかけの答を、ありがたく読ませていただく気にはけっしてならないだろうと思ったのである。

問が真剣であればあるほど、答はない。それが文学の世界であるのかもしれない。

七　別れ

大岡昇平は中原が息をひきとるのに立ち会うことができなかった。

一九三六年、大岡は鎌倉の米新亭（旅館）に下宿していた。小林秀雄の家の近くである。三七年に、中原が鎌倉に引っ越してきた。大岡と中原のつきあいは、しばらく薄くなっていたのだったが、これを機に、中原、小林、大岡と三人の行き来がまた頻繁になったのだった。

中原の脳腫瘍が発症し、鎌倉養生院に入院したとき、むろん大岡は病床を見舞っている。同じく中原を見舞った青山二郎は、中原のようすを、「ざふきんの様に使ひ荒されて、遂に我が手に掛けられ打捨てられて仕舞つた様」だと書いている。

中原の死の前日、大岡は所用があって東京に出かけていて、二日目、鎌倉へ戻ろうかと考えていたとき、中村光夫からの電話で中原の死亡を知った。大岡は「しまった。しまった」と呟き続けて電車で鎌倉に向った。中原の死の瞬間にそばにいるべきだと、かねて考えていたのである。

棺の前で、線香に火をつけようとしたが、手がふるえて線香を折るばかり。そして、大岡は号泣した(「わが師わが友」)。

そんないきさつを読むと、中原が死んだ三七年に、なぜ大岡は鎌倉にいたのか、いったい何をしていたのか、と二十八、九歳の大岡自身のことが気にかかる。大岡が中原に最初に会ったのは、二八(昭和三)年の春、小林秀雄の家でだった。それから三七年までの大岡に目を向けてみたくなる。

といっても、これは酒と文学と議論の日々である。はっきりした焦点のようなものがあるわけではないが、「わが師わが友」から一つの情景を紹介する。

泰子が小林と同棲していた時期のことだが、「支那そば屋かなんか」でと大岡は書いている。

小林、泰子、中原、大岡と四人で飲んでいた。中原と泰子の喧嘩になり、中原が泰子をなぐった。小林は終始黙って下を向いていたが、ここにいたって卓子の向うから中原の両手をつかみ、卓子の上に抑えつけた。動けなくなった中原は、「放心したような眼を天井に向けていた。抑えられて、うれしいとも取れる表情」だった。

十八歳の少年である大岡にとって、この場の印象は強すぎた。「僕は思わず貰い泣きをした。小林は店を出る時、『君の涙を自分で分析して見給え』と言った」。

大変な修羅場であり、修業の場である。いかにも文学青年らしい人びとの、という注をつけてもいい。

二八年、二九年あたりは、大岡が中原と最も濃密につきあった時期である。しかし二九年に大岡は京都帝大文学部（フランス文学専攻）に入学した。成城高校の仲間たちに、中原、河上徹太郎が加わって同人誌「白痴群」を出すが、翌年、雑誌はつぶれる。大岡は中原と距離を置くようになるが、小林を中心とする東京の仲間たちから離れていった形跡はない。

むしろ三一（昭和六）年に、青山二郎、永井龍男を知り、それに小林を入れた三人に、「いよいよ鍛えられることになる」と筑摩書房版全集第23巻の「伝記年譜」にある。

青山二郎は、骨董の扱いで名を成した人物だが、小林秀雄ととりわけ親しく小林の骨董趣味の指導者でもあった。「青山学院」と称し、小林グループの誰彼を酒で鍛えたようだが、大岡に対しては「お前はシンから悪い奴だ」といって涙を流した、と「わが師わが友」に書かれている。

私としては、このような捉えどころのない酒席がからむ「青春」について、あまり言葉を費やしたくはない。

大岡の卒論はジッド。三二年三月に京大を卒業した。一年おいて三四年四月、東京の国民新聞社に入社、学芸部に所属し、その後社会部へ。しかし新聞社は三五年に退社している。

この間、注目したいのは、三三年にスタンダール『パルムの僧院』を読み、打ちのめされるように感動したことである。俄然、スタンダリアンの道を歩きはじめ、機会があればスタンダール作品の翻訳を心がけた。

もう一つは、新聞記者時代、長篇小説「青春」を書き始めたということがある。記者の仕事が忙しくなって、雑誌「作品」に三回だけ連載して中断となったが、全集に収録されているこの試作の出だしを論ずる必要はあまり感じられない。ただし、戦前、小説を書こうとしたことはなかった、という大岡の再三の発言は、小さく訂正しておく必要があるかもしれない。

それよりも成城高校から大学時代にかけて、小林の友人たちである東大仏文のグループ、今日出海、佐藤正彰、中島健蔵などと知りあったこと、さらには吉田健一、中村光夫（これは三五年）と知りあったことが、大岡の青春時代に小さくはない影響を与えている。

大岡は三五年に国民新聞社をやめた後、二、三年いかにもあてどがないように、ふらふらしている。それで鎌倉の米新亭に下宿したりするのだが、父貞三郎が、三一年の株暴落で一挙に財産を失ってしまっている。いつまでもぶらぶらしていられる身分ではなく、三八（昭和十三）年、神戸の日仏合弁の帝国酸素株式会社に就職する。このとき二十九歳。

この都落ちは、文学仲間たちに不思議がられたが、大岡自身にはなにかに別れをつげようという意志があったのではないか、と私は推測している。あまりに数多い文学仲間の存在が重苦しくなった、ともいえる。

しかし、スタンダールだけは、そういう時期でも手放さなかった。スタンダール論を折にふれて書き、アラン『スタンダアル』を訳し、またスタンダール『ハイドン』も訳し、それらが三九年、四一年に刊行されている。ただ、そういっただけでは、何も語ったことにはならない。大岡とスタンダールの関係について、私は稿を改めて考えるつもりである。

大岡は、自分の青春は「このように私より年上の人たちによって、蔽われていたので、今になって検討し直さなければならない」と書いている（「わが師わが友」中の「青春放浪」の章）。その青春の中心には、中原中也と小林秀雄がいた。

中原の生涯についてまわった「悲しみ」と「不幸」について、大岡は十分に時間をかけて、それが何であるのかを考察しつづけた。考察の過程こそが重要なので、答など出なくてもいいのである。私たちは、中原の詩と共に、大岡の中原論をもつことができた、というべきだろう。

その中原論には、大岡の青春がある。昭和初期の文学的青春がすべてこのようなものであったとは思えないが、一個の見本のようなものがここにはある。だから読んでいくと、ああ、これは昭和だなあ、と感慨のようなものを覚えることが、しばしばあった。

さらにいえば、中原中也と富永太郎は、自らの裡にある「少年」に殉ずるようにして生きた。

大岡は、中原論のなかで（富永の伝記とは違うかたちで）「少年」の行方を追跡しつづけたのである。

小林秀雄については、大岡はつねに敬意を表しつづけていた。両者の晩年には、日本の政治と社会について、ずいぶん見方が隔ったはずだったが、大岡はそれを大声でいうことはなかった。長い時間にこうむった恩義を何よりも大切にしていたおもむきがあった。

私は文藝春秋に勤務していたとき、小林秀雄単独編集『現代日本文学館』（一九六六年刊）の編集部の一員だった。これはまさしく小林秀雄の単独編集だったが、収録作品の詳細については、小林は大岡と中村光夫の知恵を借りた。三人の編集会議が何度ももたれ、私は日本の近・現代文学の三人の議論に啓発された体験をもっている。

その会議で、大岡と中村がいかにも兄貴分に接するという感じで小林に敬意を表するのを、いい眺めだなあと思って見ていた。この稿を書いた終りに、私はその「いい眺め」を思いだした。

以上、大岡が格別に執心をいだいた二人の詩人について、大岡が書いた伝記を追跡するようにして、長々と論じてきた。そのなかでも述べたように、私は若い時分から富永太郎と中原中也に惹かれていて、そのためにこの第五章の文章が長くなってしまったという面があるのだろうと思う。

しかし私がいだいた興味の核心には、つねに「大岡昇平が、なぜ」という思いがあったことを改めて確認しておきたい。なぜ、厖大な時間とエネルギーを二人の詩人のために費やしているのか。その問を一つの答に帰結することはできない。執心の動機はさまざまに分散している。

ただ大岡の感情という面から見るとすれば、自分の青春とは何だったのかという思いを、持ちつづけざるを得なかったのではないか。その時期を十六歳（一九二五年）頃から結婚した三十歳（一九三九年）頃までとするなら、充実した時間だったいっぽうで、その時間はどこか翳りをおびていたようにも見える。富永太郎と中原中也を通して、大岡が持ったそのような時間を、私も感じてみたかったのである。元号でいうと、大正十四年から昭和十四年ということになる。太平洋戦争が始まるのは、その二年後、昭和十六年だった。

第六章　少年時代の意味

一　少年時代を思うとき

自叙伝『少年』の「第一章　川」が始まるとすぐに、大岡昇平は読み手がひっかからざるを得ない次のような一節を書いている。

《私は何者であるか、幸福だったか、不幸だったか——これはスタンダールが五十歳の頃自分に発した問いであるが、私は『アンリ・ブリュラールの生涯』を読む前から、この問いを何度か自分に発した。》

（徳冨）蘆花の『思出の記』、（室生）犀星の『性に眼覚める頃』その他の自伝文学が明治大正の日本には数多くあって、大人になりかかる前の少年の読物だった。それらの回想文学は大抵、失われたエデンとして幼年時代を仮定している。

しかし、『アンリ・ブリュラールの生涯』は、そこに見られるような感傷的偏見のない率直さで、二十代の自分を魅了したのだったが、「私がいま同じことをやろうとしても、それはスタンダールのブリュラール像をなぞることにしかならないだろう」と大岡は書いている。

一筋縄では解釈が届かない、かなり複雑な断わり書きというべきだろう。なぜ、自叙伝の開始に、こんな文章が必要だったのか、それを考えずには先へ進めなくなる。

いま私は、「自叙伝の開始に」と書いたが、これには少し詳しい注釈が必要である。大岡は一九七一（昭和四十六）年一月、「別冊　潮」第二十号から「わが生涯を紀行する」というタイトルで連載を始めた。この連載が終了すると、七三年五月に『幼年』と改題して単行本を刊行。さらに同年四月、「少年——ある自伝の試み」を季刊「文芸展望」で連載開始（創刊号から第十号まで）。七五年十一月に『少年——ある自伝の試み』が単行本として刊行された。すなわち、大岡は自伝の試みとして、幼・少年時代のことを『幼年』『少年』二冊の本として刊行したが、この二冊は、時期的にも連続して書かれているし、書く文体も（そしておそらくは書く気分も）、変らずに連続していると認められる。書かれたのは、大岡の年齢でいうと、ほぼ六十一歳から六十六歳までであった。

『幼年』は小学校五年生頃までが扱われており、『少年』はそれ以後から中学の終りまでである。二作品は先述したようにあくまでも連続しているが、『少年』は掲載する雑誌も改まったところで、なぜこの「自伝の試み」を書くのかを、自分自身に確認しているというのが冒頭の引用文であるに違いない。

そして、これはあくまで私の個人的な推測ではあるが、『幼年』が刊行されたとき、大岡は多くの人びとに、「いよいよ、（スタンダールにならって）自伝ですね」といわれたのではないか。しかしこれは、いちいち答えていられないような問いかけである。

たしかに、スタンダールには、『アンリ・ブリュラールの生涯』と『エゴチスムの回想』という、二つの自伝がある。自他ともに認める大のスタンダリアンである大岡は、若い時分（二十代のことだが）、『アンリ・ブリュラールの生涯』を翻訳しようと試み、大変な苦心をしたうえで、これを放棄したといういきさつがある。それを知っていようが知るまいが、大岡が自伝に取り組んだ、といえば誰もがスタンダールの自伝的著作を想起する。

大岡にしてみれば、スタンダールのブリュラール像をなぞるような愚かなマネはしたくない、とまず言明しなければ気がすまなかっただろう。そして、「私は何者であるか」は、何度か自分自身に問いかけてきたことであった。その問いかけの一例として、一兵士としてフィリピンに行かされ、駐屯地で近い死が予想されたときの、生涯の回想がある。そこで、大岡は、自分はつまらない人間だ、異国の山野で無意味に死んでも惜しくはない人間だ、と考えるのである。そのときの思考の経緯は、『俘虜記』で正確無比の文章で語られている。

『少年』の第一章の、アンリ・ブリュラール云々につづく文章のなかで、最後には本心を洩らすように書いている。自分が書こうとする心情が、

《……生活の活力を失った老人の、回想によって生涯をもう一度生き直したい、という願望に繫がっているとすれば醜態である。ただ現在の私には過去の経験を意識の領域に繰り込む作業に対する渇きのようなものが続いている。「失われし時を求めて」のような美辞麗句を私は好かないが、自分の過去は意識されないままに残り、今日の自分との連続がわからない異物があるような気がする。》

スタンダールの回想のような、自己分析と自己主張の烈しい合体はここにはない。もっと静かではあるが、できるだけ正確に自分の過去に向きあおうとする一個の精神がここにはある。その精神はいう。

《スタンダール同様、「私は」「私の」と繰り返すのはてれ臭いので、（注・『幼年』では）私自身を渋谷という環境に埋没させて語った。同じことをこれからも続けるつもりだが……》

大岡は、スタンダールへの心酔が、自分に「自伝の試み」を書かせているのだと、十分以上に意識している。しかし、模倣によってそれをするのではない。スタンダールのように、自分の生涯は幸福であったかどうかを決算してみせるなどということはできないけれど、いま過去に向きあって、それが自分にとってどのような意味があるのかを考えるのは、老年を迎える文学者として必要なのだ。大岡は口調に余裕をもちながらも、そのように真剣なのである。

さて、私は『少年』の一節から始めてしまったが、ここからは『幼年』に戻ってみることも含めて、大岡の「自伝の試み」を読み通すことにしたい。

二　母親びいき

自伝を読む前に、二、三のことを紹介しておく。

大岡昇平は、一九〇九（明治四十二）年、父・大岡貞三郎、母・つるの長男として、東京市牛込区新小川町に生れた。五歳年上の姉・文子がいるが、この姉は早くに父母の郷里・和歌山市の知り合いに養女のようなかたちでひきとられている。のちに辰弥（一九一六年生れ）、保（一九二〇年生れ）と二人の弟ができて、三男一女のきょうだいの長男である。

父・貞三郎は、姉・文子が生れた頃、和歌山市で米相場に手を出して失敗。満州に渡ったが長く住むことはなく、明治四十年か四十一年に上京し、日本橋の株式仲買店に外交員として勤めていた。貞三郎の次兄・哲吉もほぼ同時期に東京に出て、株の仲買店に勤めていたとおぼしいので、貞三郎の身のふりかたは、兄との相談のうえでのことだったろう。なお、昇平にとっての伯父・哲吉には、昇平より七歳上の従兄・洋吉がいた。

洋吉は昇平にとって兄のような存在で、その影響はきわめて大きかった。「自伝」にはたびたび登場するが、のちに一括して触れることがあるかもしれない。

昇平は新小川町に生れたけれども、三歳の頃、一家は麻布区笄《こうがい》町一八〇番地（現・港区南青山七丁目）に転居、以後、昇平が高等学校に入学するまで、大岡家は渋谷近辺を転々と移り住んだ。その順序を示しておくと、笄町の次は渋谷町大字下渋谷字伊藤前（四歳）、大字並木前一八〇番地（五歳）、大向橋近くの中渋谷八九六番地（小学四年）というぐあい。この頻繁な転居の理由はさぐるべくもないが、小学四年頃までの幼い昇平の記憶では、家はかなり貧しかったという思いが、はっきり残っている由。

しかし貞三郎は一九二〇年の株暴落の折、相場で当てて一財産というほどの利益を得た。その二年後、大岡昇平が青山学院中等部二年のとき、一家は中渋谷七一六番地（現・松濤二丁目）の大きな邸宅に移った。貞三郎の成功によって、大岡家は階段を駆け上がったのである。

　そこに行きつくまでの大岡家の度重なる引っ越しは、偶然にも渋谷が町として発展する姿を反映していて、大岡昇平が「私自身を渋谷という環境に埋没させて語った」という方法をとったのは、理由のあることだった。

『幼年』は『少年』にくらべると半分ほどの長さしかなく、大岡少年が五年生で渋谷第一小学校から大向小学校に転校するあたりで終っている。

　そしてそこに見る主要なテーマといえば、幼少年期の昇平と父母の関係である。

　父を嫌い、母をひいきにして時にはどっぷり甘えていた少年がそこにいる。弟が生れるのは七年後、五つ年上の姉は和歌山にいて、この少年はしばらくは一人っ子のように育つのである。優しく、女性的ですらあった（大岡自身そう書いている）少年の、「父への嫌悪、母への追慕」という紋切形の言葉を使ってもいいのだが、何だか最初からスタンダールに似てくるようで、私としては「父親嫌い、母親びいき」ぐらいにとどめておきたい気分もある。

　しかし大岡が子供として見たエピソードで語っているのは、正確でよく吟味された回想といってよい。

　笄町に住んでいたときの、つまり三歳の幼児としての記憶がある。家のようすとか、誰が住んでいたかもほとんど覚えていない。そんななかで、父について映像ではなく、声のようなものが残っている。おどかすような、からかうような父の声。

「昇平、またけむが出とるぞ」

通りの向い側の低い屋根の上に、遠く聳《そび》える煙突がある。くっきりと黒く突き出た煙突から、盛んに煙を吐く日があった。それが「私にはこわかった」と大岡は書いている。「私を取り巻く世界全体が、なにか動き出すような内部感覚が、私の中に起るらしいのである。（中略）私は声をあげて泣いた」。その私に、「ほら、昇平、煙突がまたけむ吐いてるぞ」と教える父の声が聞えてきたような気がする、というのだ。

父は、自分を叱るか、からかう存在だったと、幼児は記憶する。大岡昇平の父との関係の原点に、この声があるといっていいだろう。

しかし、この原点をなす父親の声の記憶について、自伝の第二作『少年』のなかでは、半ば否定するようなことが書かれるのである。

中学二年になって新しくできた宮地という友だちは、長く高樹町一二番地に住んでいるのだが、それは笄町一八〇番地の家のすぐそばであった。いつか家から見た煙突の話になるのだが、宮地は、その田子免《たごめん》という火力発電所の煙突は、そのあたりからは見えなかった、というのである。それはまちがいないことだと確認した後で、大岡はとまどう。

物心ついてから六十年持ちつづけた、煙突の煙のイメージは、では何だったのか。大岡家が次に越した家は、氷川神社の近く、下渋谷字伊藤前だが、そこからなら煙突は見えるはず（下渋谷五二一番地の家に移る前に、短期間、近くの別の家にいたらしいのだが、それは省略）。笄町の家と氷川神社付近の家は、わずか一年ほどの違いなのだが、記憶の混同があったのかもしれない、と結論される。

　重要なのは、父のおどかすような声の記憶であり、私たちにとってこの一年の違いはあまり意味がない。しかし、父親嫌いが、この記憶の混同をつくりあげているのかもしれないと、ひとまず考えることはできるだろう。

　では、幼少時の大岡と、母親との関係はどうであったか。

　大岡が幼時の記憶としてはっきり持っているのは、氷川神社に近い家に移ってからである。大岡は成年に達するまで、いわゆる凍傷性《しもやけしょう》で、両手の甲は冬の外気にふれるとすぐ紫色にはれた。痛む手に泣きながら、しゃがんで洗濯をしている母の背中に近づいていった記憶がある。この凍傷に限らず、母はよく軽い傷を「なめて上げげんしょ」と和歌山弁でいってなめてくれた。大岡は、「保護者、治療者としての母」の存在を、この話以後、自伝のなかで何度か語っている。しかし私が先に「母親びいき」という言葉で母との関係を語ろうとしたのは、もう一つ別の要素がある。

　大岡の母つるは芸妓だった。和歌山市丸市一一番丁の芸妓置屋「明月」の内娘として出ていて、大岡貞三郎と馴染んで姉・文子が生れたが、周囲の反対によって、明治四十一年に上京するまで、結婚の段取りにはならなかった。明治四十二年、新小川町の家で長男・昇平が生れて、貞三郎・つる夫妻の大岡家が周囲にもそれと認められるようになるのである。

　つるは、芸妓の勤めを嫌って、貞三郎との結婚を希望した。「結婚に反対されて、母が和歌浦の片男波《かたおなみ》の海岸をさまよい、警察に保護されたことがある」と、大岡はずっと後になって聞いた。しかし、母が芸妓だったことについては、『幼年』のかなり前のほうで、詳しく述べられている。それを書かないと、多くのことが通じにくくなると、大岡が考えたからに違いない。母が芸妓だったのを大岡少年が実際に知るのは、小学六年頃のこと。和歌山出身の同年の子を問い詰めての結果だった。もっと早くからいくつか疑問を持っていたのだが、その疑いは、みながあまりに隠すから逆に強まったのだ、と『少年』では述べられている。

私はこの件について、さして強い興味を抱いているわけではない。ただ、大岡少年にとって、そのことを知る以前から、母は守らなければならない、被害者的存在であり、芸妓だったことを明確に知ってからは、いっそう強くそうなった、という点は、大岡昇平の人格の核心にあることの一つだろうと思っている。

父が仕事上のことでうまく行かないとき、母と長男である自分が、当り散らされる対象だった。「昇平、煙突がまたけむ吐いてるぞ」という父の声は、取りようによっては（ただ無神経に）からかっているだけ、と考えられないこともない。しかし、幼少時の大岡に対し、父がおおむね不機嫌な顔しか見せていないのは、大岡の自伝が度重ねて語っていることでもある。

一九三〇（昭和五）年、母が四十七歳で死んだとき、父が棺に向って、「お前には苦労させた。わしも何度死のうかと思ったこともあったが、お前によって助けられたこともあるんじゃ」といったことを、大岡は『幼年』のなかで書きとめている。

父と母の繋りについて、大岡は一方的に否定的な見方をしているわけではない。ただ、自分にとっては父のもっている否定的イメージは動かないものがある。

五歳の頃、父になぜこうもいじめられるのか、思い悩むときが多かった。幼児は、父があまりお参りしない奥の床の間にある仏壇にむかって祈った。仏壇に祈ったのは、父が祈っている神棚では願いが聞き届けられないと思ったから、とある。祈ったのは、「父が私をなぐらないように」ということではなかった。「自分を女の子にかえて下さい」ということだった。動機は、父の懲罰（直接的暴力）から逃れるためで、自分が女の子なら、こんなに叱られずにすむのではないか、という気がしたからである。

幼時の大岡昇平は、好んで女の子と遊ぶことが多かった。男の子相手では、自分の内にある優しさがごく当り前のように切り裂かれるからである。これは小学校低学年までつづく、一つの際立った特色といっていいかもしれない。

六歳の昇平は、渋谷尋常高等小学校（現・区立渋谷小学校）に入学。そして五年生のとき、家が大向橋に移ったことで、大向尋常小学校に転校。『幼年』が対象にしている年月はこのへんまでだが、その間、大岡家に一貫していたのは貧乏ということだった。大岡はくりかえし貧しさについて語っている。父・貞三郎が一九二〇（大正九）年、株の暴落時に相場を当て、巨利を得て事態は一変した。

三　キリスト教への接近

伝記の時間でいえば幼時から小学五年までを扱ったのが『幼年』で、そのなかで最も大切なテーマは、これまで述べてきたように幼少時の大岡昇平と父母との関係であった。大岡自身が「初刊本あとがき」で書いているように、「育った環境である大正初年の渋谷の風物に、自己を埋没させて語る」のも、みごとに成功している。自伝の客観性がそれによって保証されているというおもむきがあるばかりではなく、「場所」というものへの大岡の執着があざやかに出ていて、自伝に一種の立体感を与えているのである。

次に書かれた『少年』の扱う時間は、小学五年あたりから青山学院中等部に進み、十六歳で成城第二中学校に転入学する頃までである。転入学した翌年（一九二六年）、学制が変って成城高等学校高等科に在学となるのだから、旧制高校生になるまでと考えてもいいだろう。

そして『少年』の語る大きなテーマは、中学生になった大岡の、キリスト教への急速な接近と、さらにはそこからの離反である。この離反には、文学に親しみはじめたことが大きく影響している。そしてテーマとしてもう一つ、ある少女への恋愛がある。キリスト教と恋愛については、中学生の自分にとって最も大きな問題だったと、大岡自身が『少年』で何度か書きつけている。

私はさらにもう一件、大岡の従兄・洋吉との関係について注目している。洋吉は七つ歳上の兄貴分であり、本を読む大岡にとってはかけがえのない指導者だった。その洋吉から心情的に離れていくようすを語るところで、『少年』は結末を迎えるのである。

それらのことを、以下に順次取りあげていきたい。

一九二一（大正十）年、大岡昇平は大向小学校から青山学院中等部へ進んだ。

ごく普通の意味で、大岡少年はまず優等生の部類に入っていた。時として謙遜が過ぎるこの自伝のなかで、大岡は自分の頭脳を四、五流などと書いているが、神童的秀才ではなかったことをそんなふうに表現してみせているにすぎない。したがって、中学の第一志望は従兄の洋吉がそうであったように府立一中だった。その第一志望を面接で落とされたので、もうどこでもいいという気分で、青山学院中等部に進むのである。

その府立一中の入学試験の前夜、家から遠くない成蹊堂という本屋で、雑誌類を立ち読みしているうちに、「人肉の市」という翻訳小説につけられた、高畠華宵の大胆な挿絵を見てしまった。裸女がベッドの上で横坐りに坐り、シーツで胸を覆って、おびえた表情でうしろを向うとしている。サディスムの要素が強く入った、エロティックな挿絵である。

これを見た少年は、家へ帰っても勉強ができなかった。「おびえた裸女の腕と乳房を思い出し、彼女が鞭打たれ、犯される場面の文章を反芻していた。明くる日ぼうっとした頭で、日比谷の試験場へ向う電車の中まで、それらの映像はついて廻った」。

それればかりではない。この「人肉の市」は半年後に手淫を誘い出すことになる。少年は自分のなかにサディスムがあるのではないかと、そういう言葉は知らないままに、恐れたらしい。「……私が震駭されたのは、そのことではなく女が鞭打たれるということだった。おとなしく、母を含めて女の子が好きなはずの自分が、なぜこういう残酷なシーンを忘れられないか、ということだった」と書きつけている。

今のように性知識の解説書が数多くあるわけではない。性についてはなにごとも一人で考えなければならない中学生にとって、「鞭打つ」ことをともなう性の刺戟が、強く罪の意識となり、さらにはそれを育てあげていった。この罪の意識からの救済が、少年にキリスト教への接近へおもむかせる。メソジストのミッション・スクールである青山学院は、キリスト教を強いるわけではなかったが、毎日礼拝の時間があった。

少年のもう一つの罪悪感は盗癖であった。小学校二年生の頃から、断続的に盗癖が現われた。母の小銭入れから、メンコを買うほどの小銭をくすねるのである。少年時に母の財布から盗むのは、多くの友人たちがしていることだと知るのは後のこと。それじたいは、あまり大げさに考えることではない、ともいえる。しかし、「このことは少年の私を自分の悪い本性の認識と、悪いことと知りつつやめられない弱さの自覚に導いた」。そして、自分はキリスト教の神を呼ぶに至ったのだ、と書いている。

大岡は、自分の盗癖と、母の立場の関係について、自伝のなかで多くの言葉を費やして語っている。自分の盗癖は、母に対して残酷であったという認識が、まずある。

ある日、母が盗癖を見つけたことがハッキリわかって、厳しい叱責を覚悟した。しかし母は何もいわず、またそれを父に伝えることもしなかった。

母が何もいわなかったのは、長男の悪癖を知って、ただあわててしまい、どうしたらいいかわからなかったからではないか。

《母は芸妓である自分が、押しかけるように、大岡の家に来てしまったことについて、父は

ともかく、父の兄弟に対して負い目に感じていた。（中略）
自分の生んだ子の盗癖の発見は、母にとっては天地がひっくり返るような打撃であったに違いない。親類は勿論、父に知られることがひたすらこわかった。口にするのもこわかった。ただ箪笥の曳出しに鍵をかけることによって、自分を守ることしか考えつかなかったのではあるまいか。》

中学生になって、キリスト教の信仰を得たとき、大岡少年は一度このことを母に詫び、かばってくれたことの礼をいおうとした。父が財産をつくって松濤の家に引っ越してからのことである。

父の帰りの遅い日、母は十畳の居間の火鉢の前で編物をしていた。少年は正座して、「お母さん」と呼びかける。母は、「はい、なんですか」と答えるが、編物から顔をあげないままだ。少年にはそれが、「お前がなにをいいたいのかわかっていますよ」といっているように見えた。「いわなくてもいいのですよ」と。

この母子像、複雑な背景がありながら、十分にわかりやすい。キリスト教の信仰が少年の行動を導いているとしても、私は一つの純潔な精神をそこに見る。また、六十歳を超える小説家のうちに、ほとんど絶対的といっていいほどの生真面目さが居坐っているのを感じてしまう。その生真面目さに、「少年のような」という形容句をつけてもよい、と私には思われる。

女性に対してサディスム的快感があること。小さい頃からの盗癖が抜けないこと。この二つによって、少年は自分が悪い性向を持っていて、このまま行くととんでもない人間になるのではないか、という恐怖にとらえられた。

中学一年の大岡少年は、まだ新約聖書を読んでいなかったが、毎日礼拝堂の高みからの説教は聞いている。美しい説教をし、十字架上にあわれな死を遂げたイエスに対する尊敬の念は心のなかで増してきた。「イエスはほんとに神の子かも知れない。彼にすがれば、悪から免れるかも知れない、と思い付いた」。

聖書を読みはじめ、家の近所にある尾島教会に行って、尾島牧師にさまざまな質問をする、という日々があり、その結果、中学一年の十二月には、少年は新しい信仰を得たよろこびに燃えることになった。将来は牧師になって、神の国を地上に実現させるために一生を捧げようとまで思うのである。

この時期の信仰への熱中について、『少年』では次のように書かれている。

《受洗の問題があったが、私は自分がまだ子供で、その資格はないと思った。聖書にはわからないことが多すぎた。キリストの甦りは、宇宙に瀰漫する神の物質と一体となるのだから問題はなかった。しかし彼が人間の罪を贖うために十字架の苦しみを受けた、ということが、納得が行かなかった。罪はわれわれ一人一人が持っているもので、自分で解決しなければならないはずである。キリストがいくら神の子とはいえ、彼に引受けて貰う道理はない。またそれですむはずのものではない。》

このように考える少年がいて、その先へはなかなか進めない。近くに住む尾島牧師も明快には答えてくれず、あらゆることのよき相談相手になってくれた従兄の洋吉（大岡昇平は、この人をほとんどつねに洋吉さんと「さん」付けで書いている。きわめて大切な存在だったのだ）も、必ずしもすっきりした答を持っているわけではない。それが「私の信仰を一層孤独なものにした」と大岡は書いているが、中学一年生がイエスにすがりつきながら、その先への導き手に出会わないのは、ちょっと不思議でもあるし、何か運命的なものを感じてしまう。

大岡少年は、ほぼ一年後にしだいにキリスト教から遠ざかってゆくのだが、その離反の経緯を検証する前に、大岡家の変化、中学生にとっても小さくはない変化について触れておきたい。

先に少しだけ書いたように、一九二〇（大正九）年、父・貞三郎は株式暴落の折に相場を当て、大きな利益を得た。筑摩版大岡全集第23巻の「伝記年譜」には、「三十万円を儲けた」と書かれているが、『少年』での大岡の書き方では、単純に額を提示できることではないらしい。

しかしそれが半端な利益でないことは、その後貞三郎が自分の仲買店を持ったことでもわかるし、何より二年後に渋谷の松濤に大きな邸宅を購入し、一月に転居したのが大岡少年の実感となったはずだ。当時の住所で中渋谷字大山七一六番地（現・松濤二丁目一四番地）である。『幼年』『少年』には、住んだ家の地図、また家の間取り図などが可能な限り復元されているが、松濤の家はさすがに広い。約二〇〇坪の敷地に、建坪約八〇坪の平家建、玄関台所を別にして七つの部屋がある。中学生の大岡は奥に自分だけの部屋をもらった。

大岡家が一気に裕福になったのは確かだが、中学生の小遣いが急に増えたわけではない。キリスト教への信仰が続いている中学生は、父親に『新旧約合本聖書』を買ってくれと頼んだ。定価は四円五十銭で、子供の持つ本としては高い。しかし、困窮児童救済のために五円の寄付金を出してくれた父が、この願いを断わるとは考えなかった。

案に相違して、父はいけないといっただけでなく、「ヤソなんかよせ、日本は仏教で沢山だ」といい放った。いいあいになり、烈しい喧嘩になった。

《どういう言葉の行きがかりから、父が金を儲けるのは不当だ、といい出すことになったのかわからない。父が相場で儲ければ、他方には必ずそれだけ損をする人がいるではないか、と私はいった。この時、父の額に気弱げな影が走り、眼をちゃぶ台の上に落したので、私は自分の言葉が的を射たことを知った。これは私の父に対する最初の勝利であった。(こういうことを覚えているから、私の神は、父の代替物である、その代替物を後楯とした、父への反抗であったという、心理的解釈を是認したい気持である)》

長々と引用したのは、一つの場面のなかの心理的やりとりの詳細を書いているのは、この自伝では例外的といってもいいほど、めずらしいからである。父と子のそういうドラマを、小説家は外したくなかったのだろう。

父は、その不当な金で聖書を買えというのは矛盾している、と反論した。中学生は、そんなら家を出る、新聞配達でも何にでもなる、と口論はつづくのだが、このへんは、ありきたりの光景かもしれない。

母の取りなしで、この喧嘩は収った。翌朝、登校前に母は五円札をくれて、「これで聖書を買っておいで。しかしお父さんに反抗してはいけません」といった。

大岡には、日本女子大の教師で当時寮監をしていた蔦枝叔母がいる。大岡家の子女の教育は必ずこのひとに相談することになっていて、二、三日後に、蔦枝叔母がやってきた。叔母と甥は多少のいいあいをしたが、蔦枝は結局少年を論破しようとはせず、引きあげて行った。

その後にある文章に、私は注目している。

《そして現在の私は、この時の子供の論理を間違っている、と思っていないのである。その論理に従って生きる替りに、大人の論理に従って五十年を過してしまったことを悔む気持がある。中学一年生の私は実に単純だったが、私がこの時ほど明白な主張によって生きたことはその後ない。朝晩神に祈りを捧げ、清らかな気持で毎日を送ったことはその後一度もないのである。》

自伝を書いている大岡は、単純ではあるがそれだけ無垢でもあった少年の自分の姿をここで見ている。私は『少年』という自伝の秘かな動機に行き当ったように思うのである。私とは何者であったかという大ざっぱな設問の、答の核心がここにあるのではないだろうか。大岡にとって、五十年を経ても、この「少年」が大切であった。この「少年」は、大岡個人でもあり、観念としてひろがった「少年」一般でもあったはずだ。

大岡少年のキリスト教への熱中は長期間ではなかったにせよ、ただならぬものがあった。祈るだけではなく、讃美歌を歌った。将来牧師になるには讃美歌の伴奏を弾けなければならないと信じ、母親にオルガンをねだった。母親は道玄坂の古道具屋で小さな箱型のオルガンを買って来てくれた。誰かに習うということは考えつかず、自習用の教則本によったので、技術はさっぱり進歩しなかった、と書かれている。

私は一九六二年に、五十三歳の大岡昇平がピアノを習いだしたことを思い出し、この記述でその遠い原点に触れたように思ったが、当っているかどうかはわからない。

このくだりで、また大岡は書いている。母は自分の望みのすべてをかなえてくれた。だがそれにしても、自分の我儘は少し異常である。母は（先にも触れたように）大岡少年の盗癖を見逃してくれたのだが、「こうして母に許されたことによって、却って罪責感が残り、母への愛着が私の内部で一層かたまる結果になったかも知れない」という文章は、大岡の心情をストレートに語っている。私はこれを「マザー・コンプレックス」などというありきたりの言葉を使って説明する気にはならない。

キリスト教への信仰は、中学一年の前半あたりまでしか続かなかった。新旧約聖書と讃美歌とオルガンのエピソードのほぼ半年後に、大岡少年は信仰から離反してゆく。意外でもあり、不思議でもあるが、自伝はその事情を、わりあい淡々と語るのである。

「信仰の崩壊の原因はいろいろあるが、その強力な一つは漱石を読んだことである」と書かれているのは『少年』のちょうど真ん中ほどのところで、大岡少年のなかに文学が入りこんでゆく時期をも知ることになる。中学一年の二学期頃からのことである。

二学期になって、清水という同級生が級長に、大岡は副級長になった。おのずと二人はよく話すようになった。その清水という、二歳年上の少年が、『こころ』を読むことをすすめてくれたのである。

それまでに、大岡少年は『坊っちゃん』を読み、楽しんだが、次にとりかかった『吾輩は猫である』はむずかしくてよく理解できなかった。しかし一学期に「吾輩は犬である」という短文を校友会雑誌に投稿し、掲載された。これは虚栄心と遊び心によるものだと大岡自身がいっているし、特に取りあげる必要もない。

清水級長にすすめられて『こころ』、さらには『野分』『坑夫』などを読んだことは、少年にきわめて大きな影響をもたらしたようなのである。

とりわけ『こころ』。

《「先生と遺書」まで来ると、私は蒲団をかぶって慟哭をこらえねばならなかった。人間の弱さについて私は認識を持っていた。それが神を求めた動機だったが、弱さのためにKを裏切った罪を忘れずに、自殺で償いをする「先生」は、私には神様のような人に見えた。こういう作品を書いた漱石もまた神様のような人だと思った。》

このように漱石を読んだ少年の読み方を、稚拙と批判するのはそもそも的外れである。中学生の読み方の真剣さを、ここでは思うべきだろう。

とにかく、「先生はその自殺という行為によって神様のような存在になった」あげく、少年は大人のエゴイズムの強さを知る。そのあたりに、「神」から離れていく種がひそんでいた。大岡少年は、さらに漱石を、あるいは大正文学の主だったものを読み進んでいくのだから、『こころ』を信仰の崩壊の原因であったというのは当らないとしても、その大きな契機になったことは、右のような経緯から十分に推察できる。そして、大岡少年の文学への傾斜については、後に改めて触れるつもりだが、聖書および関連書物を真剣に読んだことが、かえってキリスト教からの離反をうながすことになったのである。

そういう本のひとつに、ルナン『イエス伝』があった。福音書はマルコ、マタイ、ルカ、ヨハネと四つあるわけだが、それぞれの成立のしかたが異なることは、よく知られているとおりである。ルナンの本はそれをきっちり書いているが、大岡少年にとってはそれが疑問のもとになった。

自伝は記している。ヨハネ伝冒頭の、「はじめに言葉ありき」という句が自分は好きだった。「言葉は神と共にありき、言葉は神なりき」を信じていた。ところがルナンは、これはギリシャの影響を受けた哲学であると説明している。

さらにいうと、福音書の伝えるイエスの事蹟は、大岡少年にとって信仰の基礎だった。にもかかわらず福音書によってその事蹟に少しずつ異なったいい伝えがあるというのは、聖書の絶対性が失われることだった、と自伝は記述している。

このような疑問を、少年らしく単純すぎる、と批判するのは当を得ていない。この疑問にはまさに信仰というものの核心にふれている部分があるといえるからである。

《私はパスカルの「神は知るよりも愛さねばならない」という言葉を知っていたと思う。しかし一度生れた疑いはそれらの信仰の言葉を押し流す力を持っていたのである。》

大岡はそのように書いてもいる。

「信仰の崩壊」は中等部一年生の後半から二年生の一年ぐらいにかけて、徐々に進んだように読みとることができる。そして、それを推進したのは、漱石やルナンの本の力のほかに、学校での友人とのつきあいが広がったことが挙げられている。

その象徴的な事例は、中学二年の夏に、千葉の館山で行なわれた水泳部の合宿に参加したことだった。解放的な合宿の日々で、中学生たちは性のことをけっこう話し合い、大岡少年は自慰はみんながやっていることで、自分ひとりだけが背負っている罪深いことではないのを知る。すなわち合宿での集団生活は、大岡少年を「孤独な内省の悩みから解放した」のだった。

合宿生活で、他のクラスの同級生を知ることができた。それが、たとえば頼新《らいあらた》だったりした。頼山陽の直接的な子孫である。頼新のグループと新しくつきあうことによって（といっても、主としてトランプのゲーム遊びだったりしたのだが)、大岡少年の心身が軽くなったのは確かである。世界がひろくなって、思春期の少年は新たな自由を感じるに至ったことが納得できる。中学一年で、大岡少年は信仰を得たと確信し、高揚した。しかし半年後にはさまざまな疑問におそわれて、しだいにキリスト教から離反する結果になった。この間、父との喧嘩があったり、近くの教会に説教を聞きに行くということはあったけれど、受洗するのは早いという少年の考えかたもあって、心のドラマは内気な少年の内面にとどまるのである。ただ、内面のドラマを軽視することはできない。

新旧約聖書の購入をめぐって父親と喧嘩になるくだりで、「現在の私は、この時の子供の論理を間違っている、と思っていない」と書く大岡がいるのである。大岡少年は単純ではあったが、一心に生き、そこには無垢があった。キリスト教の信仰とそれからの離反について、このテーマを離れようとするにあたって、私は少年の無垢ということが大岡にとってどれほど大切であるかを改めて思っている。

このキリスト教体験は、『俘虜記』で語られている、「なぜ現われた米兵を射たなかったのか」という、ほとんど執念のようにくりかえされるテーマに繫っている。また当然のことながら、『野火』の人肉摂取とそこからの救済というテーマにもかかわっているだろう。

大岡は、さらに『少年』のなかでいっている。

「ある種の事柄について、私が識別の能力を失っていることである」。『パルムの僧院』のファブリス、『白痴』のムイシュキンのような人物の持つ一種の「聖性」について、すぐに惹かれる癖があって、中原中也、富永太郎のような夭折詩人に惹かれるのも彼等に同じようなものを感じるからららしい。しかし、いまだにその「聖性」を記述することができずにいる、というのだ。そのことは、『少年』という伝記が秘めている真のテーマに結びついている。なぜ、自分のなかの「少年」がそのように大切なのか。大岡はそれを問い続けているのだ。

大岡昇平が晩年に至るまで中原、富永に関する仕事をつづけたこと、さらには「愛するものについてうまく語れない――スタンダールと私――」がほとんど遺稿のようにして書かれたことを私たちは想い起こしておこう。

四　読書と恋と

一九二三（大正十二）年、中学三年の九月一日、関東大震災があった。『少年』には一章を設けてそれにまつわる記述もあるが、私はこの自伝後半部を占める重要な事柄として、大岡少年の文学への熱中と、M・Hという少女への恋を取りあげたいと考えている。

中学一年の二学期、級長の清水少年のすすめで漱石の『こころ』を読んだことはすでに述べたが、漱石への関心はそれ以後さらに深まっていった。大岡少年の読書への導き手としては、従兄の洋吉の影響がきわめて大きく、洋吉は漱石への熱中にも関与している。

もう一人、五歳年上の姉・文子の存在も小さくはない。文子は和歌山市在住の家の養女になっていたが、日本女子大に進学するために上京してきて寮に入った。そしてこの姉はかなりの文学少女になっていて、弟の中学生の昇平と申しあわせて大正の文学本を購入したりするのである。

洋吉と文子、二人にまつわる昇平の読書の話の具体は省略するしかないが、そういう環境が大岡少年の文学への熱中を推し進めたことは確実である。ただし、人一倍の本好きは、大岡少年の小学校上級時代からあった。渋谷には現在も存続している書店・大盛堂があり、ここで多くの雑誌を立ち読みするのが習慣になっていた。また、中学の受験勉強をする頃には、シャーロック・ホームズとアルセーヌ・ルパンに熱中した。

その頃、友人から借りて読んだ本のなかで一番強烈な印象を受けたのは、E・A・ポーの「渦に呑まれて」だったと回想している。誰の翻訳だったかは忘れたが、「体がしびれるほど動かされた」。そして、「あたりの海面が一面に白い泡でみたされ、舟が一方に走り出す時の恐怖は殆んど肉体的苦痛だった」と書いている。

弱年時のこういう本の読み方は、実はただごとではない。本が（文章が、といってもよい）、体のなかに入ってきて、実生活の体験以上のものとして居坐る。少年時代に推理小説（昔は探偵小説といった）に熱中する人はいうまでもなく少なくはないが、このように体のなかに体験のように入ってくるのは、特別の資質がその人のうちにあるからだろう。そこでは小説が意識されないままに血肉化しているのだ。

漱石に戻ろう。

一九二二年、中学二年になる年の春休みに、母親、弟とともに伊豆修善寺温泉に一週間滞在したのだが、そのとき持っていったのが『草枕』だった。この温泉滞在は『草枕』に明け暮れた、と書かれている。よほど気に入ったのだろう、『草枕』の浴場の部分は、少なくとも五度は読み返した。『こころ』を読んだことが信仰の崩壊のきっかけになった、とだいぶ前に書いたことを修正して、『草枕』もその働きをした、といっている。

漱石はそのあと、『吾輩は猫である』『虞美人草』『三四郎』という順序で読みすすんだ。そのいっぽうで、「創作家の態度」「私の個人主義」「現代日本の開化」などのような論文を、主として友人から借りた本で読んだ。「これらすべてが一緒になって、私の信仰をゆるがしたはず」といっている。

大岡昇平は一九八八年、『小説家夏目漱石』を刊行した。主として講演原稿に手を入れた作品論を一冊にまとめたものだが、最晩年の仕事の一つである（同年十二月に死亡）。漱石への関心は中学一、二年にまで遡ることができるほど古い。それを意識しつつ、講演を連続して行ない、遺著の一つとした。私は稿を改めて、『小説家夏目漱石』を論じなければならないと考えている。

文学少女である姉に刺戟されたということもあって、大岡少年の読書はしだいに大正文学全般に広がっていった。読んだものを挙げているので、それを書き写しておく。

里見弴、永井荷風、吉井勇、泉鏡花の花柳小説は読んだけれどもあまり面白くなかった。これは、母親との関係ということがあるかもしれない。

谷崎潤一郎の悪女小説はエロ本として読んだが、「母を恋ふる記」の中の、松林を三味線を弾きながら行く鳥追い女のイメージは衝撃的だった、ともいっている。

佐藤春夫の『田園の憂鬱』『都会の憂鬱』を愛読し、「美しき町」「侘しすぎる」など佐藤作品への熱中がしばらくつづいた。

大正文学を耽読するうちに、自分でも小説を書いてみようという気になったらしい、と大岡は自伝のなかで素気なく書いている。テーマは、志賀直哉の『和解』の影響を受けてか、父と子の関係だったが、少年の空想は微妙に変化していったらしい。

中学三年の夏休み、水泳の合宿に参加して、暮れゆく館山湾を見ながら空想した小説のストーリー。「愛なき見合結婚という『伝統』に従って結婚した女が、つまらない夫に、ロマンチックな恋愛結婚の結果よりも、『堅固』な愛情を得る」というもの。これは「大正的妥協小説の読みすぎからだったか。それとも両親への和解願望の一つの変形だったか」と書き足している。

大震災後は、芥川龍之介、菊池寛をよく読んだし、ジッドの翻訳小説にも手を出しはじめた。しかし中学四、五年といえば背も伸び、少年というより青年の領域に入ったというべきだろう。大岡は、青年期はすでに自伝では手におえない領域である、といっている。

さて、大岡少年の恋の話である。

大向小学校で同級だったM・Hが、恋の対象だった。M・Hは青山女学院に通う女学生になっていたが、小学校五、六年で大岡の家が大向橋のそばにあった頃、正月に家でかるたを取って遊んだことがあった。勝負が白熱してくると、額を合わせて押し付けてくるというような、少女らしい媚態《コケットリー》を持っていた。

中学生になってからは遊ぶ機会がなくなっていたが、M・Hの家は大向小学校の近くにあり、松濤の大岡家と遠く離れているわけではない。学校から帰る途中、少女がにっと笑ってすれ違うことがあった。

いつも何かしら淋しさのようなものを抱えていた大岡少年は、中学四年の頃、自分はM・Hに恋をしているのではないか、と思うようになる。その思いに一級下の古川真治という友だちがからんでくる。

古川の家は衛戍《えいじゅ》監獄（宇田川町、後の陸軍刑務所）のそばで、M・Hの家もその近くに引っ越してきて金物屋を営んでいた。古川もM・Hに惹かれているらしく、大岡とはいわば恋敵なのだが、古川と二人で一緒ならM・Hと会ったり話したりするのが許されるということがあって、二人はひとまず仲がよい。

しかし、M・Hへの恋情は、かたちのある事件をひき起こしたりはせず、いつのまにか色褪せていくという経過をたどった。

大岡少年が新しく手に入れたカメラでM・Hを撮影し、写真の焼増しを古川にやると、古川はM・Hからもらったという全身像の写真を大岡に見せたりした。結局、M・Hは昔なじみの自分より、新鮮で可愛らしい古川が好きで、二人で会う口実として自分を誘っているのではないか。大岡少年はそのように思うようになる。

自伝では、「これは私の生涯のはじめに当っての大きな挫折だった」と書かれているが、あまり言葉通りには受け取れない。大岡らしいひねくれかたの発動と考えるのがまずは妥当だろう。古川が恋を得たわけでもないし、写真の一件の後も、M・Hは大岡の誘いにのって二人だけでどこかへ遊びに行ったりもしている。

古川という友だちは、後に立教大学に進み、番伸二という筆名で大衆小説の書き手になった。長谷川伸の弟子で、明治物を得意としていた、とある。あるとき、大岡は銀座でばったりと会い昔話をしていたら、M・Hはずっと前に慶応ボーイと結婚していて、二人は怨みっこなし、ということになった。

大岡は、M・Hを性欲の対象として考えたことはなかった、と書いている。ただ彼女のすらっと丈が伸びた姿が好きだった。振り分けにした髪形と、眉が濃い男の子みたいな感じが好きだった。さらに、二十代で一番好きだった映画スターは、ボーイッシュなルイズ・ブルックスだったと注釈している。

一九八四年、『ルイズ・ブルックスと「ルル」』という翻訳写真集のような本を、大岡昇平は出版しているから（四方田犬彦共訳）、何となく頬笑ましくなる。

自伝『少年』の、時間的に最後にくるのは、一九二五（大正十四）年頃のことである。この年、大岡は青山学院中等部五年から成城第二中学校四年に編入転校した。成城第二中学が翌年に七年制の高等学校になるという情報を得ての転校である。じっさい大岡は翌年に自動的に成城学園高等科一年生になった。ここで大岡の友人関係が大きく変ったりして、新しい人生の展開になるのだが、『少年』はそのことに詳しく触れる前に終っている。

そして自伝の終りあたりで記述が集中しているのは、従兄・洋吉との関係の微妙な変化である。

洋吉は、大岡少年にとって頼りがいのある兄貴としての役割を果たしつづけた。旧制松山高校卒業後、震災の年に東京帝大の独文科に進んだが、家人の反対を押し切って、中途で大学をやめてしまった。大岡少年にとっては相変らず大事な相談相手だったが、悩みごとを訴えたとき、次のようなことがあった。

《「昇ちゃんの家にもっとお金があって、何でもやらしてくれたら、よかったのにね」

といった。それまでに私の訴えた悩みはすべて、父が私に十分に小遣いをくれないということから起っている、と洋吉さんには映っていたのだった。（中略）こういった時の、洋吉さんの私を見下した無愛想な顔を覚えている。》

大岡昇平自身は、少年から青年になろうとする、悩み多い時期である。兄貴分・洋吉とのこのやりとりは、決定的に辛いことだったに違いない。

それにしても、つねに兄らしい心遣いで大岡少年に対してきた洋吉の、この辛辣きわまりないともいうべき態度は、読者にとってもちょっと解しかねるものがある。

大岡は、「私の悩みはすべて成金の坊ちゃんの我儘としか映らなかったのである。そして洋吉さんは私の父が儲けたことを快く思っていなかった」と、やや辛そうに注釈している。

大岡はこの七つ年上の従兄について、自伝では一貫して感謝をこめて語っているのだが、洋吉には背負わなければならない困難があった。心の病気をもつ弟がいて、生涯この弟を引き受けて生きようと決心している。それはみごとに遂行されるのだが、そのためだろうか、アルバイトふうの立場をのぞくと、一度も仕事につくことがなかった。

そのことが昇平少年への批判と直接的に繋ってはいないとしても、洋吉という人の複雑さが大岡の書き方から十分に推測できるのである。

大岡は洋吉にまつわる文章のなかで、さらに書いている。自分の展覧会とかコンサートとかに対する憧れを、洋吉さんはスノビスムとして見ていた。

《そしてもしスノビスムが、自分より上にあるものに向っての、現実的な上昇の努力を伴わない憧れ、焦慮と定義できるなら、私は自分では気が付かないながら、それらの感情を持っていた。私の家の前の坂の下で、洋吉さんにそれを指摘された時、私は虚を突かれたように思い、師の冷い眼におびえたのは当然だった。》

少年の実感として、そうだったのだろうと理解することはできる。しかしまた、世のあらゆる文学少年、文学青年は右のような意味でのスノッブであり、無意味な存在ということになるだろう。そうなのかもしれないけれども、無意味な存在が意味ある存在に転生するところから、文学などというものは生れるのではないか。このくだりを読んで、そのような感想をいだくしかなかった。

大岡昇平自身が書き付けているように、ここから先はもう自伝の領域ではなく、小説などの方法によって表現を与えるしかないことなのだろう。一九二六（大正十五）年、大岡昇平は成城高等学校一年生で、富永太郎の弟・次郎と親しくなり、太郎の詩と絵画に魅せられてゆく。そして二八年には、小林秀雄にフランス語の個人教授を受け、その後に中原中也を知る。まさに新しい世界に入ってゆくのだ。

ただ大岡昇平の戦前全部を見渡すならば、この先は、文学への思いが複雑に屈折して、足踏みをしているような時期になる。戦争から帰ってきて、『俘虜記』を書くことで、その足踏みから脱出してゆくのである。

第七章　漱石、鷗外、そしてスタンダール

一　なぜ漱石なのか

青山学院中等部一年生の大岡昇平は、キリスト教に強く惹かれた。青山学院はメソジストのミッション・スクールで、宗教を強制はしなかったけれど、毎日講堂での礼拝があった。そういう環境のなかで、大岡少年は将来は牧師になってキリスト教とともに生きようと決意する。少年がキリスト教に入ろうとしたのは、手淫や盗癖など悩みごとが多く、その悩みを克服しなければ、と強く思ったからだった。

しかし、キリスト教への執心は、あるところで止まった。級友の勧めで漱石の『こゝろ』を読み、これに感動したことがキリスト教への離反につながった。少年のそうした精神の動きの経緯は、自伝『少年』で詳細に語られている。前章の「少年時代の意味」では、そのことが重要なテーマの一つだった。（なお『少年』では漱石の『こころ』と表記している。私はそれに従ったのだが、これから読もうとする『小説家夏目漱石』では『こゝろ』となっている。私は便宜上、漱石作品についてはすべて大岡の表記に従うことにする。）

大岡少年は『こゝろ』にひきつづき、漱石を集中的に読んでいった。漱石の作品が何をもたらしたか、一篇ずつ詳しく語られてはいないのだが、『こゝろ』のような作品を書いた漱石は「神様のような人」だと中学生が思ったことを『少年』は記している。

しかし、旧制高校時代、すなわち青年になった大岡がその強い影響下に入った小林秀雄、河上徹太郎のグループには、「漱石論はないのです」と大岡は語っている（『小説家夏目漱石』）。中村光夫が日本近代文学の西洋文化受容の一環として論じているのが初めてで、小林グループで漱石は大方無視された。大岡自身も、青年期に入って漱石にひかれることはなかったが、『少年』を書いて漱石の影響について改めて思いが至った。

大岡の『小説家夏目漱石』（一九八八年刊）は、主として漱石についての講演をまとめたものだが、その最初の講演は一九七五（昭和五十）年四月に成城大学経済学部教養課程「外国文学」の第一回講義として行なわれたもので、「ウイリアム・『盾』・水――『幻影の盾』源流考」であった。これは『小説家夏目漱石』の第一章になっている。

一九七五年は、季刊「文芸展望」で『少年』の連載が終った年でもある。同誌第十号で終了した『少年』が単行本になったのは同年十一月。大岡が少年時代に読み、強く心を動かされた漱石について、まともに考えてみようと思いたったのは、自然の成り行きだったといえるだろう。

自然の成り行きといっても、私は大岡の自己探究への強い執着を見る思いでもある。一九七五年といえば、大岡六十六歳。高齢に至っても、なお自己とは何であるか、あったかに手抜かりなく向きあおうとしている。『小説家夏目漱石』の最終章は「『明暗』の結末について」で、講演が行なわれたのは一九七六年五月、活字になったのは八六年一月号の「群像」だった。本として刊行されたのは一九八八（昭和六十三）年五月で、大岡はこの年の十二月二十五日に逝去している。いわば最後の仕事の一つなのである。

先に、自己探究への強い執着といったが、私はそれと同時に六十代半ば過ぎの大岡が、漱石に大きな興味を抱いたことを重く受けとめている。講演の機会あるごとに、かなり複雑かつ緻密な漱石論をもってそれに当てた。漱石に共感するところがあったからこそ、それができたに違いない。漱石から大岡に至る文学の流れがそこに見出せるかもしれないと考えている。

『小説家夏目漱石』では、おおむね漱石が発表した順にしたがって、作品が論じられている。ただし、論じ方にははっきりと濃淡があって、たとえば『坊つちゃん』については、朝日新聞に寄稿したわずか三ページほどの短いエッセイで済ましている。これが傑作であり、何度読んでもあきないといいながら、ほとんど論じようとしない。論ずれば「頌」になるしかないから、わざと素通りしているというところだろうか。

それにひきかえ、『坊つちゃん』の六カ月前に発表された短篇「薤露行《かいろこう》」については、江藤淳との論争になったせいで費やされているページはずいぶん多い。

『小説家夏目漱石』はそんなふうにバランスを欠いた構成になっている。私としては、『吾輩は猫である』や『坊つちゃん』をもっと詳しく論じてもらいたかったという思いがあり、それは『小説家夏目漱石』を批判するからそうなるのではない。むしろ「『猫』と「塔」と「館」と——作家漱石の発車」の章で語られる『猫』論が部分的ではあってもきわめて的確であることに感服しているからである。

ここでは、大岡が漱石から読みとったことが何であったかを、私の興味にしたがってとりあげていこうとしているのだが、それには『猫』論から始めるのが適当ではないかと思う。「私の興味」なるものがどのへんにあるかを示すことにもなるからである。

『吾輩は猫である』は漱石の最初の小説で、雑誌「ホトトギス」の一九〇五（明治三十八）年一月号に掲載された。「ホトトギス」の編集は子規の弟子である虚子が主宰している。漱石の親しい友人であった子規は、漱石のロンドン留学中の一九〇二（明治三十五）年九月に死去している。翌年一月に帰国した漱石は、ラフカディオ・ハーン（小泉八雲）の後任として一高教授、東京帝大文科講師をつとめたが、心安んじてその任にあった、というわけではなかった。「書きたいことがある」教授であり、それを察知している虚子が「ホトトギス」に創作を書くことを勧めたのである。

『猫』は、漱石自身が驚いたほど、大方の好評を得た。気をよくした漱石は、連載というかたちで『猫』を書き継ぎ、結果として大長篇になるのである。また、漱石は同時期に「倫敦塔」「カーライル博物館」「幻影の盾」「薤露行」などの短篇を書き、それらは一九〇六年五月『漾《よう》虚集《きょしゅう》』として一冊にまとめられた。さらには同年に『坊っちゃん』『草枕』『二百十日』など旺盛に作品を発表、一九〇七年に教職を辞して朝日新聞に入社するという動きになっていった。新聞に年一回の連載小説を書くという条件で、すなわち作家としての自立である。

『猫』に話を戻すが、私個人にとって、これは魅力尽きない「反」小説である。漱石作品のなかでも、最も回数多く読んでいるはずである。だから、大岡が正確に『猫』を論じているにもかかわらず、まだ論じ方が足りない、などと自分勝手な文句をつけているのである。

大岡は、「猫の眼で人間を見る、という不思議なアイディア」といい、さらには「猫の位置から中学校の英語の教師の苦沙弥先生と、その家に集まって来る呑気な知的遊民の生活を諷刺的に描いたのが、新しかったのです」と、『猫』という作品を位置づける。

そしてこの不思議なアイディアがどこから来たのかを探ってゆくのである。

ホフマンの『牡猫ムルの人生観』から着想を得たとよくいわれるが、翻訳が出たので自分も読んでみたけれど、堅っ苦しくて、漱石の『猫』のような面白味は全然なかった、と断定している。連載中から同書との類似点の指摘があったが、「こんな豪傑が既に一世紀も前に出現して居るのなら、吾輩の様な碌《ろく》でなしはとうに御暇《おいとま》を頂戴して」と漱石自身が終章に書くくらいの余裕があり、まったく問題にしていないと大岡は正確に指摘している。

それにくらべれば、『ドン・キホーテ』『トリストラム・シャンディの生活と意見』『ガルガンチュワ物語』のような古典を引きあいに出すほうが、まだまし、といいたいようでもある。十七世紀初頭の『ドン・キホーテ』は、当時はやりの「騎士物語」の否定的パロディであり、スターンの『トリストラム・シャンディ』(一七六〇~六七年)は、「イギリス十八世紀の小説擡頭期にあって、主人公の生れる前から書き起した破格の小説」と大岡はていねいに説明している。破格の小説とは何に対して破格なのかといえば、十八世紀後半からイギリスで興隆し、十九世紀のディケンズに至る、オーソドックスな小説に対して、ということだろう。私の言葉でいえば、「破格の小説」は「反小説」ということになる。

小説の様式は、小説はかくあるべしという正統が成立する前に、「反」小説的要素を含んでいた。そのあたりがじつに興味深いところで、二十世紀の初めに至って反小説的要素が旺溢するモダニズム文学が現われるのは、十八世紀の小説擡頭期から準備されていたのである。

近代日本文学の世界で、まだ小説らしい小説がほとんど現われていない時期に、漱石が最初に書いたのが『トリストラム・シャンディ』を想起させる「反小説」だったことは、きわめて興味深い。漱石がその後、小説らしい小説を書く方向に進むことも含めて、十分に考えるべきことであろう。

大岡はそのへんを十分に意識していた。『猫』から『坊つちやん』に至る、溢れ出るような文才は文学上の奇蹟であるといい、これは饒舌体ともいうべき口語体で、しゃべりまくりであると驚嘆している。そして「薤露行」などの雅文体小説にくらべて、軽い気持ではじめた『猫』のほうが、『トリストラム・シャンディ』に匹敵すると自負し得る傑作となった、と評価した。

大岡は、『猫』のなかで特に感心するのは、猫が銭湯のありさまを軒下から観察する場面であるといい、苦沙弥先生もそこにいる浴場の場面を長々と（一ページ分あり）引用する。たしかに、全篇の中ほどにある銭湯の場面は、裸の人間の行為と、それを叙する猫の理屈が一体となって秀逸。そこで猫のいわく——

《衣服はかくの如く人間にも大事なものである。人間が衣服か、衣服が人間かといふ位重要な条件である。人間の歴史は肉の歴史にあらず、骨の歴史にあらず、血の歴史にあらず、単に衣服の歴史であると申したい位だ。》

というような理屈をえんえんと述べるのだが、その出だしのところで、「抑《そも》も衣装の歴史を繙《ひもと》けば――長い事だから是はトイフエルスドレック君に譲つて、繙く丈《だけ》はやめてやるが、――人間は全く服装で持つてるのだ」という一節がある。

トイフェルスドレックとは、カーライルの『衣服哲学』の主人公である。大岡はこれに鋭く反応して、『猫』全体の構想にカーライルと『衣服哲学』が強力なヒントになっている、と主張するのである。大岡はそのあたりを詳細に説明しているが、これは卓見というべきであろう。

大岡が『猫』を論じているのは、「『猫』と「塔」と「館」と――作家漱石の発車」という章である。そこでは「塔」つまり短篇「倫敦塔」と「館」つまり短篇「カーライル博物館」が同時に扱われているのだ。

「倫敦塔」は牢獄と化した塔の激烈な歴史を描いてロマンチックだが、「カーライル博物館」はチェルシーにある博物館を訪れたことを入口とした、エッセイ風の一篇である。漱石は博物館を四度訪れているそうだから、散歩がてらにとはいえ、カーライルに惹かれるところがあったには違いない。

「トマス・カーライル（一七九五―一八八一年）は、今日ではあまりいわれませんが、十九世紀のイギリス産業社会の腐敗と偽善を告発した警世家で、明治の文学界に大きな影響を与えた」と大岡はいう。代表作は『衣服哲学』『フランス革命史』『英雄と英雄崇拝』などで、「時代を批判して四千万人のイギリス人を愚物と罵った『思想家』に対する尊敬と共感」が漱石の文章にはある、と説いた。

私たちが見たいのは、『衣服哲学』の『猫』への影響である。しばらく大岡の論述についていくことにする。

『衣服哲学』の原題は“Sartor Resartus”で、直訳すれば「仕立屋の仕立直し」となる。トイフェルスドレック教授の乱雑な仕立ての原稿を、イギリス人である編集者が仕立て直した、という意味がある、という。『衣服哲学』はトイフェルスドレック教授の伝記という形式をとっている。

トイフェルスドレック Teufelsdröckh は、ドイツ語の綴りをふざけて変えているが、「悪魔の糞」という意味。この教授は、ヴァイスニヒトヴォー Weissnichtswo（これも綴りを変えている）という架空の国に住んでいる。意味は「どこであるかわからない場所」。つまり「どこであるかわからない国の悪魔の糞教授の生活と意見」というのが、この本の成り立ちということができる。そういう本のなかで、「衣服は我等に個性を、差別を、社会組織を与へた。衣服は我等を人間とした」などという「哲学」が述べられている。

そして大岡昇平は、『衣服哲学』がもともとトイフェルスドレック教授の伝記であったこと、漱石のほうも『吾輩は猫である』という題が決まるまでは「猫伝」が仮題であったことなどを傍証のように挙げている。さらには、『猫』第七回では、猫が軒下から「衣裳をぬいだ人間、裸になった人間」を見下ろしている。この衣裳を脱いだ人間こそ、漱石が一番書きたかったことではなかったか。そしてその場面で、トイフェルスドレックの名前だけを、ほとんど説明もせずに、ちらりと出した。この出し方を、大岡は「にくい」と表現した。

そういう示唆をところどころで語ったうえで、大岡は「結論をいえば」『猫』の諷刺の着想を得たのはほかならぬ『衣服哲学』からではないか、と主張している。

《(漱石は)しかし十歳代から文学に興味を持っていたのですから、明治二十年代以来、日本文学の推移を見守っていた。教師生活と人間社会にたいする鬱憤はたまっていたので、それを猫にかこつけて諷刺してみたら、すらすら書けた。カーライルはトイフェルスドレックという人物にかこつけて、論理学も形而上学も無意味だ、人間の衣服について考察するのがほんとうの哲学なのだ、といっています。同じレヴェルで、漱石は猫の公平な視点から見た人間を描いた。これは新しい視点の発見で、作者は大抵こんな風に誕生します。》

もちろん、従来いわれていた『トリストラム・シャンディの生活と意見』などからの影響を取り下げる必要はないのだが、この『衣服哲学』からの刺戟は、繰り返しいうが一つの卓見である、と私は考える。

大岡は小説作品の成り立ちを、作家の体験(伝記的体験)から一方的に論じようとしない。知的体験ともいえる先行作品から、広い視野で作品と作家の成り立ちを考える。大岡が漱石論の冒頭近くで示したこのような姿勢は、十分に説得力がある。何よりも、文学を論ずるのにいいようのない虚しさを感じないですむ。このような大岡の視点は、漱石の文学を時代をへだてて大岡の文学に結びつける働きでもあった。

『小説家夏目漱石』の「Ⅱ」部は、五つの章のうち四つが短篇「薤露行」についての文章である。そうなったのは、江藤淳の『漱石とアーサー王傳説』批判が、大岡対江藤の論争になったからである。江藤の博士論文『漱石とアーサー王傳説』が出版されたのを機に、大岡が読み、批判を書き、江藤が反論した文章にさらに大岡が反論したというかたちをとった。いたずらに長くなったという観がなくもない。

「薤露行」は、中世イギリスに成立したアーサー王伝説の、王妃ギニギア（ギニヴィア、上は漱石の表記）と騎士ランスロットの不倫の恋に焦点をしぼり、擬古的でロマンチックな文体で描いたもの。漱石が材料として使ったのは、十五世紀末にトマス・マロリーが中世の伝説を集大成した『アーサー王の死』と、アルフレッド・テニスン（一八〇九—九二年）の長詩『王の牧歌』と「シャロットの女」という物語詩であった。漱石の種本については、学者たちの研究によって、既に広く知られている。

大岡の江藤論文批判は、江藤の実証性重視を標榜する論文が、江藤の独り合点的「漱石不倫説」を主張していることへの反発にその動機がある。「漱石不倫説」というのは、その相手が嫂《あによめ》登世であり、男女の関係にまでなっていた、という『漱石とその時代』以来の持説である。もちろん確たる証拠はない。大岡は、ほとんどこれを江藤の「妄想」である、とまでいっている。

この持説をさらに主張するために、実証性を重視しているかに見える博士論文をもってするのは、ほとんど信じがたいこと、と大岡は主張している。

たしかに、漱石の後の小説のテーマは、不倫あるいは三角関係を扱ったものが多い。『それから』『門』『行人』『こゝろ』とこのテーマは微妙に局面を変えながら続いている。国文学者たちがそこに漱石の実体験の反映を熱心に見つけようとするのはまあ当然のことで、大岡はそのいくつかの説を紹介してもいる。若い漱石の恋人として、小坂晋の大塚楠緒子《くすおこ》説、宮井一郎の不明の芸者説等々がある。小坂や宮井の説は、文献と周辺の人びとへの直接取材から得た発言によっているのだが、説としての限度をわきまえているかに見える。しかしいずれにしても、それが高じれば江藤の妄想を作品のモチーフとする論に行きついてしまう。

大岡は、このような伝記的研究は文化の病い、時代の病いともいうべきものだ、と裁断し、「今後、漱石に関する限り伝記的なことを考えるのはごめん蒙りたい」と声明している。そして大岡は、漱石が使った種本から五十枚弱（四百字詰原稿用紙）の短篇（「薤露行」）をどのように構成したかを、精密に再現してみせる。そこで発揮される力量はさすがというべきものだけれど、この短篇がそれほどの出来ではないことを思うと、空しいという感想が先に立ってしまうのである。したがって私は「薤露行」の精密な分析にはふれずに通過していきたい。

二　姦通小説三部作

大岡昇平は『三四郎』『それから』『門』を、三部作として考えている。これは古くからある見方でもあるから、特に異をとなえることもないと思えるが、『三四郎』の女主人公《ヒロイン》である美《み》禰子《ねこ》を『トリスタンとイズー物語』のイズーとの関連について考える、というのはどうだろうか。大岡がこの時期『トリスタンとイズー』に格別の興味を抱いたことからきた発想だろうが、『三四郎』にはもちろんイズーの名前さえ出てこない。大岡は、漱石の初期の作品を通じて現われる宮廷愛の観念の代表としてイズーに出てもらう、というのである。

アーサー王の円卓の騎士の一人であるトリスタンの恋人イズーをここで持ち出すのは、やはり恣意的にすぎる。西欧中世の恋物語は、惚れ薬（媚薬）という古代的なものをトリスタンとイズーが飲んでしまったことが決定的なのであり、心も体も媚薬から逃れることができない、という男と女の宿命的な愛の物語になるのである。三四郎と美禰子の関係は、どうしても愛の物語にならないというあたりでぐずぐずしているのだから、私としては媚薬でも二人に飲んでもらいたいぐらいなのだ。

冗談はともかくとして、『三四郎』は「日本の状態」小説として構想されたのではなかったか。これは丸谷才一の説である。

十九世紀半ばからイギリスでは産業革命の結果としてさまざまな社会問題が生じ、それへの対処が政治の課題になった。カーライルが論じた文章から「英国の状態」問題という語句が生れ、さらには「英国の状態」小説という文学用語が派生した。

「英国の状態」小説の代表はディケンズの『荒涼館』（一八五二〜五三年）であり、この系譜は二十世紀の初頭まで続き、E・M・フォースターの『ハワーズ・エンド』になる、というのである。

丸谷は『三四郎』の書き出しの「間然するところがない」卓抜さを取りあげてみせる。三四郎が名古屋どまりの列車を降りて、道づれになった若い女房から誘惑されそうになるエピソード。さらには名古屋からの列車で乗り合わせた、中学の教師らしい、髭の濃い中年男（後でこれが広田先生とわかる）が「日本は滅びる」と語るエピソード。この二つの挿話は、漱石が「英国の状態」小説を念頭に置いて「日本の状態」小説を書こうとしたことを示していないか、と丸谷才一はいう。

私はこの説に賛同している。第一に、漱石のロンドン留学時期（一九〇〇〜〇二年）から見ても、漱石の関心がそこに行くことは妥当と考えている。第二に、「日本の状態」小説志向が、いつのまにか三四郎と美禰子のはっきりしない関係を追う小説になって、『三四郎』は中途半端な青春小説で終ってしまっている。

私はそんなふうに考えているのだが、大岡は、美禰子には婚約者がいるからこれは準姦通小説で、『それから』という姦通小説を準備するもの、と受け止めている。しかし、美禰子の三四郎に対する態度に、姦通者の翳りのようなものがあるだろうかという私の疑問はそのままに残る。残るけれども、姦通小説三部作として認めるという立場をここで否定してみても始まらない。大岡の『三四郎』論にもう少し耳を傾けてみよう。

大岡は『三四郎』論のなかで、「『トリスタンとイズー物語』より、直接に関連」があるといって、一冊の本をあげている。それはドイツの自然主義作家ヘルマン・ズーダーマン（一八五七〜一九二八年）の『消えぬ過去』という作品で、漱石はそれを英訳本（"The Undying Past" 一九〇六年版）で読んでいた。

漱石はこの本について、「早稲田文学」（一九〇八年十月号）のインタビューで、小説の女主人公フェリシタスについて語っている。

「私は此の女を評して『無意識な偽善家《アンコンシアス・ヒポクリット》』――偽善家と訳しては悪いが――と云つた事がある」といい「其の巧言令色が、努めてするのではなく、殆ど無意識に天性の発露のまゝで男を擒《とりこ》にする所」がすごい、と女の性格及びその描き方に感服している。

大岡は『消えぬ過去』を読んだらしく、同時期に漱石が恋愛小説を片はしから読んでいることにふれ、それにしてもそれらがみな通俗小説であるのがおかしい、と皮肉っている。作家が小説を書くために読む作品というのは、何か特別な働きをするものとも思われるが、漱石が『消えぬ過去』で注目しているのは、人間関係を「層々累々」の技法で描くことだった。すなわちフェリシタスは有夫の女性で、その姦通が周辺の男女に複雑な（層々累々の）繋りと断絶をもたらした。大岡には通俗小説の構成と思われるものが、新聞小説作家でもあった漱石には、学ぶべき何かを含んでいたということなのだろう。

大岡はさらに漱石が同時期に読んだとされるドーデの『サフォ』などにもふれながら（場違いな『トリスタンとイズー物語』も手離すことなく）、男女の愛の小説として『三四郎』をさまざまな角度から論じている。

結論としては、三四郎が美禰子に捉まる物語になっているけれど、『消えぬ過去』の「層々累々」の技法によって、小説全体をおぼろげで肉感的な愛の雰囲気で包んでいる、と大岡はいう。私はこれに対し、やっぱり三四郎と美禰子は媚薬を飲んでいないなあ、と思うばかりである。

しかし、漱石の姦通文学の核心は、次にくる『それから』と『門』にあるのだから、私たちも大岡に導かれて二作に移らなければならない。

『それから』と『門』二作品について、大岡は「姦通の記号学」という章でまとめて論じている。

漱石では「薤露行」以来、姦通もしくは一人の女をめぐる男の争い、いわゆる三角関係が多いのはよく知られている通りである。そして明治時代には姦通は正面からは書けなかったから、『それから』では三千代は夫と別れて代助と結婚しようと思うだけ、『門』ではお米と宗助の二人を突然の大風が吹き倒した、と比喩的に書かれているに過ぎない。ただし、姦通の実際の場面は、ロレンス『チャタレイ夫人の恋人』までは、どこの国でも暗示的にしか書かれなかった、と大岡は注記している。

大岡はこの章では、トニー・タナーというイギリス人の書いた『小説における姦通』という「便利な本」を読んだので、「その受け売りを」するといって、一種の種本にしている（訳本は『姦通の文学』という題名で、一九八六年刊。大岡の「姦通の記号学」初出は一九八四年）。大岡は自在にそこから引用したりして、姦通文学の世界を広い視野で論じているので、この章はなかなかに興味深かった。

姦通文学の代表作として真っ先にあげられるのはフロベール『ボヴァリー夫人』だが、漱石がその『ボヴァリー夫人』をけなしている、という指摘が面白かった。『消えぬ過去』を激賞し、『ボヴァリー夫人』をけなす。なぜなのかを考えてみる必要があるとも思うが、大岡は漱石の「自然主義者に対する反感」をそこに読みとっている。さらには漱石は「姦通または性交そのものが書いてある小説は嫌いだったのではないか」という疑いがある、ともいっている。

それをもう少し具体的に考えれば、エロスの描写がない漱石には、その反措定として中世の宮廷愛がある、と大岡はいうのである。『三四郎』の美禰子を論ずるのにイズーを持ち出すのには首を傾げるとしても、ここに漱石の「愛」の観念を見るのは、きわめて妥当であると私には思える。大岡はそれについて、次のように漠然としたいい方をしている。

《漱石の姦通小説が中途半端なのは、新聞小説家としての自己規制のほかに、何か彼の深層に不倫と弄れながら、破局には到らない、という強制があったと考えないと、勘定が合わなくなって来ると思われます。》

大岡は「強制」という言葉を使っているが、そんなことに外部からの強制があるわけがない。内面の欲求によってそうしているとすれば、漱石は不倫のなかに男女の愛のほんとうの姿を見ている、というしかない。大岡自身もじつはそう思っているのではないか。

もう一点、「姦通の記号学」の章で私が心惹かれたのは、その結びの文章である。『それから』のおもしろいところは、明治四十年代の貴族と肩を並べるくらいに成長したブルジョアが、よく描けている、と大岡はいう。確かに、代助の兄と父、その実業家ぶりの表情と生活は生き生きと描かれている。

《全体として漱石の作品は中の上ぐらいの知識エリート層の生活と意見がよく描けているのが特質で、人気の安定している理由ですが、そこでは姦通や三角関係が、その状況を描き出すのに適切な事件になるのです。『三四郎』『それから』『門』の組合せにおいて、明治末の社会の規模が捉えられているように思います。》

姦通小説が社会の姿を捉える。それは姦通という男と女の愛欲の物語が（あるいは物語こそが）、社会を描くことと一体になっている、といい直せるだろう。大岡は漱石の姦通小説をそのような視野のなかで見ているのである。そう考えれば、漱石の実生活での三角関係がどうであったかを考察することなどは、不必要とまではいわないにしても、小説を読む楽しさからはじつに遠いところにある。

大岡は、漱石のそれらの作品が真の意味での言文一致体の完成であり、小説の文体の完成とは、社会と生活に対するわれわれの観点の安定にほかならない、といってこの章を結んでいる。観点の安定とは、時代が小説を共有する、ということである。そう受けとったうえで、では私たちの時代、二〇一九年ではどうなのだろうか、時代が小説を共有しているだろうか、と改めて考えさせられる。

『彼岸過迄』という『門』の次に書かれた長篇小説は、漱石の作品のなかでも「あまり注目されない作品」だけれど、自分は中学生の頃、最初に読んだときからおもしろく思ったもので、漱石のなかでもわりあい好きな作品だ、と大岡はいい、「『彼岸過迄』をめぐって」という一章を設けている。

個人的には私もまた『彼岸過迄』がとりわけ好きだから、この大岡の発言を喜び、それと同時になぜ大岡はこの作が好きなのかが、強い関心になっている。

大岡が最初に話題にしているのは、この小説の最初からほとんど半分までが推理小説仕立てになっていることについてである。そして推理小説部分がおもしろくない、などという評価もあり、漱石研究家から低く見られがちな作品だけれど、自分は必ずしもそうは思っていない、というのである。

『彼岸過迄』は、「風呂の後」「停留所」「報告」「雨の降る日」「須永の話」「松本の話」という六つの短篇と、その後にくる「結末」という短い章から成り立っている。

漱石は一九一〇（明治四十三）年八月、胃潰瘍で血を吐き、修善寺の大患と呼ばれる病変に襲われた。その回復後の第一作が『彼岸過迄』だったから、気分的に書きやすい短篇連作のかたちになったのだろうと、これは一般にいわれていることだ。

大岡はいう。この長篇でも核心の部分で三角関係が扱われていて、それが「須永の話」であり、その部分が名作と評価されるようだけれど、自分は必ずしもそうは思わない。「風呂の後」ののんびりした書き出しが好きだし、その後の推理小説風の部分にも執着している、と。

小説の大部分の語り手である敬太郎という青年が、職につくために、探偵の真似事をして、中年の男と洋妾《らしやめん》のような若い女の跡をつける話を、大岡は神田小川町のその場面を再現するように、克明に語っている。確かにこの場面には、明治四十年代の東京の町の風俗があり、その風俗にからんでいるような人間の物語がある。人間の物語のほうは、この夕暮れの探偵場面の後からしだいに明らかになっていくのだけれど、そのことを導きだす探偵の部分がまことに魅力的である。大岡は次のようにいう。

《「自分はたゞ人間の研究者否人間の異常なる機関《からくり》が暗い闇夜に運転する有様を、驚嘆の念を以て眺めてゐたい。」と敬太郎は小川町の停留所にたたずみながら呟きます。当時の夜の東京は繁華街でも、いまよりずっと暗かったので、そこに人待ち顔に立つ若い女と、やがて降りて来る眉間にほくろのある男の行動の、外部から見た的確な描写には、異様な静けさがあるので、これが私のこの作品が好きな理由なのです。》

これは、言葉を換えていえば、物語のおもしろさ、ということになると私は考える。物語は波瀾万丈の激しさにだけあるのではない。静けさだけが伝わってくる場面のなかに、人間のほんとうのドラマが潜んでいる。大岡昇平が、物語というような言葉を使わずに、そういってい る、と私には思える。

もう一つ、この引用のすぐ後に、大岡は『彼岸過迄』の書き出しの部分を引用して、いう。それは敬太郎がここぞというときに愛用しているステッキをくれた、森本という奇妙な男がする話である。夜中に山寺へたった一人で上って行く、振袖姿に盛装した女に出会うという話で、気味が悪い。こういう気味が悪い話とか、身の上相談とか予言というような奇妙な話が『彼岸過迄』にはたくさん出てくる。

漱石の作品は結局は近代的恋愛をめぐって旋回するのだけれど、自分には「このへんに薄気味の悪い感じで、漱石が漱石を超える部分が一番興味があります」というのが、大岡の「『彼岸過迄』をめぐって」の結びであった。

近代的恋愛というのは、『彼岸過迄』では、須永と千代子の複雑な関係である。須永が千代子の招きで鎌倉の海岸へ遊びに行ったとき現われた高木という若い男がいて、それを大岡は「三角関係」といっているのだが、しかし正確には三角関係になど至っていないのである。

須永と千代子は、表面にはいとこ同士だが、血のつながりはない。子供のときから、二人は人並み以上に仲がよかったけれど、須永は自分の出自に悩むところがあって、気に入っている千代子を正面から愛することができない。それに須永の知識人特有の心情がからんでくる。

近代の男女の愛の不成立というのは、『猫』の頃からの漱石のテーマだった。それを心理分析ふうに書けば、底の浅い説明にしかならない危険がある。漱石は『彼岸過迄』で、このテーマを登場人物ひとりひとりの挿話《エピソード》、あるいは森本の語る綺譚《きたん》などのなかに置いて、物語の一つとして語ろうとした。だから「須永の話」のなかで、須永と千代子の話は物語の一つとして生きた。

森本の綺譚も含めて、漱石が漱石を超えるのは、広い意味での「物語」のなかにしかない。大岡昇平のさまざまな示唆をちりばめたような『彼岸過迄』論によって、私はそのようなことに気づかされた。

『こゝろ』は、六十歳を過ぎた大岡昇平が、自分のなかにある漱石の影響を探ろうとして、あらためて漱石を読み直す動機となった作品である。前章で詳しく述べたように、中学生時代、キリスト教から離反したのは、『こゝろ』を読んだことがその契機の一つとなったと、大岡は自伝『少年』のなかで何度か述べている。

そして「『こゝろ』の構造」で、大岡のこの長篇に対する評価はけっして低くはない。「人間が突然変る——これは『三四郎』『明暗』にもあって、漱石の追求したエゴイズムの究極的な表現ですが、それが『こゝろ』ではっきりと押し出されてい」るというのが、大岡の見方の根本にある。

そして大岡の『こゝろ』論には目立った特徴があって、それは精神病学者の土居健郎が『漱石の心的世界』(一九六九年)で書いたことが妥当であるかどうか検証していることである。土居健郎は『「甘え」の構造』(一九七一年)がベストセラーになった、日本有数の精神病学者であった。漱石の作品に現われた精神病的症状を分析したのが『漱石の心的世界』である。結論的にいうと、『こゝろ』の「先生」には、被害妄想があり、分裂病的傾向がある、というのである。先生が書いているのは「遺書」であり、そこには先生の言明があるだけで、作者である漱石はそれについて何もいっていないし、先生が蒙った財産の横領というようなことも、被害妄想で片がつく、と土居は指摘する。

大岡はこういう指摘に一理あるとしながらも、これを否定する。私には、その否定の仕方が注目に値することであった。

《……私がその説に従うことができないのは、文学作品は客観的真実の記述とは、全く別の原則で書かれているからなんです。「自分の心を捕へ」ることなんかできません。客観的に記述すること自体、最近の精神医学では意味がない、と考えられているので、物語の中で語るとなると違って来るんです。》

すなわち、大岡は小説の登場人物を、彼がいる物語のなかから勝手に取り出して、その精神を分析してみせるのはほとんど意味がない、といっている。

『こゝろ』は、「先生と私」「両親と私」「先生と遺書」の三部から成っている。先生が自分の生涯の真実を語るのは「先生と遺書」の章で、その前の二つの章で私が先生とつきあい、尊敬している状態を示すことだけで、作者は遺書の真実を保証するのを必要としなかったのである。

大岡は、そのことをいっている。それは「漱石という小説家が『こゝろ』をこのように書いたという事実とは合致しない」し、「読者が作品に読み取るものと合致しない」。そして、「すぐれた作家では、彼が書こうとしているものと、読者の読むものは一つなのです。これがうまく行っているのが傑作なのです」と言葉を継いでいる。

大岡は、『こゝろ』の評価に至って、初めて「物語」という言葉をためらわずに用いている。たとえば、「作品の中の思想というものは、要するに物語の枠の中であるんですね」というように。小説とは要するに「仕掛け」である、というのが、この「『こゝろ』の構造」の章の結びになっている。

ここに至って、大岡がヨーロッパに始まる近代小説のまぎれもない体現者であることを、私はあらためて思った。物語という小説のなかに生きている様式、読者という近代に始まる存在、そのなかで小説を考え、つくり出そうという姿勢がここにある。その姿勢が、ぴったりと夏目漱石という作家に結びついていることに、私は文学史的な意義をさえ感じたのだった。

作品の思想は、あくまで物語のなかにある。大岡は、小説という表現形式の構造をそのように考えている。これは大岡が、西洋がつくり出した近代小説のなかで育ったということを明瞭に示しているともいえるのである。先にふれたように、小林秀雄グループでは漱石はほとんど無視されていたとしても、小説家になった大岡のなかでは少年の頃からの漱石体験が生きていて、その体験は長じてからの西洋文学体験に繋っている。『小説家夏目漱石』は、漱石と大岡が結ばれる系譜を語っている、と私には思われた。

大岡昇平は、漱石後期の作品として、他に『行人』『道草』『明暗』を論じている。どれも気軽に語っているのではないが、私は『こゝろ』についての発言をもって十分、と思った。ただ未完に終った『明暗』について、漱石はどんな結末のつけ方を考えたのか、漱石になりかわって、いくつかの試作（の骨組）を語っているのが、いかにも小説家らしいと思いながら楽しんだ。『明暗』にどう結着をつけるにしても、小説としては重くかつ暗すぎるという印象をぬぐい去ることはできなかったけれど。

三　『堺港攘夷始末』の意味

大岡昇平は森鷗外の歴史小説を折にふれて批判してきたが、それはちょっとした感想としてふれられたものである。鷗外作品を本格的にとりあげて緻密な批評を展開したのは、『堺事件』である。これは四百字詰原稿用紙にして五十枚に満たぬ短篇だが、大岡は「『堺事件』疑異」と「『堺事件』の構図——森鷗外における切盛と捏造」の二篇を書き（特に後者は長い）、さらに付属物のように「『堺事件』批判その後」という短いエッセイをつけ足した。

鷗外の『堺事件』批判ばかりでなく、大岡は堺事件という明治元（一八六八）年に起った外国兵（フランス軍）殺傷事件について、格別な興味をいだいたらしい。鷗外批判のほかに、自ら『堺港攘夷始末』という歴史長篇小説を書き、それは未完に終ってしまったが小説としての最後の仕事になった。

事件のあらましを最初にまとめておく。

慶応四年＝明治元年（一八六八年）二月十五日、泉州堺の警備にあたっていた土佐藩兵が、上陸してきたフランス水兵を銃撃し、死者十一名、負傷者七名（五名とも）を出した。連絡不備のために起った突発事故という面がある事件だったが、できたての京都の朝廷政府は、たまたま近く宮中で各国公使に謁見すると決定したところだった。

朝廷を中心に置く新政府が、徳川幕府に代わって唯一の主権者であることをそれによって明らかにし、その政策が「開国」であることを示す、重大な時期だった。

フランス公使ロッシュは、堺港が外国人の遊歩自由地域であることを盾にとり、土佐藩兵をただちに処刑することを要求。二月二十三日、四人の隊長小頭《こがしら》を含む土佐藩士二十名が、妙国寺の庭前で切腹することになった。このうち十六名の従卒（足軽身分）は命令によって発砲しただけだったが、「朝廷のお計らいであると聞いて、皇国のために、犠牲になる決意を固めた」（カッコ内は大岡「『堺事件』疑異」の文章）。土佐藩では足軽も士分の礼遇をもって切腹させることにした。

フランス人立会いのもとで行なわれた切腹は、あまりにも凄惨であったので、フランス人はいたたまれず、殺されたフランス兵と同数の十一名が切腹したところで、席を立った。そしてあとの九名は助命してほしいと申し入れがあった。切腹をまぬがれた九人は土佐へ送還され、西のはずれの幡多郡《はたごおり》に流された。十一月、明治天皇即位に伴う特赦によって彼らは高知に戻ったが、士分取立ては沙汰やみになった。

以上がおおよその経緯だが、この堺事件には厄介なことがある。それは、鷗外の『堺事件』を論じるのが一筋縄ではいかないことにも通じている。

というのは、史資料によって殺されたフランス水兵の数とか、土佐藩士の処刑された者の人数が異なっていたりして、大岡の批判論文でも、数がきちんと確定されているとはいい難いのである。妙国寺の処刑の場に列席していたフランス海軍の要人、日本側の要人の顔ぶれがはっきりするのは、大岡の『堺港攘夷始末』を待たなければならないというぐあいなのだ。

鷗外が用いた史資料は、佐々木甲象『泉州堺烈挙始末』（明治二十六年刊）であるのは、研究者によって明らかにされている。大岡によれば、鷗外は一種類の史資料しか使わない癖があって、『堺事件』でもこの一冊であったらしい。ところが佐々木甲象の本は、妙国寺で切腹した土佐藩士の遺族に頼まれて書かれたもので、切腹した人々を靖国神社に祀るよう政府に働きかけることが意図されていた。死去した土佐藩士のメモした一次的史料は使っているらしいが、本の内容は事件の真相を必ずしも伝えるものではない。

たとえばフランス側の死者十三人となっているし、ロッシュ公使と外国事務総裁山階宮《やましなのみや》晃親王が切腹の場に臨席していたなどとあり、鷗外はそれをそのまま小説に用いている。

大岡は、鷗外が歴史の史資料を厳密にクリティクしていないことは、責めていない。時代からいっても、仕方がなかったのだろうといういい方をしている。

では、なにをもって、大岡は「切盛と捏造」という激しい言葉で鷗外を批判しているのか。

それは鷗外が明治の新政府を大っぴらに擁護する書き方を、『堺事件』のなかで行なっていることに、ほとんど怒りをもって批判しているのである。

フランス公使ロッシュが、新政府の外国事務係に提示した処置条件は五カ条ある。佐々木の本はその五カ条の訳文をすべて載せているが、鷗外はそのうちの三カ条しかとっておらず、その省いた二カ条というのは、第三条の外国事務の最高責任者（山階宮晃親王）の陳謝の要求と、第五条の土佐藩兵の堺港通行禁止である。

このうちの山階宮による陳謝の要求を隠したのは、「皇室に体裁の悪いことを書かない」という態度だ、と大岡はいう。他にも、土佐藩の銃撃した藩士の処置については、新政府の外国事務係の名によって命令が出されているにもかかわらず、鷗外はけっしてその命令ルートを明らかにしようとしていない。歴史小説を書きながら、なぜこんなことをするのか。

鷗外は『堺事件』の数日前に脱稿した『大塩平八郎』の附録に「余り暴力的な切盛や人を馬鹿にした捏造はしなかつた」と書いたが、「いま『堺事件』に夥しい切盛と捏造の跡を見ていると、彼のいう切盛捏造はわれわれが通常この言葉で意味するものとは違うのではないかとの、疑念に囚えられる」と大岡はいう。

そしてさまざまに思いをめぐらしたあげく、明治の朝廷政府の大立物・山県有朋への阿諛があるのではないか、という推測に行きあたる。鷗外は一九〇六（明治三十九）年以来、山県の歌道善導兼政治懇談会「常盤会」の幹事であった。

そう考える必要はないのではないか、と私はこの最後の指摘を読んで思った。

鷗外は、明治時代の官僚の世界に身を置き、軍医総監という軍医として最高の地位にまで上った人間である。それに向けて、切ないような努力を営々と積み重ねてきた。自らのいる世界を守ろうとするのは、鷗外にとってごく「自然」なことであったはずだ。

大岡昇平の長篇『堺港攘夷始末』は、タイトルからして特徴がある。「攘夷始末」という言葉は、これが明治維新の最も大きな思想であった「攘夷」がからんでいることをずばり示している。

大岡がこの歴史長篇を書くに当って集めた史資料は厖大で、それもできるだけ一次史料といえるものを使おうとした。

発砲した土佐藩の二小隊の一つ、第六番隊の隊長は箕浦猪之吉であり、箕浦には、事件をすべてカバーしてはいないが、かなり克明な日記があった。大岡はその日記を多用しているから『堺港攘夷始末』は（少なくとも前半は）箕浦という頑固な攘夷論者が主人公であるようにも見える。

箕浦は詩文をよくし、藩校で講じたこともある。山内容堂の御小姓として、幕末の藩主の詩文趣味の相手も務めた。容堂は長く公武合体論者で、また攘夷論者でもあった。箕浦は明治元年、容堂のもとを離れ、土佐藩の一小隊の隊長となる。そして頑固な攘夷論者であるとすれば、箕浦は容堂にも朝廷にも裏切られて、いま堺の守備についている。フランス水兵が港を調査しているのを見て、彼は自分の兵卒に向って、最初に「撃て」と声をあげて命令した。

大岡の『堺港攘夷始末』は、そういう箕浦のドラマを追って迫力があるのだけれど、大岡が精密に調べあげた堺事件の詳細をここで追う余裕はない。箕浦日記、政府の外国事務総督だった前宇和島藩主・伊達《だて》宗城《むねなり》の「伊達宗城御手帳留」、さらには昭和十一（一九三六）年よりまとめられた『日本外交文書』によって、事件当事者の心事と行動、それに対する朝廷新政府の対応、さらにはフランスを中心とする諸外国の要求や談判がつぶさに追跡されるのだが、結果は「皇国のために、犠牲になる決意」を固めた土佐藩の足軽たちが、殺されたり許されたり、また流罪になったりする姿が浮かびあがってくる。

堺事件が、外国との攻防という面から捉えられ、その面からいえば、新しい朝廷政府の外国に対する果てしない弱腰と、国民に対する手前勝手な処置が明瞭になるのである。とくに土佐藩の兵卒に対するきびしい扱いは、太平洋戦争まで続く政府と軍部の一般国民に対する態度でもあった。

そして、私は大岡の『堺港攘夷始末』の末尾に近い「二十　流転」の章で、突如として十七歳の明治天皇が発せられた「五箇条の御誓文」について語られるのに驚いた。大岡は、五箇条のうちの第四条「旧来ノ陋習ヲ破リ、天地ノ公道ニ基クベシ」が、諸外国との摩擦から起った一連の事件の結果であるという説が古くからあった、と述べている。

たしかに、この第四条は、開国して諸外国と平等につき合うのだという声明であると考えられている。さらにいえば、このような声明には、明治政府の立ち位置が最優先されていることが含まれている。手早くいえば、維新までは主流であったはずの、あの「尊皇攘夷」はどこへ行ったのか。箕浦猪之吉のような、まっすぐに生きようとした青年たちが信じた攘夷思想はどこへ行ったのか。明治新政府の「立場」だけが声高に語られて、志士たちの志は無かったもののように忘れ去られている。

そこで『堺港攘夷始末』で大岡が書こうとした真意にふれたように私は感じた。明治維新で成立した政府は、どんな「思想」の上に成り立っていたのか。そのことが現われやすい外国との摩擦から生じた事件を一次史料から徹底的に描こうとした。つき詰めていくと「五箇条の御誓文」にふれてしまうほど、それは昭和の戦争に敗れるまで生きていた。大岡は、鷗外への疑異を呈しているうちに、そのことに気づき、「外国との摩擦」から見た維新史の一面を書いたのだった。こういう仕事は『レイテ戦記』にも繋っているともいえるのである。私は大岡に現われた文学の力というものをそこに見ざるを得ない。

四　うまく語れないままに

夏目漱石と森鷗外、近代日本文学の始祖ともいうべき二人の作家について、大岡昇平がどのように向きあっていたかをたどってみたのだが、鷗外については「堺事件」批判から大岡自身の最後の小説『堺港攘夷始末』の話になってしまった。それにしても、漱石と鷗外への向きあいかたは対照的というべきものだった。漱石への愛着は、ことさらそういう言葉は使っていないとしても、小説の精密な読みかたから自ずと伝わってくる。

そういう漱石論と鷗外論のあとに、大岡が生涯かけて愛したスタンダール論をもってくるのは、なんだかそぐわないという気がする。そうは思うのだけれど、大岡昇平を論じてスタンダールを避けて通るわけにはいかないので、ここでごく短くではあるけれど、そのテーマをとりあげることにする。

ごく短く、というのは便宜上そういうのではない。大岡には『わがスタンダール』（一九七三年立風書房、一九八九年講談社文芸文庫）という本まであるけれど、十分にスタンダールへの熱中を語ってはいないのである。その事情について、私は「短く」書いておくしかない。

「愛するものについてうまく語れない——スタンダールと私——」の原稿を雑誌「海燕」に渡したのは一九八八年十一月。同誌八九年の新年号用の原稿だったが、大岡は八八年十二月二十五日に逝去しているから（七十九歳）、これは遺稿のようなものになった。長年熱中してきたスタンダールについて、連載によって本格的に書こうとして、体調不全によってその第一回が原稿用紙十五枚にしかならなかった。私たちに残されたのはその十五枚である。

「愛するものについてうまく語れない」というタイトルは、ロラン・バルトのタイプライターにセットされていた講演草稿の題名だった。スタンダールは愛するイタリアについて「どもりながら語っている」という意味がこめられているが、大岡は「これは私にとって、スタンダールその人について実感されることである」といって、これをタイトルに借用した。

大岡は一九三三（昭和八）年、これは京都帝大卒業の翌年であるが、スタンダール『パルムの僧院』を読んで打ちのめされるように感動した。以後大岡の戦前はスタンダール関連の翻訳の仕事を中心に経過している。

『アンリ・ブリュラールの生涯』は早くから翻訳を試みたが完成しなかった。スタンダールが書いたものとしては『ハイドン』を出版。アラン『スタンダアル』、ティボーデ『スタンダール伝』といういまや古典となっている評論を翻訳刊行。そして軍隊に召集されてフィリピンに行く直前、バルザック『スタンダール論』を刊行、ただしこの本は大岡が日本にいるときには手にすることができず、ミンドロ島で大岡一等兵が受け取っている。

注目すべきは、スタンダール関連の翻訳の仕事の多くが、大岡がひとり東京を離れ、神戸の会社員になった時期にこつこつと進められたことである。当人の意識がどうであったにしろ、戦後みごとな実りとなる大岡文学の、畑の土づくりをしているようなおもむきがある。

スタンダール作品の翻訳は戦後もつづいた。『恋愛論』（一九四八年刊）、『パルムの僧院』（新潮文庫版、五一年刊）、『赤と黒』（第一部を担当、七一年刊）がある。

そしてこれらの翻訳に付随して解説の文章が数多く書かれたが、その文章を中心にまとめた『わがスタンダール』が、七三年立風書房と、八九年講談社文芸文庫と二回刊行されている（内容は少しだけ異なる。講談社文芸文庫は死後の刊行である）。

立風書房版の「あとがき」には、大岡のとまどい、もしくはためらいが、わりにはっきりと語られている。単純化していえば、ほんとうはもっと語りたいことがあるのだけれど、自分の書いたものはまだそれに届いていていない。「自分はまだスタンダールについて一番肝心なことをいっていないのではないのか、という不安を現在なお持ち続けています」とある。

私はこれを納得しながら読んだ。大岡昇平という文学者の精神の拠り所になっているスタンダールについて、かんたんには書けないのだろうし、解説とか案内のような文章では大岡自身に不満があるはず、と考えたからである。それは「愛するものについてうまく語れない」にある次のような一節に繫っている。

《六十歳になったら、予定の主題を書きつくし、まとまった「スタンダールの生涯と作品」に取りかかろうと思っていた。ところがテーマが次々に割り込んで来るので、遂に六十歳が八十歳になって、書きはじめることになってしまった。》

「愛するもの――」は長い論文の序章ではあるのだけれど、他にも自然に目がとまる一節があった。

《私は戦記作家ということになっているけれど、常にスタンダールに寄りかかりながら、戦後の政治的季節を乗り切って来た。》

おそらくそうではないかと思いながら、大岡自身が政治そのものについて正面切った発言をすることは少なかったから、「政治的季節を乗り切って来た」という具体的な話を聞きたい。

スタンダールはフランスが政治的逆行を繰り返した時代に生きて、複雑な態度で進歩派にいた人だったから、大岡が拠り所にしたというその思いも単純ではなかったはずだ。

また、頭を殴られたような体験だったという『パルムの僧院』について、「この感動と愛着が、私個人の内的事情と密着したものであることはわかっている」とも書いている。『パルムの僧院』については、『わがスタンダール』に収録された、「バルザック『スタンダール論』解説」をはじめとするいくつかの文章で、その魅力をためらいをまじえて語っているが、「私個人の内的事情」にまで話は及んではいない。

しかし『パルムの僧院』の大岡の読み方については、『わがスタンダール』からその要所をうかがうことができる。そのあたりを具体的に読んでみよう。

大岡が戦争に行く直前に翻訳したバルザック『スタンダール論』(正式には「ベール氏試論」)は、一八四〇年、バルザックの個人雑誌「パリ評論」第三号に掲載された。『パルムの僧院』が傑作であることを論じたもので、スタンダールはこれを「曾つて一作家が他の作家から受けたためしのない驚くべき論文」といって感激した。『赤と黒』の作家は、パリの文壇からほとんど認められていなかったから、当代一流とされているバルザックの讃辞は、想像もしていない驚きであった。

バルザックは論文のなかで「感激と讃歎」を書き連ねているけれど、「人間喜劇」の作家らしいある批判、いやそれで小説がダメになっているといっているわけではないから、一つの指摘とでもいうべきことを書いている。

ファブリスが二枚目として扱われ、モスカ伯、サンセヴェリーナ侯爵夫人に「蔽はれてゐる」というのである。「蔽はれてゐる」というのは、他の有力登場人物によって支えられている、そういう姿で小説のなかに存在している、ということだろう。

大岡は翻訳に付した解説のなかで、これを「私にとって最も考えられない」ことといって、バルザックのこの見解を正面から批判している。「ファブリスが才智に於てサンセヴェリーナに劣ることはスタンダールもファブリスに自認させている」のだけれど、それがファブリスを影のような存在にしてはいない。「結局はファブリスの無垢とエネルギーなくしてはサンセヴェリーナの彼に対する愛は生れ得ず、従って（筆者注・バルザックが激賞した）宮廷の陰謀も存在し得ないことを確認した」と大岡は書くのである。

バルザックのファブリスの受けとめ方が妥当であるかどうかはひとまず置くとして、ファブリスのような「無垢とエネルギー」しかないような青年が、小説のなかでどう存在することができるのか、ファブリスへの熱中者である大岡にもっと詳しく聞いてみたい。ファブリスが小説のなかでどう描かれているか、具体的に論じてもらいたい、と私は切に思うところである。ファブリスに魅力を感じれば感じるほど、そういう思いが強くなる。大岡は、「『パルムの僧院』について――冒険小説論――」（「文學界」一九四八年五月号）という別の文章で、いう。

《『パルムの僧院』に実現された叙事詩的奇蹟の秘密は、スタンダールがファブリスの如き英雄の観念を抱懐し得たことにある。事件はすべてこの英雄の行動の赴くに従って語られる。

バルザックを驚歎させたパルム公国の陰謀も、モスカの政治学、サンセヴェリーナの情熱も、すべてファブリスのエネルギーに対する障害として展開される。そして障害は大きいほどエネルギーは大きい。》

ファブリスのエネルギーの大きさ。その発露の自然さは、たしかに『パルムの僧院』を冒険小説と呼ばせてもおかしくはない。しかし私は、ファブリスと彼を支える人物たちの関係、あるいは敵対する人物の関係と、その関係の物語的展開をもっと具体的に聞きたいという欲求を依然としてもっている。

そのせいでもあろうか、この文章を書く前に、もう一度大岡訳の『パルムの僧院』を取り出して、読み覚えのあるところどころに目を通してみた。

小説の最後の文章は、ファブリスとクレリアの息子、サンドリーノの死をきっかけに、クレリア、ファブリス、サンセヴェリーナが次々と死ぬ、その経緯の報告（作者の語り）である。訳文は坦々と乾いている。しかし私は、訳者の揺れるような思いがこもっているのをそこに感じた。

そして「愛するものについてうまく語れない」は、大岡においてほんとうにそうなってしまったのだ、と受けとめもした。

第八章　『昭和末』をめぐって

一　この最後の本には

大岡昇平の最後の単行本『昭和末』は、一九八九年十月に刊行された。一九八五年（七十六歳）から、八九年までに発表された全エッセイを収めた一冊である。大岡は八八年十二月二十五日に永眠しているから、没後ほぼ一年に刊行されたこの本を最後の単行本と呼んでいいだろう。巻末に付された大江健三郎氏の解題「大岡さんは生きている」は、深い意味を帯びた追悼文になっている。

八九年に刊行された大岡の本を書き添えておく。二月に『中原中也』（講談社文芸文庫、入院中の口述筆記「中原中也のこと」収録）。三月『大岡昇平音楽論集』（巻末に「編集者覚書」があり、ゲラ刷りに作者の新しい入朱があった、と報告されている）。十月『昭和末』。十二月『堺港攘夷始末』（巻末に久留島浩、宮崎勝美連名の「テキストについて」と題する、本の成り立ちについての報告あり）。

『昭和末』に戻ると、一読して、この最後の本には論じなければならないことが数多くある。それは、大岡昇平という文学者は何であったのかという問に繋っていることで、安易に秩序立てて論じるのは不可能である。これまで、大岡の作品を自分なりに受けとめてきた、その思考と結びつけたり、また離れたりしながら、論考というよりエッセイ風にいくつかの問題を書いてゆくしかない。

未完に終った最後の長篇歴史小説『堺港攘夷始末』関連の二つの文章が『昭和末』にはある。『堺港攘夷始末』については、前章で大岡が森鷗外『堺事件』を批判した文章を読み、その批判が書かせたという一面をもつこの小説の意味を少し詳しく検討した。七十歳を過ぎてからの大岡の小説は、『ながい旅』（一九八二年刊）と、八四年十月から季刊「中央公論文芸特集」に連載した『堺港攘夷始末』しかない。そしてこの歴史小説にかけられた大岡の執念には並々ならぬものがあった。その一端を、八四年十月に行なわれた取材記録からうかがい知ることができる。「土佐日記」と題するそれは、八五年一月の文芸雑誌に掲載された。

十月一日から四日まで、多病の体でありながらの高知県での取材である。白内障、心不全、立ちくらみ、糖尿病など、「よろよろ歩きの七十五翁の、今度が多分最後の土佐旅行になるはず」と書く。

前章のくりかえしになるが、大岡の「土佐日記」を読むために、ここでもう一度「堺事件」を確認しておこう。慶応四年＝明治元年（一八六八年）二月十五日、堺港警備隊が港内に入ったフランス水兵に向け発砲し、十六名を殺傷した事件である。死亡は十一名。

警備隊は土佐藩の二小隊で、第六番隊の隊長は箕浦猪之吉、もうひとつは第八番隊で隊長は西村左平次といった。両隊とも小頭各一名がいる。二小隊あわせて七十名の兵がいたが、隊長小頭の四名以外はみな足軽身分であった。

慶応三年十月大政奉還、十二月朝廷が王政復古を宣言し、翌年一月、戊辰戦争が始まった。明治元年二月は、京都の朝廷政府は出来たばかり、多くが混乱のなかにあった。たとえば、新政府の外国事務（部門）は、堺港を外国人の遊歩自由地域としたが、土佐藩の警備隊、その責任者である箕浦隊長にはそのことが伝わっていなかった、といわれている（知っていたはず、という異説もあり、新政府が混乱のなかにあったというのは、そのへんを指している）。

箕浦の「撃て」という号令で、七十名中二十九名が発砲し、フランス水兵十一名の死者を出したわけである。フランス公使ロッシュは、堺港が遊歩自由地域であることを盾にとり、土佐藩兵をただちに処刑するよう厳重に要求してきた。

二月二十三日、堺の妙国寺の庭前で、四人の隊長小頭を含む土佐藩士二十名が切腹することになった。殺されたフランス兵と同数の十一名が切腹したところで、フランス人の同席者は立ち去り、あとの九名を助命するよう申し入れてきた。切腹をまぬがれた九名の足軽兵卒は、朝廷政府の命令によって土佐に送り返され、僻地である幡多郡に流された。これまた、政府の要求通りである。十一月、明治天皇即位に伴う特赦によって、彼らは高知に戻ったが、最初に決まっていた士分取立ては沙汰やみになった。

興味深いのは、箕浦小隊長は、身分は高くなかったけれど、ガチガチの攘夷主義者だったことである。

箕浦家は代々儒学を以て仕えたが、猪之吉自身も詩文をよくし、藩校で講じたこともある。また山内容堂の御小姓として、詩文趣味の相手をつとめた。容堂は歴然たる公武合体論者だったが、いっぽうで攘夷論者でもあった。頑強な尊皇攘夷の徒であった箕浦は、結果的に容堂にも、そして朝廷新政府にも裏切られたのだった。

これには背景の事情がある。

京都の朝廷政府は、近く宮中で諸外国の公使に謁見すると決定したところだった。朝廷政府が徳川幕府に代わる唯一の主権者であることをそれによって明らかにし、新政府が「開国」を国是としているのを示そうとする、重要な時期だったのである。

大岡昇平は、そうした維新の大変動が全国をおおっている時代の、外国との軋轢を語る象徴的な事件として、堺事件に興味をもったのだと思われる。さらにいうと、現在から考えると欧米諸国との関係ではそれ以外にはあり得ない「開国」について、大岡は否定的とまではいわないとしても、少なくとも「攘夷」主義をかんたんに斥《しりぞ》けてはいない。軍事力を誇示しながら、不平等な条件で開国を強いようとする諸外国のあり方を、どうしても容認できないという気分があるようなのだ。西洋文明に対する広範な知識を血肉化しているような文学者として、その姿勢は十分に目立っている。

周知のように、「攘夷」は幕末の思想上の大きな潮流だった。日本を「発見」した欧米各国の圧力に対し、現実的に外交的対応をしなければならなかった幕府は、これに対抗する知恵も力もなく、成り行き的にしぶしぶと「開国」を実行した。

いっぽう攘夷主義の本家本元は朝廷である。文久年間、京都に集った各藩浪士、志士たちは、ほとんど例外なく攘夷思想を信奉したが、その背景には朝廷の徹底した攘夷の姿勢があった。孝明天皇は、思想的にも感情的にも強固な攘夷主義者であった。そのような攘夷と反幕（倒幕）が結びついて、浪士たちの尊皇攘夷となる。いわゆる尊攘の思想と運動である。

ただし、朝廷は維新変動の最後の瞬間まで、公武合体主義だった。朝廷を中心に幕府と連繋して国を統治する。山内容堂（土佐）、松平春嶽（福井）など幕閣の近くに身を置く有力大名がそうであったし、薩摩藩長州藩も公武合体と尊攘のあいだで揺れていた。それぞれが自ら利するところを、政治的激動のなかで計っていたのである。

大岡昇平が尊攘に寄る一本気の浪士に同情的なのは、無力化した幕府のあり方への批判と同時に、「開国」に転じた朝廷政府への批判がある。さらにいえば、中国についで日本に、不平等条約を強いてきてはばからない列強への強い反感がある。

『堺港攘夷始末』では、箕浦猪之吉日記、政府の外国事務総督だった伊達宗城（前宇和島藩主）の「伊達宗城御手帳留」、昭和十一年から公刊された『日本外交文書』など、「堺事件」を書いた森鷗外が見ることができなかった史資料を精細に読みこんで、この明治元年の外交的武力行使事件が描かれている。そこで私たちは、発砲はしたけれど、ほとんど犠牲者ともいうべき二十名の土佐藩士の運命を知る。

大岡が高知での取材の日々を書いた「土佐日記」では、僻地である幡多郡に流された九名の兵卒たちのその後を追っている。切腹生き残りの九名だ。一名は相撲で投げとばされて死亡。残り八名の流謫地は入田《にゅうた》といい、四万十川右岸の小湾曲部にあり、流謫者の一人が住んだという住居は、「狭く湿っぽい流人小屋」のようだ、と書いている。

高知市からずいぶん離れている、この僻地の僻地ともいうべき場所に、体をいたわりつつようやくという感じで大岡は足を運んでいる。犠牲者である兵卒へのただならぬ思い、さらにはこの歴史小説を可能なかぎり正確に書こうとする執念が、「土佐日記」という四日間の日録にはある。「われやはり半人前にて、保護必要の老廃人間たりしことを痛感す。うなだれて、一九三〇成城に帰着。」が末尾の一行だった。

大岡の幕末維新への興味、すなわち諸勢力がつくり出す複雑な政治力学を正確に読みとろうとする探究心にはただならぬものがあった。さらにそこには、尊攘主義への肩入れの気配がある。前回、『堺港攘夷始末』を論じたときにもそれを感じたが、私にはその論じ方にちょっとした後悔が残った。

大岡には一九七四年刊行の長篇歴史小説『天誅組』がある。これは一九六三年から六四年にかけて産経新聞に連載されたものだが、単行本の刊行は約十年後になった。直すところが多いと著者が感じてのことだろう。

その『天誅組』は、大岡がかなり以前から尊皇攘夷思想に強い関心をいだいていた証拠ともいえるのである。前章では、この長篇にふれることができなかった。作品歴からすると『堺港攘夷始末』より少しさかのぼることになるが、ここで『天誅組』について言及しておきたい。

文久三年八月十七日（一八六三年九月二十九日）、主として土佐浪士からなる六十余名の小集団が、大和五条代官所を襲撃したことから始まったのが、天誅組の変である。鎮圧には近接四藩五千人の兵がほぼ四十日を要した。

天誅組の総大将は前侍従の中山忠光、このときわずか十九歳の激派公卿は人心を収攬《しゅうらん》するため、薄化粧して鉄漿《てつしょう》をつけたといわれる。忠光の父忠能《ただやす》は大納言、姉は祐宮《さちのみや》（明治天皇）の生母慶子《よしこ》である。

総裁と呼ばれる指導者が三人いる。吉村虎（寅）太郎、二十七歳、土佐浪士。「転村庄屋」という、百姓の上に立つ役割を藩から任命されていた。忠光を騒乱に引きこんだ、実質的な首謀者である。松本奎堂《けいどう》（謙三郎）、三十四歳、刈谷藩士。昌平黌《しょうへいこう》に学んだ儒者。名古屋、大坂で私塾を開いていたが、文久二（一八六二）年春、京坂の状況が逼迫すると共に京都に移り、吉村等と交わって画策した。もう一人は藤本鉄石、四十八歳、岡山浪士で文人画家という変りダネである。

大和五条で決起するため、八月十四日に京を出発したのは有志三十九名（うち十七名が土佐浪士）。十七日、五条の代官所を襲い代官以下五名を殺してここを占拠したときには、付近の農民兵などが加わって兵は倍以上にふえていたが、結局幕府・朝廷からこの決起は反逆軍と位置づけられ、吉村以下大半の兵士が死ぬのである。ただし、総大将忠光は数名の兵と共に大坂に脱出、さらには長州に落ちのびた。そして数年後、長府藩内で暗殺された。

八月十七日に五条代官所を襲ったのは、周到な計画の上であった。三条実美等の激派公卿と長州藩が策謀して、孝明天皇の大和行幸、攘夷御親征をいい出したからである。天皇の大和行幸は八月十三日に詔が下り、十八日に橿原《かしはら》におもむくことになっていた。吉村と支持者浪士たちは、この大和行幸に呼応して兵を挙げ、御親征の先駆になろうとしたのだった。

ところがクーデタの反クーデタが起り、薩摩藩と公武合体派が手を結んで三条実美等の計画をつぶしたのである。結果は、七卿落ちと呼ばれる、激派公卿の長州への逃亡となった。

天誅組の挙兵は案に相違して五条近辺に取り残されることになり、朝敵とされてその後の行動方針を失い、近くの藩がくり出した兵によって壊滅した。土佐の庄屋、吉村虎太郎を中心に、この挙兵までを書いたのが『天誅組』なのだが、奇妙なことに長篇は「挙兵まで」の章で終っている。そして単行本の「あとがき」には、挙兵後の経過は、『天誅組』連載中に書いた短篇「挙兵」（一九六三年十月）、「吉村虎太郎」（十二月）に略述してある、と記されている。

また、「なぜ『天誅組』を書くか」という六四年九月十四日の「読書人」に掲載された一文では、

《去年の十一月から、『サンケイ新聞』に『天誅組』を連載している。約束の三百回になっても、実は「天誅組」の挙兵までも行かなかったので、新聞社にも読者にも、少し申訳がないのだが、どうも自分の気がすむような形でしか、小説を書けない性分なので、止むを得なかった。》

とあり、「挙兵まで」で終ったのは、何か微妙な事情があるのかもしれない。さらにいえば、挙兵とその結末を描いた二つの短篇は、前年中の雑誌に載っているというのも、不思議なのだが、私にはそれを詮索する気持はない。それよりも、このエッセイに書かれている次のことに注目した。

第一は、自分が「天誅組」に興味を持ったのは、まったくの感情的理由からだった、とあることだ。大和十津川山中に敗走する浪士共の運命が、いかにも哀れに感じられた、ともいっている。

第二に、太平洋戦争中、維新の元勲の再顕彰がさかんに行なわれ、それへの反感から維新史がすっかり嫌いになってしまったが、「天誅組」だけは例外だった、といっている。「彼等が尊王攘夷でなに一つ儲けていない、という点に好意が持てたのである」と文章は続いている。『天誅組』は、ずいぶん早く一九四九年頃からぽつぽつ資料を集めはじめた、と大岡はいっている。敗兵への同情は、俘虜となったフィリピンから帰国してほどなく、小説家となった大岡の脳裡に宿ったといえるだろう。

そういう『天誅組』と、大岡にとって最後の長篇小説となった『堺港攘夷始末』を並べてみると、まがうかたない共通点を見つけ出してしまうのである。

第一に、幕末の政治・社会の動向の冷静で緻密な分析が小説の大きなテーマになっている点である。『天誅組』は文久年間、『堺港攘夷始末』は慶応年間であるが、時代は（元治の約一年間をあいだに）完全につながっている。大岡は二つの事件を描こうとしながら、その背景をなす世情の動きのほうにより関心が動いているかに見える。

第二に、政治の動向については、できるだけ公平であろうとしているともいえるが、崩壊しつつある幕府の、無力な老中たちとその下にいる過激な官僚たちにはきびしい批判を向けている。英・仏の軍事力を当てにした幕府延命の策略を買弁政策とまでいっている。

また、松平春嶽、山内容堂の公武合体策、さらには島津久光（薩摩）、長州の毛利慶親《よしちか》、定広父子とその重臣たちの動向についても甘くない。気分的にどこにも加担したくないという判断があるからと思われる。みな、自派の利益が何よりも先にあって、それが政治的な動きになっているのが見えるように書かれている。そのために、大岡の考証癖、探究欲が徹底的に発揮されていて、小説のすごみになっている。

第三は、先にもいった尊皇攘夷の浪士たちへの共感がある。吉村虎太郎や箕浦猪之吉の単純といえば単純な攘夷思想に心を寄せているようにさえ見える。

しかし、これについては、少し留保をつけて考えてみなければならない、と私は受けとっている。外国に対して国を鎖《とざ》す、という思想にかんたんに共感しているのではむろんない。時と場合によっては、そのほうが賢い選択になるという思いはむろんあるだろう。

それ以上に、攘夷の単純さに大岡は共感しているのではないか。浪士がいだいたこの思想の向うには朝廷がある。とすれば、浪士にとって、それはどう転んでも権力とか出世とか金が絡んでくることはない。すなわち、この単純さのなかには、幕末の世をこれではいけないと考える一種の純潔さがある。そういう心情の持ち主たちが、やすやすと時代の流れに裏切られ、無益に死んだり、世の片隅に取り残されたりする。大岡は、そのような単純な人びとの向うに、勝手気ままな政治権力の移り変りを見ていたのではないか。私はそんなふうに考えている。

そう考えたうえで、『昭和末』に収められた短文「もっと攘夷の心をもって」（一九八六年）を読み返す。

自分はいま、『堺港攘夷始末』という小説の三年がかりの連載に全力投入しているといい、次のように語っている。

《一八六八年、堺を警備中の土佐藩士がフランス人水兵十一人を殺害した事件ですが、一つの事件のなかに政治がどういうふうに入ってくるか、国際法がいかに公平でないか。老人にはこんなことしかできませんけどね、現代の問題まで引き付けて考えてるんです。やっぱり攘夷（じょうい＝外敵を撃ち払うこと）しなきゃいけないんだよ。もっと攘夷の心をもってなきゃね。アメリカの言うなりになってロン・ヤスなんてやっているけれど、喜んでやっていると大変な目にあうんだから。》

ロンはアメリカ大統領ロナルド・レーガン、ヤスは日本の中曾根康弘首相。これは「赤旗」に載った談話だが、最後は文学の話になって、「新しい事態への対応を考える文学が求められるのではないかと思います」で終っている。

「全力投入」しているといった『堺港攘夷始末』は、大岡の探究心、好奇心が存分に発揮されていて、読者を維新史のなかに引きずりこんでくれる。維新史としての充実は迫ってくるものの、小説は物語体ではなく史伝体で、全体として作者の考察が叙述の前面にある。そして維新を実現してゆく諸勢力の政治的動向は、たとえば流謫処分となった土佐藩九名の足軽兵卒とはあまりに遠いところにある。この人たちの命運は、小説のなかでポツンと取り残されている。

それが妙に哀しいという感想をもたざるを得なかった。

二　「おいたわしい」という言葉

『昭和末』には、「二極対立の時代を生き続けたいたわしさ」（「朝日ジャーナル」一九八九年一月二十日号）と「腐敗は隅々にまで達した」（「毎日新聞」八九年四月二十八日付）の、二篇の天皇没後発表予定の談話原稿が収められている。筑摩書房版『大岡昇平全集』第23巻にある「伝記年譜」によれば、いずれも九月に大岡自身が目を通していることが記載されている。昭和天皇の重篤が伝えられ、各紙誌が大岡に所感を求めてインタビューしたのだった。

昭和天皇は八九年一月七日に崩御された。大岡はそれより前、前年の十二月二十五日に永眠している。

「二極対立の――」の冒頭の一行は、

《裕仁天皇重篤の報を聞いてまず思うのは、「おいたわしい」ということです。》

というものだった。この「おいたわしい」という言葉が当時の人びとには意外だったらしく、話題になった。大岡らしくない、という批判をよく耳にした。

《ぼくが何よりも「いたましい」と思うのは、「昭和天皇」の生涯が戦前・戦後を通じて、日本と世界が左右の対立抗争を深めていく時期と重なっていることだ。》

という表現もある。そこでは「いたましい」といい換えられている。これらの言葉には、しかし人びとが話題にしたような皮肉などはない。まっすぐに受けとめるべきであると私は考える。

その理由の一つとして、「腐敗は隅々にまで達した」のほうには、次のような表現がある。

《昭和二十年の敗戦後は、聞くに堪えない罵声が「象徴天皇」に加えられた。昭和天皇は戦いに敗れ、降伏した元首としてすべてこれらに堪えられている。

天皇として一国の頂上におられただけに、敗戦の苦痛は、われわれとは比較にならないものがあっただろう。（後略）》

「おいたわしい」という感慨は、このような表現に繫っているのである。真意が別にあると思うことはできない。自然な思いがこめられている。

そして大岡自身の戦争体験に結びつけて考えるならば、天皇への感慨ということよりも、二つの大きな文学上の達成を思うことのほうがより大切である。

一つは、『レイテ戦記』という、包括的で精密な敗戦の記録を書きあげたことである。レイテ戦は、日本の敗北が決定的になった戦いであったが、大岡はこの戦闘をよくここまでできるものだと思うほど、克明に再現した。それを戦争で死んだ兵士たちへの鎮魂歌としたのである。もう一つは、近代日本の成り立ち方への関心と、その小説化である。それが二つの歴史小説となった。『天誅組』（短篇の「挙兵」「吉村虎太郎」を含む）と『堺港攘夷始末』の達成である。二長篇とも、意外な角度から明治維新とは何かというテーマに迫ったものである。中心になった事件そのものより、事件に繋る政治力学の追究に力がこもっているということは、先に述べた通りである。近代日本という一筋縄ではいかないような社会がどうしてできたのか、その解明をしようとした試みなのである。近代日本のゆがみは昭和に繋っている。大岡の発想には、自分が生きている昭和時代がいつもあった。

そう考えると、大岡昇平の文学者としての姿勢の強靭さはただならぬものがあるのだ。

三　文学の現状をとらえる

『昭和末』には、他にも注目すべきことがいくつかある。私は自分が心惹かれたことについて、それを順次取りあげていこうとしている。

まず、一九八七年の「エンターテインメントの諸相」と、八八年の「エンターテインメントとポストモダン」である。これらはともに神奈川近代文学館主催の講演をもとに加筆した原稿で、講演といっても本格的な論考となっている。

大江健三郎氏は『昭和末』巻末の説得力にみちた解題で、「エンターテインメントとポストモダン」（および「盗まれた手紙」）を取りあげ、「新しい思潮を鋭く読解し、蓄積された知的経験の文脈によく位置づける——いうまでもなくスタンダール研究がその中核をなしていた——論考」として重い意味がある、と述べている。そして、これらは「遊戯的知識のひけらかしとは無縁な仕方」で語られているものなのに、文芸誌レヴェルの反応が見られなかったのは、後進の小説家や批評家の怠慢である、と鋭く指摘している。

私自身その頃数年間、「文學界」の編集を担当していたのだから、そのことに頬かぶりしていうことになるのだが、エンターテインメントといわれる小説を論じた二篇は、当時も、また現在に至るまで、日本文学を考えるうえでの最も重要な論考だった。私は空しい反省をこめて、いまこれを話題にしている。

大岡は、日本の時代小説の発生とその歴史的展開を落ち度なくとらえながら、十九世紀のフランス（デュマ）やイギリス（ディケンズ）の市民向け小説の展開と比較してみせる。日本のエンターテインメントは、大衆小説と呼ばれていた時代小説に推理小説（昔は探偵小説といった）や冒険小説が加わって、徐々に変貌し、「エンターテインメント」と一括して呼ばれるようになった、としている。このあたりには、一九二〇年代に出されたアルベール・ティボーデの『小説の読者』が提示している、文学と読者の関係という視点が応用され、正確に働いている。

「エンターテインメントの諸相」はどちらかといえば正確な見取り図が主体だったが、その続篇のように語られた「エンターテインメントとポストモダン」は、傍題に——書籍離れとの関連において——とあるように、現在の出版不況を早くも見通している先見性がある。

事態をよりはっきりさせるために、二つの事項が語られる。

一つは、大岡自身もその当事者の一人であった、六〇年代の純文学論争である。これも第四章で論じたことのくりかえしを含むが、もう一度ここでいっておきたい。文芸批評家・平野謙の発言に始まる。

水上勉、松本清張などの中間小説によって、純文学の領域が侵されている、という主張だった。昭和十年代には、プロレタリア文学、私小説、それにモダニズムの新興芸術派の三派が鼎立していたが、その状態は現在まできている。そして「純文学」とは「私小説」であり、推理小説、中間小説に純文学の読者が取られている、という見解である。

大岡によれば、平野謙は昭和初年のコミュニズム運動に加わっていたので、リアリズムはプロレタリア文学にあると結論し、それが松本清張に受け継がれているというところへ話をもってきたかったらしい、というのだ。

大岡はこれに反論した。経済再建によって大衆社会は拡大した。彼らの求めているものが何であるかを考えなければならない。「読者の側の新しい暇つぶしと興味の変遷」を掘り起こすのが急務、と大岡は主張した。

もう一つの事項は、「純文学」の変質ということである。純文学論争の頃、新潮社が「純文学書き下し特別作品」シリーズを刊行しはじめ、安部公房の『砂の女』をはじめとして「純文学の作品のいいのが出た」と大岡はいう。

ところが、加藤秀俊（社会学者）は以前から大衆小説を研究していたが、「新潮社の純文学シリーズとは新しい種類のベストセーリングの大衆文学である」といった。「いまになってみると、その意見がどうも正しかった」のではないかと大岡は呟くように洩らしている。

加藤秀俊がどのような視点からこういっているのか、私は大岡の短い紹介でしか知らないのだが、大岡がその見解を認めているのを見ると、大岡のなかでも一筋縄ではいかない現代文学の困難がはっきり意識されているのである。少なくともかつて『常識的文学論』（一九六一年）の「大衆文学批判」でバッサリと大衆文学を批判したときとは、文学の状況全体が変化しているのを認識している。「純文学」とは何か、エンターテインメントとは何かを明確に定義しようとしていない。

それでも、時代の需《もと》めに応えられるような文学とは何かを、執拗にさぐっている。最後には、一九七〇年にドイツ人のH・R・ヤウスが出版した『挑発としての文学史』（翻訳は七六年に刊行）にある「パラダイム」という言葉をもち出し、時代の要求とそれへの文学の対応を考えるのである。むろん、かんたんに結論が出るようなことではない。

私が驚嘆するのは、七十代後半の文学者が正面から文学とは何かを考え続け、それをめぐってたゆみない探究心を働かせていることだ。日本だけではなく広く欧米のエンターテインメント小説を総ざらいし、ティボーデ、リオタール（『ポスト・モダンの条件』）、ヤウス、ラカン、デリダ、レヴィ＝ストロースなどを自在に引用している。大岡の身についている強い知的好奇心が働いているのは否定できないとしても、それを文学が直面している「時代への対応」という根本的テーマに向けて発揮している。

現今の小説家や批評家は、これを大岡の古めかしさと思いなして、ひそかに笑っているのだろうか。文学への目くばりというべきことを誰もが行なわなくなっている。

ここで、大岡の別の著作『成城だより』についてふれておきたい。なぜ「ここで」なのかといえば、『成城だより』には大岡の文学への関心が日常のなかで語りつづけられているからである。

『成城だより』は三度にわたって文芸雑誌「文學界」に連載されたものである。最初の『成城だより』は一九八〇（昭和五十五）年一月号から一年間の連載で、八一年三月刊。同書の「Ⅱ」は、八二年三月号からの連載で、八三年四月刊。同書の「Ⅲ」は八五年三月号からの連載で、八六年五月刊。以上の三冊が、現在は講談社文芸文庫で上下二巻にまとめられている。

この『成城だより』の魅力は、ここだ、といって、たとえば何年何月何日の記述を引用することができない。日記形式で書かれている日々の記述はめまぐるしく変化していて、その変化を追いかけるのが『成城だより』の読み方になる。そして読み手それぞれが自分の興味にしたがって、立ちどまって、記憶にとどめる一日がある、というぐあいになる。

それにしても大岡昇平の、文学だけにとどまらない、知的関心のひろがりには驚嘆するしかない。民俗学、人類学、サル学、生物学、物理学ととめどなく関心がひろがっているかに見えて、実はそうではなく、大岡は自分の知的関心の交差する地点をしっかりとつかんでいて、そこには精神の論理ともいうべきものがある。大岡は、その論理の端々を読者にすばやく明かしてみせることがあって、そこにまた魅力があるし、油断ができない。

『成城だより』には、端倪《たんげい》すべからざる一人の知識人がいる。それは確かなことなのだが、この知識人はいかなる意味においてもけっして気取らないのである。知らないことは知らないといい、禁止がかかっているビールを飲みすごし、ときには甘いものを売る店の前に立ちどまったりする。

そういう知識人の精神の働きを、私たちは二〇一九年のいま、どこかで読むことができるだろうか。それが昭和という時代のものであり、古めかしいと感じてしまうならば、新しさとは何なのだろう。しのびよる衰弱を、私たちは新しい精神と思いこもうとしているのではないだろうか。

『昭和末』の多彩な文章には、少しだけ前に位置している『成城だより』に照応しているものが確かにある。

四　「純粋な魂」への希求

さて、『昭和末』に戻る。この本には、絶えることのない文学の現場へのなまなましい関心を感じとることができる文章が随所にある。

「断固としてフェミニストでくたばる」（「らいてう先生とわたし」）といって、平塚らいてう、野上彌生子、円地文子、中里恒子への追悼文がある。むろん男性文学者へのそれもあって、葬儀委員長をつとめた中村光夫への追悼文は、各紙誌の求めに応じて四篇を書いている。

小林秀雄を中心にした、戦前の東大仏文グループともいうべき一派で、中村光夫と大岡は長く変ることのない親しい関係を保ってきた。淡々と書かれた追悼文から静かにあふれ出てくる思いがある。

その思いは、大岡の青春の日々にも繋っているだろう。『昭和末』には、中原中也をめぐる「五十年祭騒動記」「中原中也没後五十年の『絶唱』」（ともに八七年）と、「富永太郎の詩と絵画」と題する最後の講演原稿（八八年十月、松濤美術館）が収められている。

富永太郎と中原中也。大岡は最後までこの二人の詩人（富永は画家でもあったが）とつき合い続けたのである。

一九八六年十月十二日、山口市湯田で中原中也没後五十年祭が挙行されたが、大岡は病身をおしてそれに参加した。その思いがけない成り行きを記したのが「五十年祭騒動記」である。大岡は十日に現地に到着、十一日の前日祭に講演し、十二日に中原の詩碑の前で行なわれる碑前祭で挨拶をする、という予定だった。

その詩碑が建ったのは一九六五（昭和四十）年、すでに二十一年を経ている。ともに除幕式に出席した小林秀雄、河上徹太郎、今日出海はすでに亡く、中也の弟の思郎、呉郎も亡い。末弟の拾郎さんのみが健在という状態で、大岡は「生き残り」としてぜひ出なければならないという一念にかられた、といっている。

十一日の講演にそなえて、十日に湯田の旅館に着いた。吉敷村にある中原の墓に参り早めに床に就いたまではよかったが、十一日の朝、熟睡から目覚めた後に異変が起きた。体調よくさっと起き上ったときに、立ちくらみがきて、バッタリと仰向けに倒れた。よろけて倒れる、というのではない。「材木倒し」と呼んでいるように、立ったままの形で仰向けに倒れた。

腰を強打し、痛みは去らなかったが、車椅子に坐って講演の舞台に上った。その講演の記録が、後述する「中原中也没後五十年の『絶唱』」である。

講演の後、救急病院へ行ってレントゲンを撮ってもらったが、骨折はなく、打ち身と捻挫で、筋肉と靭帯が充血しているせいで、痛みが続く。碑前祭には出られず、寝たままもう一泊して十三日、飛行機に乗って帰京、まっすぐ順天堂大附属病院に入院した。この旅行には春枝夫人が同行していたのがせめてもの幸いだった。

入院後に大岡自身が知ったのだが、講演した十一日の夜、東京の大岡家に泥棒が入ったという異常事があった。夫人は翌朝その知らせを受けたのだが、大岡の倒れた後であるのに配慮して、その件を大岡に知らせるのを遅らせたのだった。

「材木倒し」の病気をもつ倒友埴谷雄高に電話して話すと、埴谷は「それは中原の祟りだな」と、冗談をいって脅した。中原の怨霊の祟りだ、という冗談はしかし大岡には気になることで、しばらくは「祟り」という言葉が脳内に居坐るのである。それが、「五十年祭騒動記」の騒動記であるゆえんだった。

しかし、私が面白半分風に事態の経緯をたどったのは、必ずしも面白がるためではない。七十七歳の大岡のなかに、青春時代の「悪友」めいてもいた中原中也がなお生き生きと生きている、そのことを伝えたいと思ったからである。そして、その友の声を再現してみようとしたのが、十一日の講演「中原中也没後五十年の『絶唱』」なのである。

大岡は旧制高校三年の頃から中原とつき合っている。小林秀雄の家で初めて中原に会い、会ったその日から中原の下宿へ行って泊った。以来一九三七年、三十歳で中原が死ぬまで、さまざまに曲折はあったけれどつき合いは続いた。

中原は、友人たちの前でよく自作の詩を朗唱した。朗読というより、歌に近づく。そうなるのは、「詩人は自分の肉声、身体の声を出さなければならない」という中原の考えがあったからだ。

たとえば、「幾時代かがありまして／茶色い戦争ありました」と歌いだされる「サーカス」という詩。「屋外《やぐわい》は眞ッ闇《くら》　闇《くら》の闇《くら》／夜は刧々《こふこふ》と更けまする／落下《らくか》傘《がさめ》奴のノスタルヂアと／ゆあーん　ゆよーん　ゆやゆよん」の、ゆあーん以下の擬音は節のついた歌になっていた。その記憶のなかから、壇上の車椅子の大岡が歌ってみせるのである。講演記録では、その譜例が出されるという念の入れよう。

以下、中原の好きだった歌曲、あるいは内海誓一郎が作曲した中原の詩「帰郷」などを、大岡は「ちょっと恥をかきますが歌ってみます」といって、歌ったりハミングしたりした。

中原が老齢の大岡のなかで生き続けている、というしかない。「祟り」だという埴谷の言葉をまったくの冗談にしてしまえないのも、そこから来ている。大岡がそのような人間だったことを、あるいは文学的人間だったことといい直してもいいが、私は半ば茫然としながら思わざるを得ない。

『昭和末』には、青春時代に繋る、もう一つの講演記録が収められている。八八年十月二十二日に松濤美術館で語られた「富永太郎の詩と絵画」である。

大岡は富永太郎に直接は会っていない。太郎が一九二五年に死去した、そのほぼ一カ月後に弟の富永次郎と成城中学で同級となり、家がすぐ近くだったこともあって、親しいつき合いになるのである。しかし、若い大岡は富永太郎の詩を読んで、ほとんど取りつかれるように熱中した。そして、これまた生涯かけて変らぬ愛着だったのは、死去する二カ月前の、最後の講演が富永を語ることだったのでも明らかだろう。

そこでは、主として富永の絵について話しているのだが、絵を「こうして一室に集めてみると、富永太郎の清潔なひたむきな態度」が迫ってくるという表現がある。

少年がかかえこんでいる無垢、あるいは純潔。それが富永に惹かれる核心にあったことを、私は第五章「富永太郎と中原中也」で詳しく論じている。死去二カ月前の大岡に、そのテーマはなお生きていた。

そして私は、『昭和末』にあるもう一篇の短文を思いだす。「思い出」(八八年)と題するエッセイで、成城高校でドイツ語を教わった阿部六郎(先生)についての一文である。

阿部六郎は文芸評論家でもあり、一九八七年、没後三十年に当る年に三巻の全集が刊行された。大岡は吉田秀和他とともに編集委員となり、「発刊の辞」（八七年）、「『阿部六郎全集』の刊行に寄せて」（八八年）などを書いてもいる。

「思い出」は在学当時の成城高校の濃密な文学的雰囲気に触れながら、阿部六郎の類稀れな人格を語っている。そこにこんな一行がある。

《私の生涯に知ったもう一つの純粋な魂は、中原中也であるけれど、阿部先生に比べれば中原には邪念がある。》

この比較について何かがいいたいのではない。「純粋な魂」に、若年の頃から大岡が惹かれ続けたこと、それが七十八、九歳の大岡の内面になお生き続けていることに私はどうしても注目してしまう。

大岡昇平は、痛烈な批判精神（皮肉《サタイア》）の持ち主であり、精密きわまりない思考力によって文学上の論争を辞さなかった。「喧嘩の大岡」でもあった。しかし、年月が精神のいちばん奥にある、隠れたものをくっきりと浮かびあがらせている。私はそのような印象をもつのである。

さて、『昭和末』という一冊の本のなかで、連想ゲームみたいに話題の上を飛んで歩くのを、いま少しだけゆるしていただきたい。中原中也、富永太郎、そして阿部六郎のなかに純潔、あるいは無垢なるものを見た大岡の眼差しは、これまた長く愛着し続けたスタンダールに繋っているのを、私は思わざるを得ない。

『昭和末』には、「日本のスタンダール」（八六年）、その補遺と傍題された「無頼派の系譜」（八七年）、そして八八年に書かれた「愛するものについてうまく語れない――スタンダールと私――」の三篇が収められている。前の二篇は、大岡がずっと気にかけていた日本近代文学のスタンダール受容史で、必要にして十分な情報が整理されている。そして「愛するものに――」は、八十歳になろうとして、ようやく「スタンダールの生涯と作品」について書きはじめることになった、と大岡が嘆息しているのである。残念ながら、わずか十五枚（四百字詰原稿用紙）の文章にそれはとどまっている。

一九三三年に『パルムの僧院』を読んで衝撃を受けた。そのことじたいは、以前にも何度か折にふれて語っているが、『パルム』が文学的奇蹟と自分に映った、「なぜそうなったかについて、長い物語があるが、私はこれまでにそれを語ったことがない」という。それに続けて、「この感動と愛着が、私個人の内的事情と密着したものであることはわかっている」とある。『パルム』の主人公、ファブリスの「無垢とエネルギー」こそが大岡のスタンダール観の中心にあるのを、私は前に示唆したつもりであるが、大岡のいう「私個人の内的事情」というのは、中原や富永への尽きることのない愛着と強く結びついているのではないか、といいたいのである。さらにいえば、その無垢への思いをどう表現するかということこそ、大岡の文学への志と深く結びついていた。この考えは妄想に似ているかもしれない、実証性のない直観にすぎないとしても。

『昭和末』には、世界、とくにフランスの新しい文学観についての衰えぬ知的探究心があった。

日本の現在の文学状況に対する生き生きとした関心と、昭和末期の政治社会状況への絶望に足を捉えられそうになっている観察がちりばめられていた。そして若年の頃から長くもち続けている、中原中也、富永太郎、スタンダールへの愛着。それらすべてが、病軀をおして精一杯に語られている。一個の文学者が生きているのは、このような姿なのだ。

あとがき

いまから十五、六年ほど前のことだっただろうか。ある日、大きな書店に入って文庫本がびっしりと並んでいる棚の前に立った。どうしてそんな気になったのかは忘れてしまったけれど、私は大岡昇平の文庫本がどれほど出ているのか、数えたてるように確かめてみたのである。私の主観としてはその点数が寥々たるものであることに驚き、かつ茫然とした。

私にとっては、『野火』や『花影』がかけがえのない作品であるというだけではない。大岡の多彩な文業は、いまなお重要な文学の課題を問いかけているものであり、それは文学を考えるときに避けることができない道筋でもありつづけていた。大岡の文学があまり読まれていない。そのことと、私のなかにある大岡の存在感の大きさの、あまりにかけ離れた隔りに茫然とするしかなかったのである。茫然としながら、自分にとっての大岡昇平のもつ意味を、文章にしてみたいと思ったような気がする。

本文で何度も書いたように、大岡昇平は昭和の作家であった。

もちろん大岡の文業は、時代を超える、真の文学に固有の光を帯びている。そういう文業を、時代の枠にはめてみる必要はないという考えもあるだろう。しかし、昭和という時代を覚悟して生き、書いたからこそ、大岡の文学は時代を超えるものであり得た、ともいえるのである。
昭和は激動の時代だった。悲惨な戦争があり、敗戦があった。昭和三十一年度の「経済白書」は、「もはや戦後ではない」といったけれど、平成になる直前に死去した大岡にとって、その死まで戦後はつづいたのである。平成の三十年間は、戦後（のバブル経済を含めて）の後始末の歳月だったように、私には思われる。すなわち、大岡昇平の時代はけっしてまだ終っていない。

これも数年前のこと、「文藝」編集長だった尾形龍太郎さんが私の書くものの相談にのってくださって、それが「大岡昇平論」の「文藝」連載となった。「文藝」は季刊誌で、私は毎号書いた原稿を尾形さんに手渡した。通信機具を使わない、反時代的なつき合いである。そういうつき合いに、私はどれぐらい励まされたかわからない。その尾形さんが、この本の担当にもなってくださった。厚く感謝し、御礼を申しあげたい。

二〇一九年五月

湯川　豊

【参考・引用文献一覧】

大岡昇平著作
『俘虜記』新潮文庫
『レイテ戦記』中公文庫
『野火』新潮文庫
『武蔵野夫人』新潮文庫
『花影』講談社文芸文庫
『来宮心中』（「黒髪」「逆杉」）集英社文庫
『酸素』新潮文庫
『常識的文学論』講談社文芸文庫
『無罪』小学館文庫
『夜の触手』集英社文庫
『事件』新潮文庫
『富永太郎　書簡を通して見た生涯と作品』中央公論社
『文学の運命』講談社文芸文庫
『中原中也』講談社文芸文庫
『幼年』講談社文芸文庫
『少年』講談社文芸文庫
『小説家夏目漱石』ちくま学芸文庫

『歴史小説論』岩波同時代ライブラリー
『堺港攘夷始末』中公文庫
『大岡昇平歴史小説集成』中公文庫
『わがスタンダール』講談社文芸文庫
『天誅組』講談社文芸文庫
『成城だより　上下』講談社文芸文庫
『昭和末』岩波書店
筑摩書房版『大岡昇平全集』第13巻・第17巻・第18巻・第19巻・第23巻（「伝記年譜」）

その他著作
大岡昇平編『定本　富永太郎詩集』中央公論社
大岡昇平編『中原中也詩集』岩波文庫
現代詩文庫『富永太郎詩集』思潮社
辻原登『百合の心・黒髪　その他の短編』講談社文庫

＊文庫本に多出しているルビは筑摩書房版全集を参照して削ることがあった。
また文庫本は品切れ、あるいは絶版になっているものが多い。

【初出】
「文藝」連載「大岡昇平論」二〇一七年春号～二〇一九年春号
＊加筆修正の上、改題。

湯川豊（ゆかわ・ゆたか）
一九三八年新潟県生まれ。慶應義塾大学文学部卒業後、文藝春秋に入社。「文學界」編集長、同社取締役などを経て退社。その後、東海大学教授、京都造形芸術大学教授を歴任。二〇一〇年『須賀敦子を読む』で読売文学賞を受賞。著書に『イワナの夏』『本のなかの旅』『植村直己・夢の軌跡』『ヤマメの魔法』『夜の読書』『丸谷才一を読む』『星野道夫　風の行方を追って』『一度は読んでおきたい現代の名短篇』がある。

大岡昇平《おおおかしょうへい》の時代《じだい》

二〇一九年九月二〇日　初版印刷
二〇一九年九月三〇日　初版発行

著　者　湯川豊
発行者　小野寺優
発行所　株式会社河出書房新社
〒一五一-〇〇五一　東京都渋谷区千駄ヶ谷二-三二-二
電話　〇三-三四〇四-一二〇一［営業］
〇三-三四〇四-八六一一［編集］
http://www.kawade.co.jp/

組　版　KAWADE DTP WORKS
印　刷　株式会社亨有堂印刷所
製　本　小泉製本株式会社

Printed in Japan　ISBN978-4-309-02824-8
落丁本・乱丁本はお取り替えいたします。

須賀敦子エッセンス1

仲間たち、そして家族

須賀敦子＝著／湯川豊＝編

その人と文学の核心をなす名文章を元担当編集者にして最大の理解者が厳選した須賀文学の精華。最良の入門書であると同時に愛読者にとっては新たな魅力を発見するための決定版アンソロジー。

ISBN 978-4-309-02677-0

須賀敦子エッセンス2

本、そして美しいもの

須賀敦子＝著／湯川豊＝編

「人生ほど生きる疲れを癒してくれるものはない」。少女時代の本との喜びに満ちた出会いや好きな作家についてなど、作家・須賀敦子誕生の源泉をあかす作品を収録。

ISBN 978-4-309-02678-7